通用诗学

Universal Poetics

张祖新 著

中国言实出版社

图书在版编目（CIP）数据

通用诗学 / 张祖新著. --北京: 中国言实出版社,
2012.12

ISBN 978-7-5171-0046-1

Ⅰ. ①通… Ⅱ. ①张… Ⅲ. ①诗学－通俗读物
Ⅳ.①I052-49

中国版本图书馆 CIP 数据核字(2012)第 290447 号

责任编辑： 周汉飞

出版发行　中国言实出版社

地　址：北京市朝阳区北苑路 180 号加利大厦 5 号楼 105 室

邮　编：100101

电　话：64924716（发行部）　52666122（邮　购）

64924853（总编室）　52666121（编辑部）

网　址：www.zgyscbs.cn

E-mail：ysfazhan@163.com

经　销　新华书店

印　刷　成都蓉军广告印务有限责任公司

版　次　2012 年 12 月第 1 版　2012 年 12 月第 1 次印刷

规　格　145 毫米×210 毫米　1/32　6.75 印张

字　数　175 千字

定　价　26.00 元　ISBN 978-7-5171-0046-1

中国诗歌学会名誉会长

张同吾先生题赠《通用诗学》

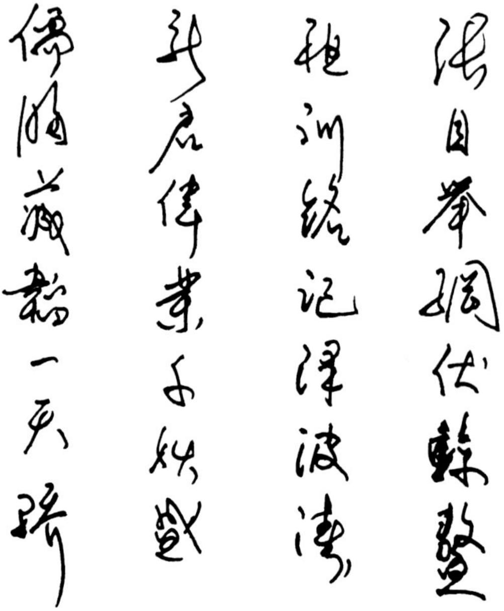

太湖异人撰并书（钢笔手书）

诗歌美学的丰盈诠释

——序《通用诗学》

张同吾

古往今来人们在不断探寻诗的本质，就连一些取得一定创作经验的诗人，有时也产生惶惑：诗到底是什么？我在一篇文章中曾写道："我觉得有时候诗像山间的野花，在巉岩的缝隙里吐绽蓓蕾，向荒野的春天述说自己的心曲；有时候诗像翻腾的波浪，以不可遏制的力量向前奔涌，在阳光的映照下闪现七彩虹霓；有时候诗像天上的流云，时聚时散有影无踪，却给人留下自由想象的空间；有时候诗像我们古老而焕发生机的土地，埋着英魂埋着忠骨有血有肉有歌有哭的土地，凝聚着五千年文化积淀望不到头，走不到边的土地。可是有时候又觉得诗是莫测高深的，有时诗是情人，有时诗是婢女；有时诗是天神，有时诗是魔鬼；有时诗是教父，有时诗是乞丐；有时柔情似水，有时旖旎如梦；有时炽烈如火，有时冷峻如铁；有时是戏谑的真诚，有时是庄严的欺骗；有时是生生死死的诱惑，有时是自安自慰的云烟；有时是神秘的魔方，有时是烫金的纸船；有时是清凉的甘露，有时是芳香的鸦片；有时是遥远遥远的相思树，有时是惊魂动魄的箴言；有时是永远听不倦的童话，有时是永不可破译的斯芬克斯之谜。"（摘自拙著《诗的本质和诗人素质》第 19 页）。然而诗的本质又是可辨识的，在千种定义中，我喜欢鲁迅精到的隐喻：他说诗是"血的蒸气，醒过来的人的真声音"，"是黄莺则黄莺般叫，是鸱鸮则鸱鸮般叫”（《热风·随感录四十》）。他充分表述了诗的精英文化的本质：诗是人格精神的升华。

然而，我又认为诗是“无涯之路和有岸之海”，对其认知永无穷尽，同时又是见仁见智各有见地。张祖新先生本是职业军人，曾任某部政委，多年痴迷于诗的研究，他以十数年的时光广读古今中外诗歌作品和古今中外哲人、学者、诗人关于诗歌本质、诗的美学特征、诗的表现手法、诗的修辞方法等的论著，从而形成了自己独特的富有个性化的见解，撰写了《通用诗学》这部诗歌理论著作。祖新先生具有海纳百川的胸襟和上下求索的精神，他从浩如烟海的论述中，能发现闪光的箴言，不断丰富自己的理论库存，同时他又率真地批驳他不认同的诗学见解，以其通俗化的语言，对诗的本源、诗的意象、诗的喻象、诗的语境、诗的感知，作出了极其详尽的诠释。至于意象是否称之为“诗歌的材料”，喻象是否可称之为“诗歌的产品”，语境是否可称之为“诗歌的包装”，可另作探究与辨识，他的难能可贵之处，是构建了比较完整的诗学理论。何以把诗称之“有岸之海”，便是“各还命脉各精神”，允许每个人从自己的阅读体验出发，对种种诗歌创作现象予以诠释。例如他把比方分为“用事来比”、“用物来比”、“用景来比”、“用心来比”、“用感觉来比”、“用联想来比”、“用想象来比”等等。仅以“用物来比”为例，他说《诗经》中用来打比方之物“草名 106 种，木名 74 种，鸟名 39 种，兽名 67 种，昆虫名 29 种，鱼名 20 种，器皿名 300 余种，食物性植物 44 种”。没有“关关雎鸠，在河之洲”的色相，就不会引出“窈窕淑女，君子好逑”的诗句。在分析之后便罗列出古今中外关于“用物来比”的例句：“歌谣：男儿欲作健，结伴不须多。鹞子经天飞，群雀两向波（南北朝《企喻歌》）；古诗：青青河边草，绵绵思远道（汉乐府《饮马行》）；唐诗：飘飘何所似，天地一沙鸥（杜甫《旅夜抒怀》；宋诗：小池南畔木芙蓉，雨后霜前着意红。犹胜无言旧桃李，一生开落任东风（吕东莱《木芙蓉》）；今诗：如果，你是湖水/我乐意是堤岸环绕/如果，你是山岭/我乐意是装点你姿容的青草（《汪国真诗选》）；外诗：我愿意是树，如果你是树上的花/我愿意是花，如果你是露水（［匈牙利］裴多菲《假如你是树上的花朵》）。”又如他在阐释了“用事来比”是中外诗歌通用的诗写方法之后，又举出例句：“歌谣：耕田耕三亩哎，日晒皮肉乌哎……（《耕田歌》）；古诗：高田种小麦，终久不成穗。男儿在他乡，焉得不憔悴（汉《古歌》）；唐诗：朱门酒肉臭，路有冻死骨（杜甫《自京赴奉先县咏怀五百字》）；宋诗：春色满园关不住，一枝红杏出墙来（叶绍翁的《游园不值》）；今诗：你站在桥上看风景，看风景的人在楼上看你（卞之琳《断章》）；外诗：爱是长在我们心里的藤蔓（英语抒情诗）。”这成为《通用诗学》独特的体例，读者可以大量诗句作为论据，印证论理的确切。

张祖新十分珍视中国诗歌的优秀传统，深深懂得在漫长岁月中经过时间的涤洗，形成的艺术瑰宝具有恒久的魅力。在他的论述中，不断总结其美学特征的艺术规律，例如：他认为汉语的写作可用两句话来概括，其一是“构文之道，不过虚字、实字两端。实字其体骨，而虚字其性情也”（清/刘淇《助字辨略》）；其二是“删繁就简三秋树，领异标新二月花”（郑板桥《楹联》）。他又衍化成四句话：坐稳实字，化死物为活物；用活虚字，化景物为情思；删繁就简，由繁而简，一句多义；领异标新，句中藏比，虚实相生。他不仅对中国诗歌传统情有独钟，对西方哲学、美学、诗学中的精髓，同样予以高度评价，并且广为援引其名家名言。对现代派给予他自己的介定标准和命名，并且给予肯定，不管读者是否认同，都会赞许他的探索精神和公允态度。就连中学生的充满青春气息和喻象丰蕴的作品，他也高度赞扬。“眼睛里流出的/不一定是泪水/不然夜不会有星光灿烂/太阳下，也不会有明媚的阳光//也许/昨夜的星辰不曾坠落/今天的追求/明天仍不会完美//面对着岁月的足迹/心，会不会有/一丝欣然/一丝安慰。”（徐飞扬《足迹》）他赞扬喻象的模糊性和语言的跳脱性，拓展了这首短诗的诗意空间。当然，《通用诗学》作为理论著述，涉及文艺学、语言学、伦理学、历史学、政治学、文化学、文字学等多种学科的术语和基本概念，这些术语的定义和内涵，诸多理论的基本概念，都具有稳定性和共识性，不管怎样立意新颖，也不可带有随意性的诠释，祖新不乏才力与功力，倘若更加规范和严谨，便愈臻完美。

感谢张祖新为诗的园林奉献了一束馥郁芳香的鲜花。我相信，《通用诗学》的正式出版，一定会给新的诗坛注入新的活力，带来新的面貌和新的篇章。

是为序。

2012 年 7 月 26 日于北京

注：张同吾，中国诗歌学会前任秘书长兼法人代表，现任中国诗歌学会名誉会长（前任会长臧克家，现任会长雷抒雁），国际诗人笔会秘书长。中国作协创研部（专事当代诗歌发展宏观研究）研究员，中国第五次、第六次文代会开幕词起草者，著名诗歌评论家。

图为张同吾先生（右）在北京寓所，专心听取本书作者对《通用诗学》写作情况的详细汇报。

如果你愿意欣赏艺术，你就必须是一个有艺术修养的人。

——马克思

目　录

二、诗歌的材料——意象

（一）意象的本质及其审美局限

（三）意象的命名

三、诗歌的产品——喻象

（一）喻象的性质和审美意义

（二）句子型喻象

四、诗歌的包装——语境

（一）语境的内涵和功能

（二）固定式语境

（三）自由式语境

五、汝果欲学诗，功夫在“感知”

（一）感知与喻象

（二）诗人与大众

一、什么叫诗？诗，就是“打比方”

（一）“比”是中国诗歌的昆仑之源

【中外诗话】

◇ 古诗眇邈，人世难详，推其文体，固是炎汉之制，非衰周之倡也（钟嵘）

◇ 为诗意如何？六义互铺陈。风雅比兴外，未尝著空文（白居易）

◇ 《易》之有象，以尽其意；《诗》之有比，以达其情（陈骙）

◇ 以文字为诗，以才学为诗，以议论为诗，夫岂不工，终非古人之诗也（严羽）

◇ 言不关于世教，义不出于比兴，诗亦徒作（傅若金）

◇ 诗须要用具体的做法，不可用抽象的说法（胡适）

◇ 《三百篇》的时代，确乎是一个伟大的时代，我们的文化大体上是从这一刚开端的时代就定型了（闻一多）

◇ 诗要用形象思维，不能像散文那样直说，所以比兴两法是不能不用的（毛泽东）

◇ 兴也是一种比，不过是一种暗比（启功）

◇ 要理解中国文化的根在什么地方，就要到老百姓中去，从最真的地方开始（乐黛云）

◇ 艺术作品有一个纯粹是技巧的方面，很接近于手工艺（黑格尔）

◇ 各门艺术都有一种源流关系。每逢看到一位大师，你总可以看出他吸取了前人的精华，就是这种精华培育出他的伟大（歌德）

◇ 中国诗是一个宝库，今后一个世纪将从中寻找推动力，正如文艺复兴从

希腊人那里找到推动力（庞德）

◇ 不关注中国诗的影响，美国诗就是无法想象的。它已成为美国诗传统的一部分（默温）

◇ 相比而言，我更喜欢中国的古董椅子而不是20世纪的新式家具（博尔赫斯）

【引论】“诗”，首先是一种方法

什么叫诗？据桑德堡1926年统计，诗的定义有38种；据杨鸿烈1928年统计，诗的定义有40多种。放到多元化的今天，答案起码有上千种。譬如中国最早的“赋比兴”，西方最早的“模仿说”以及近代的理念说、直觉说、情感说、想象说、语言说、游戏说、文本说、分行说等等。难怪有人感叹：“诗是什么，只有上帝知道！”诗人郑愁予说：“有许多学者他们并没有真正知道写诗的技巧在什么地方，原因就是没有办法探讨出来。”（《台湾新诗发展史》）为什么会出现这种现象？因为很多人都忘记了：诗，首先是一种方法。人们最需要了解和认识它的，也是“方法”。用笛卡尔的话说：“最有用的知识是关于法的知识。”用黑格尔的话说：“方法是任何事物所不能抗拒的、最高的、无限的力量。”而“诗”在古希腊的词源意义，原本就有“创制”及“方法”的意思。

◎黑格尔（1770－1831），德国近代哲学家、美学家。其著名格言有三。一曰：“艺术的科学在今日比往日更加重要。”二曰：“方法是任何事物所不能抗拒的、最高的、无限的力量。”三曰：“美是理念的感性表现。”

诗歌的方法是不是“没有办法探讨出来”？本世纪初，笔者在博尔赫斯《诗之谜》中发现一句大实话：“我们对诗可以说已经知之甚详，只是无法用现有文字来为诗下定义。”“现有文字”当然是指西方文字。东方的文字行不行呢？只要知道博尔赫斯多么希望“试着成为一个中国式的汉语诗人”，这个答案就已经不言自明了。

早在一百年前，中国新文化的先驱胡适先生就说：“诗要用具体的做法，不可用抽象的说法。”

什么叫诗？“诗”，用一个字说叫“比”，用三个字说，就是“打比方”。

“打比方”是俗话，文言叫“譬喻”。在中国，譬喻不仅是诗人和文人的表达方法，也是老百姓普遍的思维方式和表达方法。譬如《警世通言》：“也叫阿妈来譬喻它几番！”

譬喻，《周易·系词》叫“拟诸形容”，《淮南子》叫“以象譬喻”，《毛诗序》叫“赋比兴”。不过解释起来足够写几本书。——也许正是这些语言过于文雅不够真实（就像果戈理笔下的彼得堡太太，从来不说“擤鼻涕”，而是说“我清了一下鼻子”），乐黛云先生才说：“要理解中国文化的根在什么地方，就要到老百姓中去，从最真的地方开始。”

可喜的是，近些年来，很多学者已经发现，中国的“比方”和西方的比喻“不是一回事”（蔡义江先生语）。现在看来，“比方”既不是西方修辞学上的比喻，也不是“赋比兴”中的“比”；正是中国古人所说的“言有尽而意无穷”的表达方法。古曰“诗贵有含蓄不尽之意”，说的不过就是这种生活和诗歌中常见的“比方”。不仅如此，英国现代诗人艾略特所说的“客观对应物”，如果从积极的角度理解，也不过就是中国的“比方”。

◎艾略特（1888－1965），英国诗人和批评家。其重要见解如作家要有历史感，作家不能脱离文学传统但可以以自己的创作去丰富和改变传统，诗人应该去寻找“客观对应物”亦即中国人说的“比方”等。正是依靠这些理论和这个最基本的方法，艾略特才成功地创作了《荒原》、《空心人》、《四个四重奏》等代表作，并获得1948年诺贝尔文学奖。譬如《荒原》就是把资本主义社会比方为精神的“荒原”，《空心人》就是把现代人比方为没有灵魂的“空心人”。

不同的是，诗学的“比方”需要更形象一些，在概念上需要更规范一些，所以不能不用其他词代替罢了。

诗的方法真是这样简单？是的。佛说：“用简单之心做好简单之事，是大境界。”《礼记》说：“通道必简！”其实，所谓科学，就是“有限手段的无限运用”；只有简单，才能“足够演变出无穷无尽的变化”。何况按马依明的话说：“任何隐喻（比方）潜藏的内容，都是‘无限广阔的天地’。”（《外国文学家论形象思维》）当然，雄辩的不是引论，而是事实。下面，就让我们来看中国古人是怎样“比”及怎样写诗的吧！

01 用事来比

日出而作，日入而息
凿井而饮，耕田而食
帝力于我何有哉

——（远古/《击壤歌》）

◎虞舜（公元前21世纪），远古尧舜禹中的舜皇帝。相传“诗言志，歌咏言，声依咏，律合声”这个中国诗歌的“开山纲领”，就是出自帝舜之口。用今天的眼光看，这句话是谁说的并不重要，重要的是，早在人类生活在野森林的时代，中国不仅已经产生了具有现代意义的诗，而且已经产生了“高不可攀”（马克思语）的诗歌哲学。用今天的眼光看，中国的“言志说”不仅比西方的“模仿说”高明，而且堪称现代诗学的故乡。

【导读】用事来比，就是“用事实说话”。“事实”，《辞典》的解释是：“事情的真实情况。”

上古帝尧时代，人们过着无忧无虑的生活。有旁观者说：“这都是皇帝尧的功德啊!”一位老人一边玩着手中的游戏，一边唱道：“（我们）日出而作，日入而息；凿井而饮，耕田而食；帝力于我何有哉?”（尧帝给我们出了多少力?）什么叫事实?“日出而作，日入而息；凿井而饮，耕田而食”就是众所周知的铁的“事实”。

“用事来比”与当下诗歌的“叙事性”不同。古人的叙事叫“赋”和“直陈其事”。什么叫“直陈其事”？刘雪苇先生说，就是让作者的思想感情“从事实里面‘流’出来”。譬如同样是报道一个人的死，蒋介石死的时候，新华社编发的消息只有五个字：“蒋介石死了。”短短五个字，既是“事情的真实情况”，也是作者鲜明的思想感情。不但已经包含其中，而且已经“流”出来了。

“用事来比”，古曰“缘事而发”，又曰“歌体之祖”，习称“饥者歌其食，劳者歌其事”。过去，编书的人把《击壤歌》叫“谣”，有人甚至怀疑它的真实性，但是，真正的大诗人不这样看。譬如中国“诗家天子”王昌龄说：“凿井而饮，耕田而食，此高格也!”而率先提出“世界文学”概念的大诗人歌德也说：“中国人有成千上万这类作品，而且在我们的远祖生活在野森林的时代就有了。”

【例句】

歌谣：耕田耕三亩哎，日晒皮肉乌哎（《耕田歌》）

古诗：高田种小麦，终久不成穗。男儿在他乡，焉得不憔悴（汉《古歌》）

唐诗：朱门酒肉臭，路有冻死骨（杜甫《自京赴奉先咏怀五百字》）

宋诗：春色满园关不住，一枝红杏出墙来（叶绍翁《游园不值》）

今诗：你站在桥上看风景，看风景的人在楼上看你（卞之琳《断章》）

外诗：爱是长在我们心里的藤蔓（英语抒情诗）

02 用物来比

关关雎鸠，在河之洲
窈窕淑女，君子好逑

——（周/《诗经·关雎》）

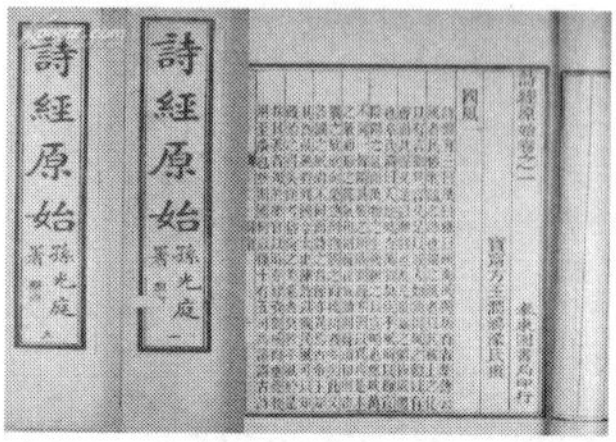

◎《诗经》是中国最早的诗歌总集，也是世界上第一部诗歌总集。该书收入自西周初年至春秋中叶（前11世纪至前6世纪）大约五百多年的诗歌305首。先秦称为《诗》，或取其整数称《诗三百》。西汉时被尊为儒家经典，始称《诗经》。又因汉朝毛亨、毛苌注释《诗经》，所以又称《毛诗》。在中国诗歌史上，影响之大莫过于《诗》。闻一多说：“《三百篇》的时代，确乎是一个伟大的时代，我们的文化大体是从这一开端的时期就定型了。”

【导读】“用物来比”，就是用“物”来打比方。——明知男女相爱天经地义，就是不好直说，怎么办？《关雎》的办法很简单，就是“用物来比”。通过“关关雎鸠，在河之洲”来说明“窈窕淑女，君子好逑”，再笨的人一听就懂，再封建的人也不得不服。由此可见，说话和写诗的区别只有一点：一个是“直说”，一个是“打比方”。只要是形象性的比方，写在诗歌中叫“文学”，写在嘴上就叫“口头文学”。

什么叫“用物来比”？据胡补安先生统计：《诗经》中不重复的字只有2000多个，而用来打比方的事物：“草名106种，木名74种，鸟名39种，兽名67种，昆虫名29种，鱼名20种，器皿名300余种，食物性植物有44种。”单是表示手部动作的词就有50多种，这就叫“用物来比”。

需要注意的是，《诗经》的物不是死物（抽象的概念），而是“活物”，即一幅有声有色的图画。譬如这里的“关关”，就是声音；“在河之洲”就是色相，这里的“色相”非常简单，“在河之洲”就是“在自由恋爱”。只有关雎的概念，没有关雎的声音色相，就引不出“窈窕淑女，君子好逑”，也出不来这句千古传颂的诗。古曰“林无静树，川无静流”，西方现代派不懂这个，他们以为有名词就算有物、有符号就是象征。这就是学者所说的“误读”。譬如本诗，如果你只说“雎鸠”，不把“关关”和“在河之洲”这个属性表现出来，谁知道你是在夸它的羽毛还是想吃掉它，或是拿它说事（打比方）？难怪中国社科院文学研究所蒋寅先生说：“如果将image译作意象，那么意象诗就只意味着名词的排列或省略动词。”

【例句】

歌谣：男儿欲作健，结伴不须多。鹞子经天飞，群雀两向波（南北朝《企喻歌》）

古诗：青青河边草，绵绵思远道（汉乐府《饮马行》）

唐诗：飘飘何所似，天地一沙鸥（杜甫《旅夜抒怀》）

宋诗：小池南畔木芙蓉，雨后霜前着意红。犹胜无言旧桃李，一生开落任东风（吕东莱《木芙蓉》）

今诗：如果，你是湖水/我乐意是堤岸环绕/如果，你是山岭/我乐意是装点你姿容的青草（《汪国真诗选》）

外诗：我愿意是树，如果你是树上的花/我愿意是花，如果你是露水（［匈牙利］裴多菲《假如你是树上的花朵》）

03 用景来比

昔我往矣，杨柳依依。今我来思，雨雪霏霏

——（周/《诗经·采薇》）

【导读】“用景来比”是汉诗写作的一大特色。从谢灵运的“山水诗”到唐诗宋词元曲，几乎成为中国诗歌的一面金字招牌。其实，它的方法并非来自“山水”，也并非来自唐诗，正是来自《诗经》中这句振聋发聩的诗句。据说，古今文人最欣赏的《诗经》，就是这句“昔我往矣，杨柳依依；今我来思，雨雪霏霏”。

一个戍边的士兵回到家乡，不但举目无亲，而且雨雪交加，其痛苦的心情可想而知。令人惊奇的是，这位士兵不但没有悲观抱怨，反而欣赏起风景来，这简直是生命的一大奇迹：走的时候依依不舍，就像那“杨柳依依”；来的时候孤苦伶仃，就像这“雨雪霏霏”，中间不用“喻词”，读者就知道这是在“打比方”。

这种方法是谁发明的？笔者在《中国诗歌的核心技术》一文中借用李白登楼诗说："不敢高声语，恐惊天上人。"

景和物不同。物表现的是物的某一属性，即物性、物理和习性，如前面说过的"关雎"。景着眼的则是物与物的关系。如"杨柳依依"着眼的是杨柳和春天的关系；"雨雪霏霏"表现的是"雨雪"与"饥寒交迫"的关系。古曰"雅人深致，正在借景言情"，而不是为写景而写景，"画得像"就着数。这一点，苏东坡看得最清楚。在一篇《题画诗》中，他借画谈诗说，"论画以形似，见与儿童邻。是诗必此诗，定知非诗人"，说的就是那种"有景无情"，"为文写情"的假诗家和假诗人。难怪历史发展到晚清，王国维一反两千年"风花雪月"、"附庸风雅"的文人习气和审美观念，大声疾呼：

> 词以境界为上。……何为境界？能写真景物和真感情，谓之有境界，反之谓之无境界。（《人间词话》）

【例句】

歌谣：南风之熏兮，可以解吾民之愠。南风之时兮，可以阜吾民之财兮（帝舜《南风歌》）

古诗：习习谷风，以阴以雨。黾勉同心，不宜有怒（《诗经·谷风》）

唐诗：蜂蝶纷纷过墙去，却疑春色在邻家（王驾《雨晴》）

宋诗：春色满园关不住，一枝红杏出墙来（叶绍翁《游园不值》）

今诗：品读万物皆滋味，最是心宁下雪时（金永福《鹧鸪天·观鸟》）

外诗：我的心与大海相似，有风暴也有潮汐，但许多美丽的珍珠，就藏在海底（［德］海涅《美丽的打渔姑娘》）

04 用心来比

知我者谓我心忧，不知我者谓我何求

——（周/《诗经·黍离》）

【导读】"用心来比"，就是俗话说的"将心比心"。子曰：

“能近取譬，可谓仁之方也矣！”“能近取譬”，《词典》的解释是，“能够推己及人，就自己打比方”。

当然，传统观念并不是这样说的，他们认为，这叫“直白显露”，“与诗无涉”。客观地说，此论并非“迂腐”，只是把“心里话”和“瞎议论”搞混淆了。也就是误把所有的“直白”都当成“无病呻吟”的浅薄之词了。那么，“就自己打比方”算不算“诗”呢？古曰：“此君岂作诗，直写胸中天。”——诗歌本就是言志抒情的，如果连“心里话”都不能说，要诗何用！

“用心来比”，就是把自己的心掏出来让人看。本诗“知我者谓我心忧，不知我者谓我何求”就是“把自己的心掏出来让人看”，这种例子当然不止一个。譬如《离骚》“长太息以掩涕兮，哀民生之多艰”；古诗“风萧萧兮易水寒，壮士一去兮不复还”；唐诗“仰天大笑出门去，我辈岂是蓬蒿人”；宋诗“生当作人杰，死亦为鬼雄”；元诗“不要人夸好颜色，只留正气满乾坤”；清诗“我自横刀向天笑，去留肝胆两昆仑”；民国诗“寄意寒星荃不察，我以我血荐轩辕”等等。说实话，如果没有“长太息以掩涕兮，哀民生之多艰”，中国人很难把《离骚》叫“诗歌”，也很难把屈原称为“诗人”。正是屈原“能够推己及人，就自己打比方”，才使社会多了一面镜子，使人们看到了自己的面孔，看到了民族的精神和人类的希望，人们才把他叫做“诗人”。西方诗歌中这样的例子很多，譬如裴多菲的“生命诚可贵，爱情价更高，若为自由故，两者皆可抛”等等。由此可见，诗歌所反对的，只是“道理往往粗浅，议论往往陈旧，也煞费笔墨去发挥申说”（钱钟书语）。譬如新诗：“不管别人怎么说怎么看，这是我的高原。”既然不管别人怎么说怎么看，你就自己看好了，何必写出来呢？诗人的责任，是用形象来感染人说服人，你不提供必要的艺术形象，反用这种空洞和偏执的话来挑战读者，这不是和“说大话”差不多吗？

由此可知，诗歌事实上有两种“比”：一种是“曲意比附”，一种是“直抒胸臆”。也就是说，中国的诗歌叫诗，西方的诗歌也叫“诗”。这一点，笔者深有体会。譬如2010年南方大旱，我和家乡父老一样，心如刀绞。如果再不写点什么，仿佛这诗歌就白学了。郁闷良久，终于憋出这么几句：

如果磕头能够感动上苍
我愿长跪不起
直到，老天流泪

——（《大旱三章》）

为什么只能这样写？因为那时，这是我唯一能够做到的事，也是当时不吐不快的话和唯一想写的“诗”。后来我都吃惊，为什么一直笃信“诗，就是打比方”的我，临到关键时候，竟然也只会说“大实话”。现在明白，直抒胸臆也是“比”，不仅是诗，或许更像“真诗”。正如启功先生所说：“要看说出的是什么情。……用意好，虽是明白说出，也是好的。”又如周振甫先生说：“只要作者的心地光明磊落，就不用害怕什么，不用规避。”甚至有古人云：“古今胜语皆自肺腑中流出。”（《风月堂诗话》）“能以吾言写吾心，即吾词也。”（况周颐语）反观那些附庸风雅、忸怩作态、言不由衷的“诗”，此话未必不真。试想，如果大家都能够讲真话，少讲“套话”、“假话”和“大话”，诗歌会不会变得更好些？

【例句】

歌谣：不写情词不写诗，一方素帕寄心知（明朝山歌）

古诗：长太息以掩涕兮，哀民生之多艰（屈原《离骚》）

唐诗：男儿何不带吴钩，收取关山五十州（李贺《南国》）

宋诗：欲寄相思千点泪，流不到，楚江东（苏轼《江城子・别徐州》）

今诗：为什么我的眼里常含泪水，因为我对这片土地爱得深沉（艾青《我爱这土地》）

外诗：啊，你骄傲的自由底歌手？/来吧，把我的桂冠扯去/把娇弱无力的竖琴打破……/我要给世人歌唱自由/我要打击皇位上的罪恶（［俄］普希金《自由颂》）

05 用感觉来比

桃之夭夭，灼灼其华

——（周/《诗经·桃夭》）

【导读】黑格尔说：“人体的优越性在于感觉。它虽然不是到处都很敏感，至少是有现出感觉的可能。”在《桃夭》中，诗人眼中的桃树一会儿是花，一会儿是果，完全变成了一种美的感觉，这个有意思吗？对了，写诗，“要的就是这份感觉”。

在诗歌中写出自己真实的感觉，就像说出自己的心里话，目的是一样的，都是“就本身打比方”，而不是“为感觉而写感觉”。这一点，很多西方学者是不太了解的，譬如柏格森的“直觉主义”，克罗齐的“直觉就是艺术”。难怪布莱把中国诗歌的美都看在眼里，却郁闷“不知怎的都流在一起了”。也就是说，他们压根就不知道，中国人使用的物、景、心、事和感觉，只是用来打比方，只是诗的“素材”，只是媒婆，不是媳妇，更不是什么“精致的瓮”。是的，“诗”不是感觉本身，也不是文字的游戏，而是“文字背后的温柔”（博尔赫斯语）。

【例句】

歌谣：春风动春心，流目瞩山林。山林多奇采，阳鸟吐清音（《子夜四时歌》）

古诗：青青河畔草，郁郁园中柳（《古诗十九首》）

唐诗：山光悦鸟性，潭影空人心。万籁此俱寂，但余钟磬音（常建《题破山寺后禅院》）

宋词：只恐双溪舴艋舟，载不动，许多愁（李清照《武陵春》）

今诗：十二月的天空太低了，已经低过了赶路人的赤脚（王小妮《害怕》）

外诗：悦耳的乐曲啊，你是一汪清水。凉爽宜人……仿佛那夜来香（［西班牙］拉蒙《音乐》）

06 用联想来比

南有乔木，不可休思；汉有游女，不可求思
汉之广矣，不可泳思；江之永矣，不可方思

——（周/《诗经·汉广》）

【导读】“南方有高大的树木，不能让我乘凉/汉江有漫游的女神，不能让我追求/汉水之广阔，不能让我游泳/汉江源远流长，不能让我乘筏远航。”这首诗的特点是：诗中说的，都不是眼前的东西。这种不在眼前的东西就叫联想。诗歌为什么需要联想，过去说不清楚。其实联想和眼前的东西一样，都是诗歌的材料。用柯尔律治的话说即：“通过联想的方法取得现成的素材。”这个道理，也许弗罗斯特体会得更深一些：

有人说诗是才智的精髓。一定要有才智才行。我还要说的是，每个念头，不管和诗有没有关系，都是联想的功劳：眼前的事物勾起你心底的事，你几乎不知道自己知道那些东西。把这个和那个摆在一块，就成了。

什么是“用联想来比”，请看李发模先生的这句诗：

酿酒，也酿人的心情
酿天的风调雨顺。

“酿天的风调雨顺”，含义很深，不独自然界的风调雨顺，社会、国家、民族、民生，甚至经济、生意的风调雨顺，全都包含进去了。来源就是联想非常宽广。一般来说，联想有多丰富，诗意的空间便有多广阔。譬如舒婷的《祖国啊，我亲爱的祖国》一诗中，那些“破旧的老水车”、“熏黑的矿灯”、“干瘪的稻穗”、“失修的路基”及“淤滩上的驳船”等等，都是联想，也能帮助读者产生更多的联想。有人说，什么东西都是过眼云烟，这不对，起码“回忆”无法挥之即去。譬如唐诗“可怜无定河边骨，犹是春闺梦里人”。这里的“春闺梦里人”既是联想，也是作者生活中最美好的回忆之一。所以笔者认为，老年人最适合写诗。因为他们的生活太丰富，很多东西不仅是人类的宝贵财富，而且是不可再生的文化资源。如果老年人不仅锻炼身体，也把这些东西记录下来，留给子孙，或许是一件更有意义的“终身大事”（身体的健康首要是大脑的健康）。虽然很多东西只是材料，然而不是成功的经验，就是深刻的教训，而诗歌所需要的，正是这些正反两个方面的东西。傅雷说：“名副其实的艺术家，多半是在回想中和回忆中过他的感情生活的，惟其能把感情生活升华才给人类留下这许多杰作。”相比之下，青年人就很少这种优势。

【例句】

歌谣：生男慎勿举，生女哺用脯。不见长城下，尸骸相支柱（秦朝民歌《长城谣》）

古诗：涉江采芙蓉，兰泽多芳草。采之欲遗谁，所思在远道（《古诗十九首》）

唐诗：抽刀断水水更流，举杯消愁愁更愁（李白《宣州谢朓楼饯别校书叔云》）

宋诗：一字无题处，落叶都愁（张炎《八声甘州》）

今诗：母亲、妻子、女儿/天各一方/中秋之月，把心分成三片/整个夜空/写满了祝福（陈远松《无题》）

外诗：牢外是绿色的领地和灌木丛中的鸟儿/牢内没有建筑，黑鸟或者画眉/再会，老磨坊和飞溅的河水/再会，磨坊主和他依旧可爱的三个女儿（［美］约翰·克莱尔《再会》）

07 用想象来比

硕鼠硕鼠，无食我黍

——（周/《诗经·硕鼠》）

【导读】想象和联想一样，也是“用想象来比”，如果纯粹“为想象而想象”，那就不是本书所说的想象，只能叫“消极的想象”或其他东西。想象和联想不同，联想是现实中存在的或者可能存在的，想象是生活中不可能存在，纯粹是作者的虚构和幻想。“硕鼠硕鼠，无食我黍”，把老鼠写得跟人一样，也会说话，也会听话，这当然是一种想象。为什么要创造这个想象？因为现实中有些东西太敏感，不好直说，就只有用这个想象的老鼠来打比方。例如这里的硕鼠就是今天我们所说的贪官。不仅是小贪，而且是大贪。这个“想象”的价值，就是从此把贪官和“硕鼠”钉在同一根耻辱柱上了。

从以上的分析可以得知，用想象的材料来打比方，不仅可以弥补现实材料的不足，还可以产生不同寻常的艺术效果：“大老鼠啊大老鼠，你不要再吃我们的粮食了”，你看，这是不是非常形象而生动，而且能够丰富读者的想象。这个道理，爱迪生说得最好：

> 想象里没有一个形象不是先从视觉进来的。可是我们有本领在看上了这些形象之后，把它们保留、修改并且组合成自己所需要的各式各种图样和幻象。一个身陷囚笼的人靠他这点本领，就能够把自然界最绮丽的风景来娱乐自己（爱迪生《旁观者》）

但是，也必须清楚，想象是诗歌中的重要手段，却不是必要的手段。所谓“诗歌是想象的艺术”和“诗歌是神明的启示”一样，不过是人类幼年时期对诗歌的一种模糊认识。在诗歌的写作和欣赏中，有人更喜欢想象而非写实的作品，这个无可厚非；但是，“真正的诗歌并不是一定要“天花乱坠”，因为想象的目的主要是为了寻找到“适合于表现某一观念的形象”（康德语）。正如李博所说：“思想秩序中的创造性想象，根本的、基本的要素，就是以类比进行思维。”（外国文学研究资料丛刊《外国理论家作家论形象思维》，第 183 页）如果想象不是为了打比方，而是为想象而想象，就像很多沉迷想象脱离现实的诗人，只能玩一阵子，白白浪费青春，那才是“最可怕的”（歌德语）。

【例句】

歌谣：老猫老猫，上树偷桃，听见狗咬，下来就跑（儿歌）

古诗：枯鱼过河泣，何时悔复及（汉《枯鱼过河泣》）

唐诗：昆山玉碎凤凰叫，芙蓉泣露香兰笑（李贺《李凭箜篌引》）

宋诗：昨夜西风凋碧树，独上高楼，望尽天涯路（晏殊《蝶恋花》）

今诗：这时已听不到/太阳有力的爪子/在地上行走（芒克《黄昏》）

外诗：爱情就像一只蝴蝶，它喜欢飞到哪里，就把欢乐带到哪里（英文爱情诗）

（二）“比”是“借物比心”，不是“以物比物”

【中外诗话】

◇ 诗者，志之所之也，在心为志，发言为诗（《毛诗序》）

◇ 古诗刺过失，故有益而贵；今诗纯虚誉，故有损而贱（葛洪）

◇ 文章合为时而著，歌诗合为事而作（白居易）

◇ 导扬讽谕，本乎比兴者也（柳宗元）

◇ 诗者，志之所在也。情动于中而形于言，岂专意于咏物焉（张戒）

◇ 古人为诗，贵于意在言外，使人思而得之，故言之者无罪，闻之者足以戒也（司马光）

◇ 比焉、兴焉，无非其情焉，足以观义矣（王叔武）

◇ 凡诗之作，必其情迫于不得已（魏源）

◇ 今天的诗应该是民主精神的大胆的迈进（艾青）

◇ 不要在象牙塔里做诗人，要为被压迫的大众做点哀呼（李敖）

◇ 关注时代、热爱生活、温暖人生、激浊扬清，是诗歌最真的本质和最美的境界（铁凝）

◇ 情志是在一个完美的个性里表现出来的/艺术的任务在于用感性形象来表现理念，以供直接关照。而不是用思想和纯粹心灵的形式来表现（黑格尔）

◇ 不要粉饰生活，不要隐藏我们的前进的动因的诸矛盾，而以最大的力量

和满心的欢喜，来主张成长中新的东西（托曼）

◇ 这一百年，西方诗人认识到，诗人的主要工作是批判社会（盖瑞·施耐德）

◇ 我认为古代中国诗仍然是人类曾经写过的最伟大的诗（罗伯特·布莱）

◇ 只要这个世界上还有一个人在受苦，我的心就不能安宁（马勒）

◇ 一切创造总是以某种需要、某种愿望、某种用心、某种没有满足的冲动，甚至常常以某种痛苦的孕育为它的前提（李博）

【引论】“比方”和“比喻”的区别

古曰：“诗者，吟咏情性者也。”（《沧浪诗话》）“诗者，志之所在也。情动于中而形于言，岂专意于咏物焉？”（张戒语）但是实际情况却不是这样，譬如过去有学者把《世说新语》中那个纯属比喻的句子“未若柳絮因风起”当成“千古绝句”，在“高度诗意化”的今天，就有些“浅薄”（刘义语）和尴尬了。所以，这里不能不先把“比喻”和“比方”比较一番。

比方与比喻说起来复杂，生活中谁也不会搞错。譬如在中国，只听见有人说“我给你打个比方”，没听见有人说“我给你比喻一下”。为什么呢？概括起来，它们至少有七个不同：

1

比方是中国话，比喻是外国话。据陈望道 1932 年出版的《修辞学发凡》：“思想的对象同另外的事物有类似点，说话和写文章时就用那另外的事物来比拟思想的对象的，名叫譬喻，现在一般叫比喻。”从这段话可知，“比喻”这个词进入中国的时间，不过百年左右。

2

比方是“以物比心”，比喻是“以物比物”。比方是中华民族认知世界包括认识自己的诗性思维和表达方式，而比喻在西方文化中，从来都是一种修辞手段和修辞手法。所以海子说：“诗歌不是修辞练习！”

3

比方和比喻虽然经常混用，但是一个有“谜底”，一个没有“谜底”。用布莱克的话说即“比喻不是比喻义”；用理查兹的话说即隐喻不能没有“喻底”。而叶嘉莹先生对此亦深有同感：

即以李白的“美人如花隔云端”一句而言，他所使用的是“明喻”，这是不错的，但李白这首诗所以好，却绝不仅在于他使用的是“明喻”的手法而已。（《叶嘉莹论诗》）

5

比方都是用事物来“比拟思想”，明喻和暗喻都是“以物比物”。正如李廷扬先生在《从比喻的内涵和外延看修辞的本质》一文所说：“明喻和暗喻，指的是用语的明暗，而比喻本身无所谓明暗。”

6

比喻离不开“喻词”，比方通常不需要喻词。譬如谚语“把舵的不慌，乘船的稳当”；杜诗“无边落木萧萧下，不尽长江滚滚来”等，都不是修辞学上的明喻暗喻，却是明白无误众人皆知的“比方”。

7

比喻一般只要“象”就行，古曰“形似”；比方是“弦外之音”，“象外之象”，“言外之意”，古曰“神似”。譬如中国谜语：“比乌鸦更讨厌的东西是什么?”如果出谜者不告诉你谜底是“乌鸦嘴”，你就不知道什么叫“谜底”，什么是“诗之谜”!

总之，比喻和比方来自两种不同的文化背景，也代表两种不同的诗学主张。前者叫“模仿的艺术”，后者叫“诗言志”；前者叫“表现的艺术”，后者叫“隐喻的艺术”；前者早已被西方现代主义所淘汰，后者正在并已经成为诗歌“高度诗意化”的艺术杠杆即主要方法。

08 为生命的忧患而比

执子之手，与子偕老

——（周/《诗经·击鼓》）

【导读】生命，是人生最宝贵的东西。就人生来说，生命是人生之本；就一国而言，“民生”是一国之本。有诗以来，特别是以《诗经》、《离骚》和《古诗十九首》为代表的中国优秀诗歌，无一不是把生命和民生的关怀放在首位。所谓“民生而志，咏歌所含”（《文心雕龙》），说的就是这个意思。屈原所以受到中国人民的爱戴而不可动摇，就是那句千古传颂的“长太息以掩涕兮，哀民生之多艰”。一句诗，足以概括诗人的一生，足以说明诗的可贵之处。在关爱生命的古典诗歌中，与“长太息以掩涕兮，哀民生之多艰”具有同等社会价值和艺术价值的，恐怕就是本诗“执子之手，与子偕老”了（对不起，在唐诗中很少见到这种从生命中“长出来”的诗）。

关爱生命，关心民生，历来是诗歌永不衰老的主题。人生最大的不幸是生离死别，最大的幸福是“执子之手，与子偕老”。“哀民生之多艰”是大诗人的境界，“执子之手，与子偕老”是小诗人的心态。两句诗都是用心来比，把自己的心里话告知世人，把自己当成一面镜子让世人来照。博尔赫斯说：“我认为人不见得都要是知识分子，不过却都要能够英勇尽忠，也要抱着男子气概来迎接宿命的挑战。”“执子之手，与子偕老”不就是这样一种境界，一种“抱着男子气概来迎接宿命的挑战”吗？《人间词话》说“境界无大小”，大诗人活的是境界，小诗人活的是心态。只要是对于生命的关怀，哪怕是一个善意的提醒，皆自成高格，自有名句。譬如诗曰“生于忧患，死于安乐”；《瓦尔登湖》说“有人想攒点钱，以防生病，没想到反而使自己病倒了”，又说“一个人如何看待自己，这就决定了他的命运，或者说，指明了他的归宿”等等。

古曰：“作诗不知风雅之意，不可以作诗。”讽喻，不是含沙射影，不是政治攻讦，而是直面人生，直面现实，关怀生命，关爱民生。当然也包括关心国家建设，包括关心国家的经济建设和民主政治建设。古曰：“诗道本正大。”宋人司马光说：“古人为诗，贵于意在言外，使人思而得之，故言之者无罪，闻之者足以戒也。”诗的风雅之意也正在于此。如果诗人和诗歌爱好者都能感于哀乐，缘事而发；激浊扬清，光明磊落；平心静气，以情感人，如果人与人之间，家庭成员与社会成员之间，公民与政府成员之间，国家与国家之间，民族与民族之间，贫者和富者之间，文化与文化之间，都能“将心比心、推己及人”、“执子之手，与子偕老”，那就离和谐社会、和谐世界的目标不远了。总之一句话，退一万步，即使世界重新回到混沌，人们也可以通过诗歌参与天地的演化，见证混沌的大美，找回自己的诗意，重新回到“诗歌的英雄时代”。

【例句】

歌谣：难度日。一筒糙米三顿吃。沙罐熬煮调羹舀，稀汤怎能充肚饥（侗族民歌）

古诗：高田种小麦，终久不成穗。男儿在他乡，焉得不憔悴（汉《古歌》）

唐诗：可怜身上衣正单，心忧炭贱愿天寒（白居易《卖炭翁》）

宋诗：一蓑烟雨任平生（苏轼《定风波》）

今诗：五千年的风和雨啊，藏了多少梦，黄色的脸，黑色的眼，不变是笑容（陈耀川《中国人》）

外诗：今年死了，明年就不会再死。让她睡吧（［英］莎士比亚《亨利四世》）

09 为情性的悲欢而比

风雨如晦，鸡鸣不已。既见君子，云胡不喜

——（周/《诗经·风雨》）

【导读】清朝有一个对句：“最难风雨故人来。”该诗的“风雨”和本诗的“风雨”一样，都不是自然界的风雨，而是人生和社会的风雨。什么叫诗歌的“比”，这就是诗歌的“比”。

如果仅仅是描写即模仿自然界的风雨，或者仅仅是“以彼物比此物”，而不是“情意在先，拟比在后”（叶嘉莹语），那是“散文”或“说明文”的事，与诗无关。笔者推测，朱熹所以这样解释，就是有意抹杀诗的本质。因为不这样断然解释，就会严重损害它那个“存天理、灭人欲”的程朱理学。古曰：“诗者，志之所在也。情动于中而形于言，岂专意于咏物焉？”今曰：“风就是人的感情，人的感情就是这风。而人心恰是一无往不通之窍。”（梁漱溟）范仲淹忧国忧民，感时伤世是情；柏拉图“若爱，请深爱。如弃，请彻底。不要暧昧，伤人伤己”也是情。

诗歌的“比”不是“以物比物”，而是“以物比情”、“以物比志”，道理不用多说。本节最关心的是什么叫“情”。华兹华斯说：“诗歌是强烈感情的自然流露。”请问：泼妇骂街和小孩哭闹算不算“强烈感情的自然流露”？又如，过去旧文人喜欢附庸风雅、酬答唱和，请问，这个算不算现代诗歌的“情”？古曰：“喜怒哀乐爱恶欲七者，不学而能。”如果诗歌仅仅是泼妇骂街，附庸风雅，“于世无补”，说实话，诗歌早应该关门了。笔者认为，从大众和历史公认的好诗来看，诗歌的情不能只是个人的情感、情绪、情趣，更重要的是个人的“情性和情怀”。古曰“哀乐之真，发于情性”（金人王若虚《滹南诗话》）；“诗者，持也，持人情性”。什么叫“情怀”？吴冠中先生说：“情怀是多年的人格，多方面因缘修来的结果，这个是最重要的。”黑格尔也说：“情怀是在一个完美的个性里表现出来的/无论在喜剧里或悲剧里，情感（情欲）都不应该是荒谬无稽的主观幻象的东西。”不仅诗歌，中国的书画艺术也是如此。如韩愈在《送高闲上人序》中说：张旭的草书，是他的“喜怒、窘穷、忧悲、愉佚、怨恨、思慕、酣醉、无聊、不平”等诸种思想情绪，蕴蓄于心而借草书宣泄而出。笔者认为，诗歌的情，第一是真性情，即人之常情，也叫人的基本感情。如印度古代诗学认为人有八种常情：“爱、笑、悲、怒、勇、惧、厌和惊，——常情产生甜美性，被称作味。”第二是悲悯天下的宗教般的情怀。具有真性情，人们才相信他（她）写的是“真诗”；具有悲悯天下的人格与情怀，人们才有理由看他（她）的诗，才会把他（她）叫做“诗人”。古曰：“以欲为情，欲长情消。”（清人刘熙载《艺概》）“生气是拿别人做的错事来惩罚自己。”（柏拉图）也许正因为此，中国古代才有“先天下之忧而忧，后天下之乐而乐”的范仲淹；近代才有“不为物移，不为己忧，不为物喜，不为己悲”的恽逸群。如果仅仅是呻吟个人私欲，譬如林黛玉，就会连大观园中人也瞧不起她；如果只是为了表现贵族或文化人的优越感，如乾隆爷写了五万多首，也没有人把他叫做诗人（何况乾隆爷不但会吟诵优越，也会吟诵《菜花》。如“爱他生计资民用，不是闲花野草流”）。什么才是中国古典诗歌的“情”，孙绍振先生有句话说得好：“为什么唐诗至今经久不衰呢，是因为它里面的感情是我们民族，甚至是人类的感情，是我们的经历，甚至是一种集体文化记忆。”《诗经·风雨》和“最难风雨故人来”这两片诗，使用的材料相同，意思也差不多，虽然不是什么豪言壮语，所体现和所珍贵的，正在于它们不仅是个人的“经历”，也是“人类的感情”和“集体文化的记忆”。难怪古人曰：“喜怒哀悲之气，性也”；“道始于情，情生于性”。

【例句】

歌谣：乐莫乐兮新相知，悲莫悲兮生别离（齐《琴歌》）

古诗：盈盈一水间，脉脉不得语（《迢迢牵牛星》）

唐诗：同是天涯沦落人，相逢何必曾相识（白居易《琵琶行》）

宋诗：两情若是久长时，又岂在朝朝暮暮（秦观《鹊桥仙》）

今诗：曾因酒醉鞭名马，生怕情多累美人（郁达夫《钓台题壁》）

外诗：在苦闷的日子里需要克制，相信吧，欢乐的日子就要来临（[俄]普希金《假如生活欺骗了你》）

10 为理性的张扬而比

它山之石，可以攻玉

——（周/《诗经·鹤鸣》）

【导读】人类是需要理性的，意志也是一种理性，诗歌的理性只能依靠自己，也只有个性的感知和个性的表现才是艺术。情感不仅是欲望的喜悦，更是感知的喜悦。读者希望的诗，也是智慧和理性的喜悦，而不是非理性的感情的宣泄非理性的欲望。

早在180多年前，歌德就说："真理和神性一样，是永不肯让我们直接识知的。诗人作为预言者的身份，只能在反光、譬喻、象征里关照它。"怎样关照呢，这里且从三个角度来谈：第一，诗歌是感性的，但是要受理性的指导；第二，诗歌应该用感性的材料宣扬理性，即"美是理性的感性呈现"（黑格尔语）；第三，诗歌的理性必须用喻象的形式展现出来，即"任何情感，任何思想必须形象地表现出来，才是诗的情感和思想"（别林斯基语）。本诗"它山之石，可以攻玉"，就是因其具有上述三个属性，才被人们从三千年前流传使用直到如今，永不生锈。《毛诗正义》说："恬淡为心，思虑为志，诗之为言志也。"王国维说："政治家之眼，域于一人一事。诗人之眼，则通古今而观之。"现代科学认为，诗歌不仅是一种交流的方式，而且是认识世界包括认识自己最可靠的方法。有人说"人类要在21世纪生存下去，必须到2500年前孔子那里去寻找智慧"。为什么？因为在专家们看来，人类已经进入前所未有的愚昧和浮华时期，迫切需要一种能够使人类改变物质欲望，重新面对自身的本体思维。因为很多人不知道，诗歌，就是一种通过感通万物来找到自己，通过物的贯穿和情的感通返求诸己的体验式思维。诗歌不仅是一种"顺美匡恶"的教化工具和民主工具，而且是人类认识世界包括认识自己更可靠的认知方式和交流方式。"诗性思维"，就是人类理想和渴望的“诗意的栖居”。用黑格尔的话说：“当艺术成为认识和表现人类最深广的真理的一种方式和手段时，艺术才算尽到了它的最高职责。”

形象的哲理诗与抽象的哲理诗不同，它们大都来自对生活的直接感受。譬如古代有人问：“古诗中何句为佳？”答曰：“‘所遇无故物，焉能不速老’，此句为佳。”（《世说新语》）为什么“所遇无故物”堪称佳句？要想知道你老了没有，不用到医院体检，不用照镜子，只要你身边的熟人、熟事少了，就说明你已经老了，真理就是这么简单。其他哲理诗如乐府民歌“瓜田不纳履，李下不正冠”；唐诗“沉舟侧畔千帆过，病树前头万木春”，“不经一番寒彻骨，怎得梅花扑鼻香”；宋诗“只看后浪催前浪，当悟新人胜旧人”；明诗“苍龙日暮还行雨，老树春深更著花”；清诗“天籁自鸣天趣足，好诗不过近人情”等等，难怪梁漱溟说：“中国实无宗教，诗歌就是宗教。”

哲理诗无须面面俱到，但是，也要有所顾忌。譬如有首《浮萍》的诗曰：“浮萍忧郁地说：难以捉摸的风，使我的生活漂泊不定……”这短短三行小诗，写浮萍埋怨风使它的生活漂泊不定，似乎给人耳目一新的感觉。但是“风若反问浮萍：你为何不扎根呢”，这就难免出现尴尬。最荒唐的诗是夏桀的哲理诗：“吾有天下，如天有日也。日有亡乎？”这种荒诞的哲理和比方，恰是大夏灭亡的先兆。如果不是脑瘫，必是脑筋动得太多了。当然，常见的情况是，有人喜欢在诗歌中发议论。譬如毛泽东批评的“宋人诗句”：

薄酒可与忘忧，丑妇可与白头。
徐行不必驷马，称身不必狐裘。
无祸不必受福，甘餐不必食肉。
富贵于我如浮云，小者谴诃大戮辱。

（宋/黄庭坚《薄薄酒二章》）

——通篇议论，诗句就像“格言”，又句句靠不住。所有的形象都是抽象的概念，这就是“哲理诗”往往盛行一时，却难持久的主要“病因”。还有人提出“以禅入诗”，什么叫“以禅入诗”？鲁力有句话说得好：“‘以禅入诗’只是一种说法，‘禅意’（不过）是‘言外之意’（象外之象）的另一个‘名’。”

【例句】

歌谣：登彼西山兮，采其薇矣，以暴易暴兮，不知其非矣（伯夷《采薇歌》）

古诗：瓜田不纳履，李下不正冠（汉乐府民歌《君子行》）

唐诗：君问穷通理，渔歌入浦深（王维《酬张少府》）

宋诗：水清石出鱼可数，林深无人鸟相呼（苏轼《访惠勤惠恩二僧》）

今诗：与其在悬崖上展览千年，不如在爱人肩头痛哭一晚（舒婷《神女峰》）

外诗：我既是园丁，我又是花朵，在尘世的牢狱里我并不孤独（［苏联］曼德尔施塔姆《我禀有这肉体》）

（三）比方（隐喻）的基本表达形式

【中外诗话】

◇ 谜者，隐也。遁辞以隐意，谲譬以指事/辞约而旨丰，事近而喻远/写天地之辉光，晓生民之耳目（刘勰）

◇ 四象精义以曲隐，五例微辞以婉晦，此隐义以藏用也/虬龙以喻君子，云蜺以譬谗邪，比兴之义也（刘勰）

◇ 象征是事物的影射，是事物互相间的借喻，是真理的暗示和譬比（艾青）

◇ 诗是要暗示的，诗最忌说明的（穆木天）

◇ 隐喻不是辞格中的一个辞格，而是所有辞格共同的转变原则（从莱庭）

◇ 在汉语中，隐喻不是修辞手段之一，而是汉语的基本用法（于坚）

◇ 美的意思对于了解哲理和宗教往往是同一把钥匙，而且对于许多民族来说，是唯一的钥匙（黑格尔）

◇ 隐喻不仅仅是一种修辞手法（布莱克）

◇ 隐喻不是语言的表面现象，而是深层的认识机制（莱考夫）
◇ 要决定某词是否用了隐喻，可以通过确定它是否提供了一个本体和喻体，并共同作用产生了一种包容性的意义（理查兹）
◇ 诗是隐喻的艺术（雅各布森）
◇ 只要人以形象性的语言去表达非形象性的观念，人就进入了隐喻（雷可夫）
◇ 隐喻重要的是产生的效果，也就是要让读者或是听众把隐喻当隐喻看的效果/当作家的只能暗示，要让读者自己去想象（博尔赫斯）
◇ 艺术家常常不单是形象的思考，而且还是隐喻性地思考（马依明）
◇ 诗人必须靠隐喻生活（布鲁克斯）
◇ 我们现存的这样一个文明包含了巨大的多变性和复杂性，而这种复杂性通过细致的感受，自然会产生复杂的结果，因此诗人必须更具有暗示性（艾略特）
◇ 汉诗向人类启示了宇宙中的诗境，启示了艺术的秘密（今道友信）
◇ 中国的诗歌完全改变了我的生活，完全改变了我对世界的理解和立场（顾彬）

【引论】“隐喻”的诗学解释

◎博尔赫斯（1899－1986），阿根廷诗人，诗歌理论家。博尔赫斯对诗学的最大贡献是，他深刻地发现：“我们对诗可以说已经知之甚详，只是无法用现有文字来为诗下定义。”今天，这个文字和这个词已经不是问题了。

1932年，理查兹向世界宣布：“传统隐喻理论最大的失误就是忽视了隐喻。”这是到目前为止，西方最大的诗学反省。但是，至今为止，西方的隐喻还是跳不出语义学与修辞学的范围，所以无法成为现代诗学的理论范畴。在中国，如果说隐喻就是“比方”，很少有人不明白。但是，比方不能出国，所以本书不能不将汉语的隐喻公之于世，以正视听。

在汉语中，隐喻的内涵非常简单。一句话：“隐喻，就是把作者的隐微深志，用形象的比方晓谕世人。”简称“打比方”。何以见得？当然是汉语字源的应有之意。在汉字中，“隐”不仅有“词在言外”的意思，还有一个更重要的字源，即“怀情不尽曰隐”，也就是梁武帝（464－549）赐沈约为“隐公”的“隐”。沈约是南朝著名的史学家和文学家，近体诗的开山鼻祖，为人堪称师表，卒年73岁。钟嵘曾以“长于清怨”概括沈约诗歌的风格。沈约死后，有人建议皇帝赐沈约为“文公”，梁武帝说：“古曰，‘怀情不尽曰隐’，就叫‘隐’吧。”于是沈约就得了个“隐公”的谥号。不仅如此，在中华文化中，相同的语汇还有不少，诸如“隐衷”、“隐怀”、“恻隐之心”、“深情厚隐”等等。“喻”，《说文》的解释是“喻，晓也”，《现代汉语词典》的解释是“喻：明白。晓谕。家喻户晓”，在诗文中即指“文意晓然”。把“隐”和“喻”联合起来，其意思不言自明：“隐喻，就是把作者的隐微深志，用形象的比方晓谕世人。”隐喻在中国传统诗学中意义重大，只是古人把它叫做“隐”和“隐秀”，没有把“隐”和“喻”联合而论罢了。如《文心雕龙》曰：“隐也者，义主文外”；“若篇中乏隐，等宿儒之无学；句间鲜秀，如巨室之少珍”。或曰：“写天地之辉光，晓民生之耳目。”又如《宗经篇》曰“辞约而旨丰，事近而喻远”等。不仅如此，当代学者亦心领神会。譬如黄侃先生说：“夫隐秀之义，诠明极艰，彦和既立专篇，可知于文苑最要。”并曰：“大则成篇，小则片语，皆可为隐。”而其艺术特征，钱钟书先生早以“微言深志”将它一语道尽。也就是说，隐喻不仅是《诗经》、《易》、《书》、《春秋》等文学经典的创作规律，从刘勰到钱钟书一千五百多年间，真正的中国学者都是把隐喻同“诗”相提并论的。若说“诗（隐）之为体，意主言外”，大约很少有人不赞成。那么，“隐喻”是不是对诗歌具有决定性的意义呢？本书认为，虽然“隐喻”这个词没有出现在中西方过去的美学书上，并不妨碍人们用隐喻的方法创作诗歌。用今天的眼光看，无论翻开中国的《诗经》、《离骚》、唐诗、宋词，还是翻开西方的《荷马史诗》、《圣经》、《神曲》、《荒原》；无论是把这个内涵对照李白、杜甫、白居易、陆游，还是对照荷马、歌德、艾略特、奥登，无不应验。当然，也有不能应验的，而这些不能应验的诗人及其作品，正是那些早被历史斥之为“歪诗、伪诗、劣诗、恶诗”的东西，以及今天的歪诗、伪诗、劣诗、恶诗。用今天的眼光看：有知无喻即伪诗，有喻无知即歪诗，无知无喻即劣诗，有知有喻即真诗。古今中外，概莫能外（纵有也是“昙花一现”）。难怪至今为止，但凡真正的大诗人和大艺术家，无不把目光寄托在汉语和汉诗的艺术性上。譬如福楼拜把中国诗歌的表现手法称为“更为精致的方式”，而毕加索则干脆说“西方人实无艺术！纵观寰宇，第一惟中国人有艺术”；蒙罗把意象派的定义界定为“对中国魔术的追寻”，而意象派鼻祖庞德则公开承认：在美国文学所受的外来影响中，“中国是根本性的”。据说，“隐喻”在英语中的词源意义，本身就有“传递的好方法”、“话中有话的语言”之意，而布莱则更加直截了当：“我们可以用一句话概括现代诗歌的技巧，就是重新发现隐喻和运用隐喻。”据此，我们有理由坚信，汉语的“隐喻”，就是近百年来中外学者苦苦追求的“诗的真谛”，就是真正的“中国魔术”，就是博尔赫斯希望找到的那个“词”。我们有理由骄傲：中国不仅是人类古代诗歌的典范，也是“现代诗学的故乡”。如果说中国的隐喻和西方的隐喻还有区别，那也是非常细微的。或者说仅仅因为：中国的尺子比西方大了一点，只因为“一英尺等于一市尺的 0.9144”。

隐喻的方法和打比方一样，非常简单，用雷可夫的话说：“只要人以形象性的语言去表达非形象性的观念，人就进入了隐喻。”现在我们也完全可以这么说：“打比方”就是“以形象性的语言去表达非形象性的观念（感知）。”由此可见，隐喻的方法既简单又丰富，本书所以只把几种常见的形式引荐读者，就是全由读者千变万化。这里必须提醒读者：隐喻不仅是诗歌的基本方法，也是贯穿这本《通用诗学》的灵魂和红线。可以说，后面的所有方法，都是隐喻的基本方法和基本内涵。譬如完全可以把后四章的名称更名为“隐喻的材料”、“隐喻的产品”、“隐喻的包装”、“隐喻的条件”等等。那样提的原因，不过是必须强调诗歌的“形象性”即文学性而已。

11 譬比——民歌的主要表达方式

一日不见，如三秋兮

——（周/《诗经·采葛》）

【导读】譬比，就是用比喻的修辞形式，把作者的思想感情比较明白地蕴涵其中。也就是“赋比兴”中的“比”。譬比是隐喻的第一种形式，也是诗歌最深厚的民间传统。例如本诗“一日不见，如三秋兮”，就是把作者对友人的深厚怀念，用一种比较明白的现象蕴涵其中。相同的诗歌如唐诗“蜀道之难，难于上青天”；今歌“夕阳是晚开的花，夕阳是陈年的酒”等等。

诗歌中的譬比和生活中的譬比一样，也有两种，一种是纯粹的比喻，一种是“话中有话”的比喻。前者只是诗歌中的散文，后者才是诗和散文中的诗。亚里士多德所以错误地说“诗歌是模仿的艺术”，就是只看到比喻在民间文学中的普遍运用，却忽略了两种不同性质的比喻。在他看来，模仿就能使人“快乐”，比喻就是一种“天才”。而中国的李白正好满足了他的这个要求：“蜀道之难，难于上青天”，一开口就是一大比喻。但是，“内中的真意”，就被亚氏忽略不计了。不过他比中国的朱熹要好多了，如果说他是“忽略不计”，朱熹朱老夫子就是“暗藏杀机”。因为在中国宋末，诗歌是不能用来谈“欲望”的。朱氏所以把“赋比兴”的“比”解释成“以彼物比此物”，就是为了配合他的“存天理、灭人欲”的政治主张。现在看来，他不是不懂“比”和“比兴”，而是以理学家的真心，文学家的身份，抹杀诗的“本性”即艺术性，灭这个“人欲”。也许正是因为这个原因，汉诗自宋以后，才出现“诗界千年靡靡风”的可悲局面。

诗的譬比和打比方一样，在中国人中，谁都不会搞错。其最典型的特征，就是俗话说的“话中有话”。所以本书才不得不用中国的老话“譬比”来代替西方的也是国人现在说的比喻。西方修辞学的比喻在《荷马》中最为多见。譬如“皮肤洁白，像新磨的象牙一样”等等。这就和中国的古典诗歌相去甚远了。在中国，这种比喻叫“形似”，而诗歌的比喻叫“神似”。古曰：“论画以形似，见与儿童邻。是诗必此诗，定知非诗人。”（苏轼语）也就是说，如果只知道比喻，而不知隐喻，那是绝不叫“诗人”的。所以海子才说：“诗歌不是修辞练习！”

不能小看“譬比”的作用。一句“问君能有几多愁，恰似一江春水向东流”，可以使古今帝王豪杰文人雅士失魂落魄；一首“风在吼，马在叫”，可以把一个四分五裂的民族团结起来；一首“东方红，太阳升”，就能创造一个神话的时代；几个通俗的比喻“夕阳是晚开的花，夕阳是陈年的酒”，就能把今天的中老年唱得心花怒放，从此延长了人类的青春。又如意大利民歌《我的太阳》、中国民歌《好一朵美丽的茉莉花》等，不仅从古代唱到现代，而且能从西方唱到东方，从东方唱到西方。而在世界上最早的书面文学古埃及的《亡灵书》中，就有“我是那纯洁的莲花，在光辉中诞生”这样优美的譬比。难怪作家秦牧说：“精辟的譬喻真是美妙！它一出现，往往使人精神为之一振。它具有一种奇特的力量，可以使事物突然清晰起来，复杂的道理突然简洁明了起来，而且形象生动，耐人寻味。美妙的譬喻简直像是一朵朵色彩瑰丽的花，照耀着文学。”

譬比是中国民歌创作的基本形式。因为在中国，民歌多数不是“纯审美”的艺术作品，而是集文艺的实用价值和审美价值于一体的民间文学，其特征是浅显易懂。但是，在中国的民歌和山歌中，多数比喻都不是“荷马式的比喻”，而是“话中有话”的比方。这些区别，前面已经讲过，这里就省略了。值得注意的是，中国文学史上有一个特殊的规律，只要文人诗写不下去，一向民歌学习，就会起死回生。屈原是这样，三曹是这样，李杜白是这样，光未然是这样，余光中也是这样。“长大后，乡愁，是一张小小的船票”，瞧，这不是一个简单的譬比吗？所以我说：“诗歌不比就死，一比就活，没有例外。”（《中国诗歌的核心技术》）诗人的譬比很多，如汉诗“鲜肤一何润，秀色若可餐”；唐诗“丹青不知老将至，富贵于我如浮云”，“花红易衰似郎意，水流无限似侬愁”；五代诗“问君能有几多愁，恰似一江春水向东流”；宋诗“帘卷西风，人比黄花瘦”，“金戈铁马，气吞万里如虎”；元曲“峰峦如聚，波涛如怒，山河表里潼关路”；现代诗“本想在冬天就忘掉你，像树枝忘掉它的叶子”等等。不仅如此，在位于北欧冰岛的中世纪民间文学《诗体埃达》中，赋比几乎随处可见，譬如诗中把大海称为“鲸鱼之路”，把船只称为“大海的骏马”。难怪丹麦中古时代的历史学家萨克索说“冰岛人用智慧弥补了他们的贫瘠”，中国当代诗人流沙河先生也说“先民属用比譬，一如熟用象征。《诗》之比拟，即拟人拟物”等。尤其是“乡愁诗人”余光中，尽管他写的好诗不少，真正得益的，还是用这个方法创造的诗。这种用作品的名字给诗人命名的例子，不仅新文化运动以来非常少见，宋末以后也极其少有。笔者不知道余光中先生是不是这样看，但是起码歌德是这样看的。他说：“作为人民的真诚朋友而闻名于世，这是一种惊人的幸福。”有人认为民歌的这种写法太原始。闻一多先生说：“你说这是原始，是野蛮，对了，如今我们需要的正是它。我们已经文明得太久了。”而毛泽东所以说：“将来趋势，很可能从民歌中吸取养料和形式，发展成为一套吸引广大读者的新体诗歌。”其主要的“养料”，大概就是这种方法。

【例句】

歌谣：阿里山的姑娘美如水呀，阿里山的少年壮如山（高山族民歌《高山青》）

古诗：君当作磐石，妾当作蒲苇；蒲苇韧如丝，磐石无转移（《孔雀东南飞》）

唐诗：心如野鹤与尘远，诗似冰壶见底清（韦应物《赠王侍御》）

宋诗：自在飞花轻似梦，无边丝雨细如愁（秦观《浣溪沙》）

今诗：我如金匠/日夜捶击敲打/只为把苦痛延展成/薄如蝉翼的生命（席慕容《诗的价值观》）

外诗：方吾生指半路，恍若处于幽林，失正轨而迷途（［意大利］但丁《神曲》）

12 赋比——汉诗的主要创作方法

鹤鸣于九皋，声闻于野。鱼潜在渊，或在于渚

——（周/《诗经·鹤鸣》）

【导读】赋比，就是不用比喻的手法，通过直接描叙，把作者的思想感情比较隐蔽地蕴涵其中。即《毛诗正义》所说的“诗文直陈其事，不譬喻者”，《诗品》所说的“直叙其事，寓言写物，赋也”。亦即西方所说的“寓言”、“寓意”、“暗示”、“象征”和“讲故事”（博尔赫斯语）等等。直陈其事就是“直接描叙，不用喻词”。这是赋的特点，也是本书所说的“赋比”。换句话说，在诗歌中，只要不是“明目张胆”的比喻，就是这里所说的“赋比”。因为它们看起来都是朴素的“描叙”，而内容恰恰是“诗”。譬如本诗《鹤鸣》，既非“象、似、如”之类的明喻，又不是“是”或“成”之类的暗喻，可是懂诗的人一看就知道，这里的“鹤”和“鱼”绝不是散文中的一般形象，而是诗歌中的一种隐喻、暗示或象征。而“寓言”、“寓意”、“暗示”、“象征”和“讲故事”，其本质和外衣无不相同，所以不能把它们分家。分家就会出现“赋比兴”的错误，也会出现波得莱尔的“象征主义”，本雅明的寓言主义，把诗歌引向“独木桥”；相反也会使之成为“叙事性”、口水诗、废话体和“反隐喻”的借口托词，把诗歌写成“直叙其事”的“大白话”。

赋在中国古典诗论中，常常和比兴纠缠不休。这和西方所犯的错误一样，就是把辈分搞错了。现在，完全可以这样说：如果西方“传统的隐喻理论是忽视了隐喻”，中国传统的赋比兴理论就是忽视了“比方”。也就是忽视了隐喻即“打比方”。“赋”在中国俗话中，就是“我给你举个例子”的意思，比和兴都是“举例子”，“朱门酒肉臭，路有冻死骨”是唐人举的例子，“遍身罗绮者，不是养蚕人”是宋人举的例子，都是用他来说同一件事，都是唱的“同一首歌”。所以说：“什么叫诗？诗，就是打比方。”遗憾的是，在“北客若来休问事，西湖虽好莫吟诗”的时代，此一“六义之首”被长期“弃而不讲，讳而不论”。其结果，宋末以后，“赋比兴”名存实亡；中国几乎无诗。奇怪的是，历史上看不到这个东西的人很多，很多都是大人物。譬如伟大的诗人毛泽东，连“比兴”都说了，就是不说“赋”。而现行诗歌教材《诗词通论》则干脆这样子说：“‘风、雅、颂，赋、比、兴’，赋放在比、兴之首。但，它对于诗人来说并不像比、兴那样重要。”这就不仅是奇怪，简直是在说外行话了。但是，也有明白人。远的不说，在近年问世的《流沙河诗论》中，意思就清楚多了（虽然偏激）：

别看《诗》里有那么多“兴也”“比也”就认为比兴占了优势，不，占绝对优势的是赋。……赋是主体，无赋不成诗！

【例句】

歌谣：一担干柴古渡头，盘缠一日颇悠游。归来涧底磨刀斧，又作全家明日谋（《樵夫》）

古诗：月明星稀，乌鹊南飞；绕树三匝，何枝可依？（魏/曹操《短歌行》）

唐诗：乾坤无厚薄，草木自荣衰（白居易《蔷薇花一丛独死不知其故因有是篇》）

宋诗：想当年，金戈铁马，气吞万里如虎（辛弃疾《永遇乐》）

今诗：爸爸变了棚中牛，今日又变家中马。笑跪床上四蹄爬，乖乖儿，快来骑马马（流沙河《骑马马》）

外诗：他的身体的各省都背叛了，他的头脑的广场变得空旷，寂静侵入了郊区，他的感觉之流中断；他成为了他的景仰者（［英］奥登《悼念叶芝》）

13 曲比——诗人的主要艺术技巧

所谓伊人，在水一方

——（周/《诗经·蒹葭》）

【导读】曲比，古曰“远引曲喻”，就是比一般的比喻要多转一道弯。例如本诗“在水一方”，就是起码比“在水边”多转了一个弯。关于曲喻，钱钟书先生有一个著名的解释，就是“每立一譬，可从旁侧出”。即只要把打比方的事物“坐实”，就可以从旁边引出新的比方。例如只要坐实“树”，就可以“节外生枝”。只要坐实“啼”，就可以双关出“泪湿最高花”。譬如“相如未是真消渴，犹放沱江过锦城”一诗，就是“坐实渴字，双关出沱江水竭”（钱钟书语）。也就是说，曲喻，就像平时说话，不说“你说的是什么话？”而说：“你这是什么嘴？”只是诗人绕的弯子，比这还多罢了。

近来发现，民歌中也有这种手法。例如笔者家乡的贵州民歌：“半月不见小情郎，眼泪发芽三寸长。”云南会泽民歌：“郎想妹来妹想郎，二人想得脸发黄。打开枕头给哥看，眼泪发芽三寸长。”这些民歌一听就懂，但是如果在修辞上一分析：眼泪怎么会发芽呢？这里面的艺术成分和艺术技巧，就与“在水一方”和诗人们写的诗，大有异曲同工之妙了。曲比，也叫“远取譬”。远不是距离概念，而是深度概念，指的是在常人看来，那些“八竿子打不着”的比方。譬如覃子豪“大海的落日，悲壮得像英雄的感叹”，像英雄也就罢了，还像“感叹”，这就不是一般的比喻，而只能叫曲喻了。

曲喻的原理，钱钟书先生分析得最透彻。他说：“诗人修辞，奇情幻想，则雪山比象，不妨生长尾牙，满月同面，尽可妆成眉目，英国玄学诗派之曲喻多属此体。”也就是说：诗人既然可以把雪山比作大象，就可以让雪山也长出象牙来。民歌也一样，既然泪水流在枕头上会发霉，那么，也可以让眼泪发出芽来。“西方玄学诗派之曲喻”不过如此，不过是省略了一些“中间环节”。令人惊奇的是，在贵州民歌中，作者甚至连“打开枕头给哥看”这个重要的中间环节也省略掉了，而听众还是照样能听懂。由此可见，所谓曲比，不过是省略了一些中间环节。“眼泪发芽三寸长”省略了一些中间环节，“在水一方”也是省略了一些中间环节。起码是把“找了很多地方，不在南方也不在北方，不在东方也不在西方，不在岸上也不在水中”这些苦苦寻觅的主要细节都省略掉了，只把最后的结果说出来。其写作方法，完全可以用一句诗来形容，即“撑一支长篙，向青草更青处漫溯”（徐志摩《再别康桥》）。一般的譬比和赋比，都是在“青草”中漫步，曲比是“向青草更青处漫溯”。“慢溯”和“漫步”不同，也就是到了“青草更青处”还要往里拐。譬如李商隐诗：“莺啼如有泪，为湿最高花”，转的弯子就更多了。为什么非要转这么多弯？古曰：“写意托兴之诗用笔贵委曲而不率直，立意贵幽远而不浅近。”今曰：“文学创作可以深挖事物隐藏的本质，曲转人物的未吐露的心理，否则它就没有尽它的艺术的责任，抛弃了它的创造的职权。”（钱钟书《〈宋诗选注〉序》）

在现代诗歌中，常见的曲喻有两种，一种是故意制造的“语言的迷宫”，作者和读者都知道它们叫“语言的游戏”；另一种是“深挖事物隐藏的本质”。实践中，最有效的方法是远比和近比相结合，在有限的语言中，最大限度地“曲转人物的未吐露的心理”。譬如舒婷的《致橡树》：

我有我红硕的花朵，
像沉重的叹息，
又像英勇的火炬。

第一个“像”看起来是明比，其实是曲比；“像沉重的叹息”是远比，“像英勇的火炬”是近比。明曲结合，远近结合，目的只有一个，就是为了“亲切易懂又足够深微”。再如坛友（“诗词21世纪论坛”）文竹若风的这句：

刻一个名字吧，在某片花瓣上
我相信香味是有记忆的

在这些诗中，作者的思想很深，但是使用的比方和意象都是大家常见的事物。如前述的“发芽”、“叹息”，本诗的“花瓣”、“香味”等等。而不是只知道“云浦流云作水声”。判别曲喻假喻的方法很简单，就在一个“深”字。正如周振甫先生所说：“根本问题，还在作者要有深厚情意，要是作者并无深厚的思想感情，只在文字上用力，想写成许多层次，那是不行的。”难怪博尔赫斯就像萨特不接受诺贝尔奖一样，从不接受“魔幻现实主义大师”的称号。

【例句】

歌谣：谁，吻我之眸，遮我半生流离（网络诗歌）
古诗：谁谓雀无角，何以穿我屋（《诗经·行露》）
唐诗：春风不相识，何事入罗帏（李白《春思》）
宋诗：若有人知春去处，唤取归来同住（黄庭坚《清平乐》）
今诗：从星星的弹孔中/将流出血红的黎明（北岛《宣告》）
外诗：啊，我的星星，我默视我自己就是千言万眼，来俯视你的灵魂（［古希腊］柏拉图《星星》）

14 反比——“现实主义”的写作传统

靡不有初，鲜克有终。殷鉴不远，在夏后之世

——（周/《诗经·荡》）

【导读】反比即反喻、反讽、反衬。反喻和说反话不是一回事。说反话或悖论是一种语言表达方式，反比或反喻是有东西作比方的。虽然它们都能达到“反讽”的效果。这种手法，无论东方人还是西方人，都是不陌生的。简单地说，反比，就是一种语言浅显，适合于一般人，大家听了会忍不住要发笑的形式和作品。同前面的几种形式一样，反比在人类诗歌史上的渊源很长。且不说古希腊诗歌中就有很多先例，本诗“殷鉴不远，在夏后之世”也是一个鲜明的例子。可见布鲁克斯把“反讽”和“悖论”看作“现代诗歌的写作技巧”，这是欠公允的。下面先把这两句诗翻译如下：

大树被拔，枝叶未受伤害，好日子已经不长，
殷商的镜子已经摆在面前，应该知道夏桀是什么下场！

这种3000年前的机智反讽，是不是很像马丁·路德·金在《我有一个梦想》中说的“美利坚银行不是给人人开过‘人人平等’的支票么？今天我们黑人把支票带来了”？

古曰：“为诗不裨益，即须讽谏。”为诗者，不是令人心旷神怡，就应该对人有所讽谏。又云：“婉而多讽，诗人忠厚之道也。后世阿谀之风日甚，但知献媚避忌，而诗之品格亦每况愈下矣。”“诗者，在心为志，发言为诗。时明则咏，时暗则刺。”时政清明的时候就唱赞美的歌，时政黑暗的时候就唱讽刺的歌，这是非常正常的事。据说，讽喻在西方作为一种文艺形式，最早产生于对荷马史诗的解读。人们认为在荷马的神话故事之外，还隐藏着关于宇宙和人生的重要意义，讽喻便由此而产生。

反比的主要手法不外两种：一种是用相反的事物来比，一种是用相反的话来说。通常双管齐下。例如在“宛若花娇的畜生”这句诗中，“宛若花娇”就是反话，“畜生”就是相反的比方。整句话听起来似乎荒谬，但对某些人来说却是事实。这种话，生活中叫“风凉话”，布鲁克斯把它叫“反讽”和“悖论”。悖论是相当于正论和正比而言的。简单地说：“反讽”，就是相反的比方；悖论，就是表面荒谬而实际真实的陈述。

为什么诗歌需要反比？古曰：“诗有题之正面难写者，不得不于反面求之，盖从反面托出较之正面意味倍深也。”可见这和西方的“语义悖论”并非一回事。古诗中这样的例子很多，譬如杜甫《戏为六绝句》中的“未掣鲸鱼碧海中”，面上是贬低对手，内里是表达自己。杜牧的“一骑红尘妃子笑，无人知是荔枝来”，骂了人还要让人能接受。而“大江东去、浪淘尽，千古风流人

物”就更是真正的“悖论”了。现代诗中也有这样的例子，譬如公刘的“啊，海瑞不孤独，陪伴他的，是一个健忘的民族”；海子的“姐姐，今夜我不关心人类，我只想你”；博尔赫斯的“渴望被宣判的我/将躺在沼泽之间开阔的天空下”等等。只是这些“形象的悖论”而不是“语义的悖论”，在新诗和所谓的“现代诗”中，不是太多，而是太少。

【例句】

歌谣：楚虽三户。亡秦必楚（秦《楚人谣》）

古诗：生年不满百，常怀千岁忧（《生年不满百》）

唐诗：国破山河在，城春草木深（杜甫《春望》）

宋诗：春云如兽复如禽，日照风吹浅又深。谁道无心便容与，亦同翻覆小人心（王禹偁《春居杂兴》）

今诗：石头咬不碎石头/心却能咬碎心（王鹏翔《给阿丹》）

外诗：我不会活到老得看不见壮阔夜色天空/天边有一片比世界还大的云/还有一个由眼睛组成的怪兽（［英］切斯特顿《第二个童年》）

15 博比——“浪漫主义”的表现手法

与天地兮比寿，与日月兮齐光

——（战国/屈原《离骚》）

◎屈原（约前340－前278），中国第一个有名有姓的“诗人”，也是真正的自由诗的先驱。屈原不仅改变了《诗经》的诗体，而且树立了诗人的形象。其诗人形象即“长叹息以掩涕兮，哀民生之多艰”，惜体式过长，后无来者。

【导读】博喻和其他隐喻形式的区别，就是十个苹果与一个苹果的区别。博喻，见《文心雕龙·体性》：“繁缛者，博喻酿采，炜烨枝派者也。”在中国，最早的博喻见《孟子·孺子歌》。

歌曰："沧浪之水清兮，可以濯我缨。沧浪之水浊兮，可以濯我足。"而把博喻发展到史无前例，则非屈原莫属。例如有人把《离骚》的表现手法概括为："善鸟香草以配忠贞；恶禽臭物以比谗佞；灵脩美人以媲于君；宓妃佚女以譬贤臣；虬龙鸾凤以托君子；飘风云霓以为小人。"尽管《中国民歌集成》中很少有一连用几十个比喻的例子，但是在歌场中，两个对歌者往往一唱就是一个晚上，首首离不开比方，合起来就很像博喻。估计《荷马》的博喻也是这样来的，即由即编即唱的口头文学转过来的。所以真正的博喻或曰真正的"浪漫"，应该首推屈原。

中国把博喻留在诗歌中的，除了后来的《赋》，就是苏轼。苏轼留在诗歌中最有名的句子是《百步洪》第一首当中的一段，即"有如兔走鹰隼落，骏马下注千丈坡，断弦离柱箭脱手，飞电过隙珠翻荷"。这种东西是诗还是散文？钱钟书说："四句七种形象，错综利落，衬得《诗经》和韩愈的例子都呆板滞钝了。——上古理论家早已着重诗歌语言的形象化，很注意比喻；在这一点上，苏轼充分满足了他们的要求。"（钱钟书《宋诗选注·苏轼》）

该诗的写法不是满足了诗的要求，而是仅仅满足了上古理论家"很注意比喻"的要求，这样的批评起码是实事求是的。难怪后人说他（苏轼）"以才学为诗"。反观苏轼的"大江东去"，一言九鼎，风格绝不同，也与他"论画以形似，定知非诗人"的观点判若两人。现在，这种诗一般叫朗诵诗。西方现代派所以得手，就是得力于"维多利亚诗风"在19世纪的泛滥成灾，其所以风靡全球，不是因为自己的成功而是依靠别人的失败。据现有资料证明，1654年英国人第一次使用"浪漫的"一词，意思是"传奇的"、"幻想的"和"不真实的"，是一个贬义和否定的词。18世纪，作为历史，浪漫主义确实对资产阶级革命起过不小作用。但是，当资产阶级取得革命胜利以后，浪漫主义的"表现"热情就被冷静的"高度诗意化"的现代诗代替了。但是余风仍在。至今为止，看外国诗就像看中篇小说，而中国诗和西方最早的诗，则比短篇小说还短，譬如柏拉图的《星》等。从心理学的角度，浪漫主义更像是在“表现”，而不是和读者交流。据说，过去西方的“酒”不叫酒，而叫“酒和水的混合物”，中国现在的“新诗”越写越长，大概就与这种文化有关。而《赋》和骈文，从古至今都是和“文人”打交道的多，和诗人打交道的少，所以本书到此打住。

【例句】

歌谣：活鱼活鸡活王八，名烟名酒名牌茶；请吃请喝请干部，吃来吃去吃国家（现代）

古诗：青青陵上柏，磊磊涧中石。人生天地间，忽如远行客（《古诗十九首》）

唐诗：黄河远上白云间，一片孤城万仞山。羌笛何须怨杨柳，春风不度玉门关（王之涣《凉州词》）

宋诗：尘满面，鬓如霜，相顾无言，唯有泪千行（苏轼《江城子》）

今诗：一个个像是铜铸的/上面刻满了甲骨文/也像是黄杨木雕刻/玲珑透剔，变化无穷/不知是天和地的对话/还是风雨雷电的檄文（艾青《山核桃》）

外诗：唉，奴隶般的意大利，你哀痛之逆旅，你暴风雨中没有舵手的孤舟，你不再是各省的主妇，而是妓院！（［意大利］但丁《地狱》）

二、诗歌的材料——意象

（一）意象的本质及其审美局限

【中外诗话】

◇ 圣人有以见天下之赜，而拟诸形容，象其物宜，故谓之象（《周易·系辞》）
◇ 诗者，持也，持人情性/人禀七情，应物斯感，感物吟志，莫非自然（刘勰）
◇ 古诗之妙，专求意象（胡应麟）
◇ 诗也者，有象之言，依象以成言，舍象妄言，是无诗矣（钱钟书）
◇ 诗，必须依赖形象才能存在（任秉义）
◇ 如果将 image 译作意象，那么意象诗就只意味着名词的排列或省略动词（蒋寅）
◇ 我理解的意象就是事物的表象（康德）
◇ 艺术作品中的感性因素之所以有权存在，只是因为它是为人类心灵而存在的，并不是因为它是感性的东西就有独立的存在（黑格尔）
◇ 任何情感，任何思想必须形象地表现出来，才是诗的情感和思想（别林斯基）
◇ 必须学会用形象说话，学会用这种新的语言表达我们的思想（萨特）

【引论】 意象派死亡之谜

公元500年，中国文学理论家刘勰创造了一个新名词，名叫

"意象"。公元1900年前后，"意象"被西方学者捧为至宝，由此诞生了以象征派、意象派为代表的"现代诗"。西方的精明之处，本是希望从中国诗歌的"细胞"中，找到诗歌的"核心技术"，这当然无可厚非。遗憾的是，正像老虎跟猫学本领，现代诗走到20世纪末，难免遭遇始料不及的"马尔萨斯噩梦"。在西方，自1997年到2010年，一年一度的诺贝尔文学奖桂冠，连续13年没有关照诗人；在中国，因为大家都是跟着西方的路子走，日子自然不会好过。用常州一位诗人的话说："写诗写了很多年，越写越糊涂，写到现在竟不知自身是谁了。"为什么呢？2010年，笔者曾以《意象派死亡之谜》为题，写了两段分行的文字，可以参考：

十九世纪末和二十世纪初，
世界诗歌史上的一个伟大奇迹，
就是发现了"意象"发现了"现代诗"。
不同的是，在这头神秘的中国古象身上
波德莱尔摸到象牙说：这叫"罪恶之花"
里尔克摸到象耳朵说：这叫"超越之象"
庞德摸到象鼻子说：这叫"瞬间的复活体"
艾略特摸到象的大腿说：这叫"客观对等物"
布鲁克斯摸到象的屁股说，这叫"精致的瓮"
蓝波看见满地的象粪干脆说："去它妈的诗！"

二十世纪初和八十年代后，
中国最臭的一次"拿来主义"，
也是发现了"意象"发现了"现代诗"。
不同的是，在这头"出口转内销"的大象身上
李金发先生摸着象牙说：这叫"象征"
朱光潜先生摸着象尾巴说：这叫"情趣"
孙绍振先生摸着象的大腿说：这叫"新的美学原则"
韩东先生摸着象的屁股说：这叫"概念的演化"
叶朗先生摸着象的鼻孔说，这叫"中西美学的契合点"

赵丽华女士看见象的脚印干脆说："诗，就是分行的文字"

当然，这只是一种笑谈。但是从中不难发现，现代诗歌的混乱，就是"意象"的混乱；当下诗歌的"说不清"，就是意象的说不清。正如黄莱笙先生所说："一切诗与非诗的争论，都是在偏离意象的范畴中发生的。"可不是？发面的酵母弄混了，还能做出好馒头吗？

16 意象的本质和功能

十五从军征，八十始得归

——（汉/《乐府·十五从军征》）

◎叔本华（1788－1860），德国著名哲学家。主要著作是《作为意志和表象的世界》。其著名格言是"物质的存在就是它的作用"。可以说，没有这个简单朴素的真理，我们就很难给意象下一个准确的定义，也无法认识诗歌和诗人的本质，乃至无法认识人生的意义和"人为什么写诗？"就会把水果不当食品而当成摆设。

【导读】什么叫意象？据流沙河先生考证：在汉语中，只要是想出来、画出来的事物和现象，都是"意象"。这当然不错，但是，在"诗学"中，显然还需要一点补充。补充什么呢？就是意象在诗歌中的作用。用叔本华的话说："物质的存在就是它的作用。"（《作为》第4节）譬如"水果"的性质首先是可以供人食用而不是摆设，不谈"作用"就会毫无意义。马克思主义也认为：任何事物都有多种属性或特征，其中事物的本质属性是一事物区别于其他事物的本质规定性。意象在诗歌中的作用在哪里呢？古曰："作诗随地可以兴感，然非借物不可。"这就是意象在诗歌中的作用。所以我说："意象，就是诗歌中借来打比方的事物和现象。"换句话说："意象，就是诗歌的材料。"当然，必须明确：意象的本质是“象”，而不是常见的“形”；意象是“有意之象”，即作者有意用来表达某种思想和感情的形象，俗称“比方”，而不仅仅是唯美而美的“正确的摹仿”。这只是对诗而言，而不是对散文而言。现在看来，意象的混乱，就是理论界常常忽视了一个基本事实，即“诗中有文”、“文中有诗”这个基本事实。只知道意象是“诗歌的细胞”，就不分红细胞还是白细胞；只知道意象是建房子的材料，就不分“建筑材料”还是“装饰材料”。结果当然什么也说不清。事实上，在普遍的诗歌创作实践中，起码存在三种“意象”：第一种是“在自然中所能找到的”；第二种是“精神灌注的果实”（前两种均为歌德语），第三种介乎两者之间，可曰：“艺术化了的事物和现象。”请看下面三个例子：

一、撒盐空中差可拟——“在自然中所能找到的”

二、未若柳絮因风起——“艺术化了的事物和现象”

三、山舞银蛇，原驰蜡象，欲与天公试比高——“精神灌注的果实”

这三个例子都是写“雪”的意象。前面两个同出一个典故，说的是古人谢某教小孩练习写诗，出了一个“雪”字，让他们练习比拟。第一个说“撒盐空中差可拟”，第二个说“未若柳絮因风起”。即一个把雪比成食盐，一个把雪比成柳絮。其他的意思就没有了。“欲与天公试比高”，语出毛泽东《沁园春·雪》，词意是：“雪山像空中舞动的银蛇，又像原野奔驰的白象，就像要和天公一比高低。”诗意是：共产党（无产阶级）就是要和国民党反动派一比高低。在这三个例子中，很显然，“撒盐空中”是“自然中所能找到的”；“未若柳絮因风起”也是自然中有的，只是被修辞艺术化了；而“山舞银蛇，原驰蜡象”则不同，它们不仅是艺术化的材料，而且是一种思想的形象表达（此处用来代指无产阶级和人民大众）。三个例子中，最明显的区别是：前两个虽有高低，但是没有超出对大自然的比拟模仿，只有后者，才是“精神灌注的果实”。也就是说，后者和前者是有“质”的区别的。事实上，在诗歌批评实践中，已经有人把意象分为一般意象、艺术意象、典型意象或“审美意象”(宗白华语)，只是在概念上含混不清罢了。

本书认为，给意象下定义并不难，难的是首先要分清文体的性质。即首先要分清什么是“诗的语言”，什么是“散文的语言”。只有这样，才是给“诗的意象”下定义，而不是给“散文意象”下定义。换句话说，诗歌离不开散文是个普遍的事实，但是不能因为鱼儿离不开水，就把鱼和水混为一谈。或者仅仅因为主和客都是人，就可以主客不分。词曰：“尽挹西江，细斟北斗，万象为宾客。”（张孝祥《念奴娇》）从这句诗即可看到，在长期的诗词创作实践中，诗人们早就知道意象不仅是诗歌的材料，而且内中“有主有宾”。——正是因为诗歌中大量存在“诗中有文”的现象，而这些“文意象”又随时可以变成“诗意象”的客观实际，本书才不能不首先把意象分为“喻象”和“意象”，然后才给“诗的意象”下定义。换句话说，尽管意象是“诗歌的材料”，却不能不把意象分为“诗的材料”和“散文的材料”两种。就像同为建造房屋的材料，必须分为“建筑材料”和“装饰材料”两种，才能防范有人把石膏涂料当成钢筋水泥，用塑料管去做大梁。而在另一个地方，又会出现把钢筋水泥当石膏涂料，把做大梁的材料当成装饰材料。这个问题，不仅笔者看到，休姆也看到了。所以他说：“直接的语言是诗，因为它运用意象。间接的语言是散文，因为它用的是死去的，变成了一种修辞手法的意象。”可见诗歌中不仅有红花，而且有绿叶。正是因为这样，我们才得出了“意象，即诗歌中用来打比方的事物和现象”这个应有的定义。也许，正是因为这样，张同吾先生才说：“怎样把写诗的人和诗区分开来，怎样把押韵的文字和诗区分开来，这恐怕是提升诗的品位的重要一点。”（中国第二届诗歌节论坛主持词）那么，那些以“装饰材料”的身份出现在诗歌中的意象（绿叶）应该叫什么呢？在本书第四章“诗歌的包装——语境”中，读者自然会明白它们的用处及相应的答案。

诗歌中出现越来越多的装饰意象，大约最早出现在文人“删诗”之后。中国最早的诗歌“断竹、续竹，飞土、逐肉”，马致远的“枯藤老树昏鸦”，装饰性就很少。本诗《十五从军征》也是一样：只有“建筑材料”，没有“装饰材料”（有装饰未必不好）。有兴趣的读者，不妨去找有关的评论读读。“十五从军征，八十始得归”，15 岁就被当兵，80 岁才得回家，这是普通的意象和材料吗？试想，生命这么短暂，却一生都被战争，这是多么黑暗的兵役制度和社会制度？这难道不是血的控诉？不是对历史，而是对那些粉饰帝王的编剧作家的讽刺！可见，这种材料才是真正的“诗的材料”和“创造的材料”。也许，正是因为这样，黑格尔才说：“在艺术里不像在哲学里，创造的材料不是思想而是现实的外在形象。”

【例句】

歌谣：摇啊摇，摇到外婆桥，外婆叫我好宝宝，一只馒头一块糕（儿歌）

古诗：万里赴戎机，关山度若飞（《木兰诗》）

唐诗：白日依山尽，黄河入海流。欲穷千里目，更上一层楼（王之涣《登鹳雀楼》）

宋诗：离恨恰如春草，更行更远还生（李煜《清平乐》）

今诗：有时候我觉得自己像一只小小鸟，想要飞却怎么样也飞不高，也许有一天我骑上了枝头却成为猎人的目标（李宗盛《我是一只小小鸟》）

外诗：金黄色的乌云，在静息着的大地上飘扬；寥阔的无声的田野，在闪耀着露珠的光芒（［俄］屠格涅夫《春天的黄昏》）

17 意象从哪里来？

行行重行行，与君生别离

——（汉/《古诗十九首》之一）

【导读】意象从哪里来？《行行重行行》实在是一个不可多得的例子。本书本来是按历史顺序挑选例诗例句的，非常巧，书中多次出现这种情况，讲到哪里，都有很多佳例（不是佳丽）在那里等着。始信“祖训铭记得波涛”并非异人神话。

意象的来源无非两种，一种叫触景生情，一种叫借物言情。触景生情自然简单，借物言情古有“生思、取思、神思”之说。现在看来，实不如“近取诸身，远取诸物”一句话透彻明了，经济实用。请看图示：

行行重行行，与君生别离——近取诸身：追忆离别时与君难舍难分的情景。

相去万余里，各在天一涯——远取诸物：取未来之情景与推想。

道路阻且长，会面安可知——远取诸物：取道路之险阻，想佳会之遥远。

胡马依北风，越鸟巢南枝——远取诸物：取胡马越鸟，喻夫妻之情。

相去日已远，衣带日已缓——近取诸身：直接用自己的感受和直觉说话。

浮云蔽白日，游子不顾返——远取诸物：取“浮云蔽白日”，婉难言之隐。

思君令人老，岁月忽已晚——近取诸身：取身之所感，目之所见，暗示对方。

弃捐勿复道，努力加餐饭——近取诸身：把最想说的话说出来：“其他话都是多余的了，还是努力多吃点饭吧。”

八句话，四句远取诸物，婉转比附；四句近取诸身，情深意切。一首诗就把意象的来源包括了。难怪《文心雕龙》赞曰：“婉转附物，怊怅切情，实五言之冠冕也！”

但是，这毕竟只是古人说的“冥思苦想”阶段。如果水管里没有水，怎么“拧”也是假的。所以毛泽东有句名言：“生活是文学艺术的唯一源泉。”譬如你去问一个正在“打比方”的老头，问他：“比方”从哪里来？他一定会说：“怎么来的？生活中来的嘛！莫非是偷的？”但是，这样回答，有人会不同意：“谁没在生活中？”是的，但是，你不观察，或者有体验没总结，怎么能怪别人？又问：

“生活本来就很简单，有什么可观察可总结的?”对此，我的坛友敬凌先生有一段话非常精彩，在这里抄引如下，以飨读者：

自然界从来没有简单的事物，只有被人简化的事物。比如你深入地观察一片叶子：就会发现，叶子是由非叶子的因素构成的，它不可能独自存在，它必须与所有其他事物互为缘起，如树木、花朵、大气、阳光、雨水、土壤、矿物质、时间、空间、温度、湿度以及空气中的二氧化碳。原来，它是叶子又不是叶子。从叶子的呈现，你可以看非叶子的各种因素的呈现：它是静态，它又是生命；它是露水，它也有尘埃。从叶子的变化，你可以看见非叶子的各种因素在变化：季节、气候、土壤、水分、动物。从叶子的意蕴，你可以看见情操、奉献、收敛生命力。诗人惠特曼说过：“我相信，一片草叶并不比运行的星星渺小。因为一片叶子里，可以看到整个世界。”

有人说：古人所以能够创造出那么多优秀的艺术形象，多数就在于对自然了解深。其实，对事对人都需要了解。例如拜伦比较偏爱观察和掌握外在事物，而歌德就比较偏爱体察或自省人的内心。两位诗人所关心的，正是打比方必须具备的两个基本条件。除此以外，汉诗和“打比方”一样，还有一个更高明的地方，就是不仅感悟要深，而且还能用一个词或一句话（即形象的比方）把他记录下来，这样才叫真正的诗的材料或“文学素材”。譬如李金发从“弃妇”的凄凉中，能够看到旧中国知识分子的命运，郭沫若从“水牛”的形象（“角大如虹，腹大如海”）中，能够看到真正的“中国作风中国气派”等等，就是把独特的认识“用语言将其物化保存”。尤其是那些曾经打动过你的人和事，将他们比一比，用一个词固定下来，这真的很重要也很有意思。正如诗人雷抒雁所说：

我追求美，追求和谐，从一丝风里，我寻找轻柔；从一团火里，我寻找刚烈；从一声虫鸣鸟语中，我寻找陌生心灵的跳动；从一顾一盼的眉目中，我寻找人性的崇高。我的每一根神经和宇宙中万事万物连接在一起，不管在哪里，也不管在白天和夜晚，只要有一点声息，有一点振动，我的心就会跳动不止，我都会沉浸在一种痛苦和欢乐中。我把这种折磨视为享受。我追求这种美，激动，繁杂，丰富，真实。我从这一交响中寻找和谐。

（《追求，我的诗》）

什么叫“积累”，这就是“积累”。积累多了，无须冥思苦想，无须“生思”“神思”，就能“远取诸物，近取诸身”。当然，还有一种，西方叫“想象”，中国叫“坐驰”，也叫“虚构”。什么叫“坐驰”？流沙河先生解释说：坐驰就是“坐着不动，萌生一个意念，自身就飞到朝鲜去了”。但是，无论积累还是想象，都是根据比方和感情的需要，把已有的知识拆散来重新组装，而不是天马行空，天花乱坠。正因为如此，歌德才说：“我写东西时，我便想起，一个美术家有机会从许多美女中撷取精华，集成一个维纳斯女神的像，是多么宠幸的事。”不过，据笔者粗浅的体会，积累也好，虚构也好，最主要还是心美。没有好风景怎么办？古曰：“纵不好，还有清风明月。”李白诗“对影成三人”不就一个人吗，天津话：吗也没有。可见写诗不一定要好风景。古曰“会心处不必在远”；今曰“上帝无处不在”，也许，这个才叫“诗意的栖居”。

【例句】

歌谣：美丽的姑娘我见过万万千千，只有你最可爱！好像冲出朝霞的太阳，无比的新鲜（哈萨克族民歌《美丽的姑娘》）

古诗：古墓犁为田，松柏摧为薪。白杨多悲风，萧萧愁杀人（《去者日以疏》）

唐诗：独在异乡为异客，每逢佳节倍思亲（王维《九月九日忆山东兄弟》）

宋诗：春风又绿江南岸，明月何时照我还（王安石《泊船瓜洲》）

今诗：河流在你心中歌唱：按照你的希望（欧阳江河《谈诗笔记》）

外诗：哦，请在今天给我们花丛中的欢乐；请不要让我们思考得太远（［美国］弗罗斯特《春天里的祈祷》）

18 意象的审美局限

日月之行，若出其中；星汉灿烂，若出其里

——（汉/曹操《观沧海》）

【导读】《观沧海》是中国古典名篇，这里不妨把全文翻译出来：

东临碣石，以观沧海（东行登上碣石山，来感悟大海。）

水何澹澹，山岛竦峙（海水宽阔浩荡，山岛高高挺立。）

秋风萧瑟，洪波涌起（秋风悲凉，波浪翻腾。）

树木丛生，百草丰茂（树木丛生，百草繁茂。）

日月之行，若出其中（太阳和月亮就像从其中升起来的。）

星汉灿烂，若出其里（星光灿烂，也好像出自这浩渺的海洋。）

幸甚至哉，歌以咏志（庆幸得很哪，就用诗歌来表达我的心志!）

《观沧海》现在已经列入初中一年级或小学六年级的语文教材，其背景和诗意无须多讲。这里只对意象在本诗中的意义及其审美局限谈点粗浅的看法：从“水何”到“星汉”，一共六个意象。这些意象的主要作用，第一，如果没有这些意象，诗歌就是“无米之炊”。没有这些气象壮阔的生动材料，作者的豪情壮志就不可能这样生气勃勃地展现出来。第二，它深刻地说明：意象，就是作者的性情和人格。如果对曹操还有红脸白脸之惑，通过《观沧海》中的这些诗歌意象，读者就可以对曹操作出真实的评价。就像通过“扒灰”和“葬花”两个意象，就不难区分谁是焦大，谁是林黛玉；通过“宙斯、城堡”意象，就知道这是一个外国人或假洋人。而那些对“邮票、船票、这头、那头”充满“感谢之情”的人，或许更像诗人。古曰：“诗乃人之行路，人高则诗亦高，人俗则诗亦俗，一字不可掩饰，见其诗如见其人。”（《而庵诗话》）这里说的“见其诗如见其人”，说的就是作者笔下的那些“意象”。难怪博尔赫斯说“我做的梦也是有品位的”；而本书所引用的话和诗，也大抵不会超出“个人的美学”。

但是，同样明显的是，意象在诗歌中的审美局限也是很明显的。在《观沧海》中即可看到：

一、意义模糊，容易被人当成山水诗。该诗原名《步出夏门行》，如果不是结尾有“歌以咏志”的特殊说明，后人不把它改成《观沧海》，作品的意义还会更加模糊难解。

二、过于含蓄，尤其是作为初中和小学高年级的教材，学生是很难读出其中的壮志或“霸气”的。

三、不能单独抽出来“句读”。不像张若虚以后的汉诗，合起来也行，抽出来也行。例如宋词“无可奈何花落去，似曾相识燕归来”，今诗“男儿脸刻黄金印，一笑身轻白虎堂”（聂绀弩《咏林冲》）等等，能够被人们争相传诵。难怪《沧浪诗话》说：“汉魏古诗，气象混沌，难以句摘，晋以还方有佳句。”

四、在那些没有标明“歌以咏志”的诗歌中，读者有理由把它们当成“散文的内容”。譬如废名说“已往的文学，无论旧诗也好，词也好，乃是散文的内容，而其所用的文字是诗的文字”等。这话当然有些过头了，但是，有的诗本来就没有打算“言志”，只想弄点文人情趣，只是一种修辞练习，譬如“未若柳絮因风起”、“云浦流云作水声”之类，甚至有的本来就是为商家作旅游广告，也不能说因为有“诗的文字”，那就叫“诗”。

五、西方意象派的所谓“意象”，多数是抽象的名词概念，或者抽象的象征符号。早已有人认为“意象派是一个毒瘤，是诗歌史上的一颗毒瘤”，与《观沧海》中的意象不是一码事，所以在此不予多谈。

从前面的分析可以得知，事实上，很多意象在诗歌中经常出现“二度创作”或“三度以上创作”的现象，通常看起来很美也很巧妙，所以很容易使人以为这就叫诗。譬如前面说过的“未若柳絮因风起”；西昆体中的“力通青海求龙种”、“却为流萤下诏书”；即现代派所谓“叙述的自得其乐”。这些句子美不美呢？当然也美，但是叫不叫诗呢？如果真有“意思”，那当然叫诗；如果只是词语漂亮，只是塑料花，当然不能叫诗。正如前人所说：“夫岂不工？终非古人之诗。”（《沧浪诗话》）用中国社科院刘义先生的话说：“如果把这也叫好诗（指柳絮诗），那就把中国诗歌看得太简单了。”那么，这些好词好句不叫诗叫什么？西方有个名词，叫做“情感的派生物”，本书也有个新名词，叫“语境”。也就是说，“红花还要绿叶配”，如此而已。详细内容，可参见本书第四章：“诗歌的包装——语境”。

【例句】

歌谣：一个在那山上呦一个在那沟，咱们拉不上个话话哎呀招一招个手（陕北民歌）

古诗：燕赵多佳人，美者颜如玉。被服罗裳衣，当户理清曲（《东城高且长》）

唐诗：万里悲秋常作客，百年多病独登台（杜甫《登高》）

宋诗：衣带渐宽终不悔，为伊消得人憔悴（柳永《蝶恋花》）

今诗：烹玉雪，煮梅香，沸离伤！欲言还抑，鹤舞苍天，君可安康？（宋金英《诉衷情》）

外诗：远方，果园的水井旁，燕子在歌唱（［西班牙］希梅内斯《音乐》）

（二）意象的科学分类

【中外诗话】

◇ 赋者，敷陈之称也；比者，喻类之言也；兴者，有感之辞也（挚虞）

◇ 或有实象，或有假象。实象者，若地上有水、地中生木升也；皆非虚言，故言实也。假象者，若天在山中、风自火出；如此之类，实无此象，假而为义，故谓之假也（郑玄）

◇ 比之为义，取类不常：或喻于声，或方于貌，或拟于心，或譬于事（刘勰）

◇ 要继续保持对万物的热爱。如果可能，就把寒潮也一起包括进来吧（刘希全）

◇ 在艺术里不像在哲学里，创作的材料不是思想而是现实的外在形象（黑格尔）

◇ 诗人应该力求获得多方面的知识，因为整个世界都是他的题材，他对这种题材要懂得如何处理和如何表达/不要说现实生活没有诗意。诗人的本领，正在于他有足够的智慧，能从惯见的平凡事物中见出引人入胜的一个侧面（歌德）

【引论】 世间一切皆诗

◎普希金（1799－1837），诗人，俄国文学的创始人。他的诗既是“浪漫主义”的，也是“现实主义”的。由此可知，真正的诗不是浪漫主义，也不是现实主义，而是现实主义和浪漫主义相结合。正所谓“世间一切皆诗也”。由此可见，过分老实或过分浪漫，都不是诗的正宗。而那些“站在各自的小山包上骂大山、争名利、比高低”，“流派成了一种策略，被广泛娴熟使用”（傅翔《技术主义时代写作的话语》）的现象，就不值一提了。

这里还需讨论另一个问题，即意象的科学分类问题。只有既明确意象的本质，又了解意象的范围和类别，才能拓宽思路，把意象（诗歌的材料）牢牢把握在手，如鱼得水，运用自如。要了解意象的科学分类，先要知道什么叫“世间一切皆诗”。

“世间一切皆诗”，语出南宋张戒《岁寒堂诗话》：

李义山诗只知有金玉龙凤，杜牧之诗只知有绮罗脂粉，李长吉诗只知有花草蜂蝶，而不知世间一切皆诗也。惟杜子美则不然，在山林则山林，在廊庙则廊庙，遇巧则巧，遇拙则拙，遇奇则奇，遇俗则俗，或放或收，或新或旧，一切物，一切事，一切意，无非诗者。

这段话的意思非常清楚：不是说世间的一切都是诗，而是说“世间的一切都可以作为诗歌的材料”。反过来就是说：意象的范围很广，它包括世间的一切事物和现象，作诗者不能偏爱或顾忌什么东西可以入诗，什么东西不能入诗。也不必千辛万苦找诗，千山万水求诗。古曰“会心处不必在远”，说的就是这个道理。乔羽先生有一个例子，很想为西湖写一首诗，但是至今几十年都没有写出来。吃了人家的饭，去一次遗憾一次。相反，会心处，无论《难忘今宵》还是《一条大河》，一晚上就写出来了。

什么叫“事物”?《辞海》的解释是：“世界上存在的一切物体和现象。”也就是说，如果我们真要给意象分类，首先必须考虑，你能否用最少的范畴，把“世界上存在的一切物体和现象”都包括进去。否则你就是开一张几十页的清单，也未必把它们分得开。譬如有人把诗的意象分成“送别意象、梅花意象、边塞意象、怀人意象、抒怀意象、闲适意象”，那还有个完吗？还有，就是不能犯“种属不当重叠”的逻辑错误，譬如有人把意象分为“一般意象和审美意象”，或者分成“拟象、隐象、意象、典象、赋象”。又如有人把意象分为“物象和语象”等等。什么物象能够离开语象？什么语象不是物象（现象）？这就叫“概念的不当重叠”。

这里面重要的是对“心象”的确认。心象是客观存在，这已经不是问题。要害是确认心象的现实意义和历史意义。因为心象在中国的旧诗说中叫做“直言”，是相对于“含蓄”而言的。笔者认为，不承认心象有三大坏处，一是不尊重诗歌的创作规律；二是不尊重诗歌的创作实践特别是西方诗歌大量的创作实践；第三个最大的坏处是：如果不承认心象就不是一个完整的科学体系。过去我们许多学者所以迟迟不好给意象下定义，就是常常被“直抒胸臆”算不算诗绊住了。相反，如果承认了心象，不仅会对西方诗歌另眼相看，推进诗歌“说真话”，还可以把西方的意识流、潜意识等科学发现纳入诗歌的审美范畴。——扩大了意象的范围，就等于丰富了诗歌的材料，扩大了诗歌的领地，才能实现“凡禽鱼草木人物名数，万象之中义类同者尽入比兴”和“世间一切皆诗”的科学判断和诗学理想。

19 心象

少无适俗韵，性本爱丘山

——（**晋/陶渊明《归园田居》**）

【导读】心象，就是用心来比。把心象摆在位首，主要是强调它的现实意义和特殊意义。心象不仅包括作者想说的话、想做的事，而且包括作者的意识和潜意识。心象既是作者不得不讲、不得不说的话，也“如同一面镜子，映出他自身的形象”。甚或就是人们常说的“代大众立言”。潜意识，是弗洛伊德提出的新概念，是区别于意识的一种“潜力”。不同的是，有人把它叫“真实”，有人把它叫比方或“拟心”。为什么真正的心象也是比方？《文心雕龙》曰：“‘比’之为义，取类不常。或喻于声，或方于貌，或拟于心，或譬于事。”萨特说：“说话就是行动，——他知道自己在看到自己的同时也被人看到。他不经意做的动作，这一来就如庞然大物那样存在。为所有人而存在。”当然，对心象的认识，现代人还有一种更好的解释。如诗人唐亚平说“每个人都有他自己的心灵史”，有批评家说“历史其实就是人类的心灵史”。譬如本诗“少无适俗韵，性本爱丘山”就是中国古代知识分子的一种心灵史；唐亚平《黑夜·跋诗》“兄弟，我透明得一无所有/但是你们要相信我非凡的成熟”就是现代知识女性的一种心灵史。可见古今聪明的诗人，都是把心象当作历史的一面镜子，而不是当作随心所欲的情绪发泄物。正因为此，博尔赫斯才说：“用干净直白的语言去解决思辨问题，实在是这世上少有的一项本领。”梁启超说：“这类文学，真是和那作者的生命分劈不开——至少也是当他作出这几句话那一秒钟时候，语句和生命是进合为一。这种生命，是要亲历其境的人自己创造。所以这一类我认为是情感文中之圣。”（梁启超《中国韵文里头所表现的情感》）当然，在中国诗歌中，正如陶渊明一样，更注重不动声色的客观描写。这与其说是一种流派，不如说是时代使然。简单地模仿这个那个，都是违反诗歌的创作规律的。

【例句】

民歌：我心相属，日久月长。与卿相依，地老天荒（英国民歌《绿袖子》）

古诗：自古圣贤尽贫贱，何况我辈孤且直（鲍照《行路难》）

唐诗：仰天大笑出门去，我辈岂是蓬蒿人（李白《南陵别儿童入京》）

宋诗：生当作人杰，死亦为鬼雄。至今思项羽，不肯过江东（李清照《夏日绝句》）

今诗：黑夜给了我黑色的眼睛，我却用它寻找光明（顾城《一代人》）

外诗：黑夜创造出无数妖魔，我的心情却十分振奋（［德］歌德《欢会和别离》）

20 景象

春江潮水连海平，海上明月共潮生

——（唐/张若虚《春江花月夜》）

【导读】景象，就是用景来比。景象始于《诗经》，“泛滥”于盛唐。把景象排在意象之二，不是景象在诗歌中的地位有多么高，而是按历史发展和本书编排秩序，现在该轮到张若虚讲话了。尽管张若虚卒年不详，存世的诗歌不过两首，另一首几乎无人问津，而《春江花月夜》是中国诗歌的一个高峰。这个话不是笔者说的，而是闻一多先生说的。他的原话是“诗中的诗，顶峰上的顶峰”（闻一多《宫体诗的自赎》），所以这里有必要把全诗抄录如下：

春江潮水连海平，海上明月共潮生。
滟滟随波千万里，何处春江无月明。

江流宛转绕芳甸，月照花林皆似霰。
空里流霜不觉飞，汀上白沙看不见。

江天一色无纤尘，皎皎空中孤月轮。
江畔何人初见月？江月何年初照人？

人生代代无穷已，江月年年只相似。
不知江月待何人，但见长江送流水。

白云一片去悠悠，青枫浦上不胜愁。
谁家今夜扁舟子？何处相思明月楼？

可怜楼上月徘徊，应照离人妆镜台。
玉户帘中卷不去，捣衣砧上拂还来。

此时相望不相闻，愿逐月华流照君。
鸿雁长飞光不度，鱼龙潜跃水成文。

昨夜闲潭梦落花，可怜春半不还家。
江水流春去欲尽，江潭落月复西斜。

斜月沉沉藏海雾，碣石潇湘无限路。
不知乘月几人归，落月摇情满江树。

什么叫景象？单看“春江潮水连海平，海上明月共潮生”一句，就让人流连忘返了。想想这是一幅多么宏伟、壮阔、生动、逼真的大海景象和艺术画面吧！再看第二句的前半句：“滟滟随波千万里”，这是水波在流还是“意识流”？更令人难以置信的是，作者在此会突然冒出一句“何处春江无月明？”这是在写景吗？不是。是在写情吗？也不全是。在淡淡一句“何处春江无月明”中，我们仿佛看见一个诗人，一个哲人站在岸边，正在憧憬着一种思想，一种关爱和一种人生境界。余下的8句诗，句句情景交融、入情入理，几乎把人间所有的真情，全都柔和在春江、潮水、明月、江流、花林、流霜、白沙、孤月、江月、长江、流水、扁舟、鸿雁、鱼龙、落花、江潭、落月、海雾、明月楼、满江树这些优美的景物和景象中了。让人惊叹不已的是，一首诗，竟能容纳这么多思想感情，竟能留下这么多优美的诗句！难怪闻一多先生说，这是“诗中的诗，顶峰上的顶峰！”由本诗可以看到，景象不是写景，而是用景言情。而且此“情”绝不是那些普通和本能的情趣、趣味、情绪或情感，而是一种思想、一种境界、一种胸襟和一种性情。可以说，不是这样的情，就不足以为诗，不如看看电视剧；不是小我中装有大我，可以说写了也是“徒作”。即如古人所说：“言不关于世教，义不出于比兴，诗亦徒作。”难怪王国维说：“昔人论诗词，有景语、情语之别。不知一切景语，皆情语也。”

【例句】

歌谣：沧浪之水清兮，可以濯我缨。沧浪之水浊兮，可以濯我足（先秦《孺子歌》）

古诗：风萧萧兮易水寒，壮士一去兮不复还（荆轲《易水歌》）

唐诗：黄四娘家花满蹊，千朵万朵压枝低（杜甫《江畔独步寻花》）

宋诗：一棹春风一叶舟，一纶茧丝一轻钩（李煜《渔父》）

今诗：真情像草原广阔，层层风雨不能阻隔（娃娃《一剪梅》）

外诗：每一个沐浴在爱河中的人都是诗人（［古希腊］柏拉图）

21 事象

前不见古人，后不见来者
念天地之悠悠，独怆然而泣下

——（唐/陈子昂《登幽州台歌》）

◎陈子昂（约 661－702），唐诗革命的先驱者和奠基人。他是继刘勰、钟嵘反对形式主义诗风，标举“比兴”、“风骨”之后，以坚定的理论自觉、勇敢地继承汉诗“兴寄”传统的诗人和诗家。可以说，中国《诗经》的“比兴”传统，如果没有南北朝的刘勰，唐初的陈子昂，晚唐的杜牧，南宋的张戒，明清的曹雪芹，当代的毛泽东和唐人李白、杜甫、白居易的伟大实践，就没有今天的辉煌。

【导读】事象，就是用事来比。古曰：“诗有两义：一曰情，二曰事”，“做诗所以传人，非传其人，传其事也”。事象和单纯的物象、景象不同，它们有情节，而且直接与人相关。不仅包括人事，而且包括情事和物事。情事如古诗“行行复行行，与君生别离”；物事如唐诗“好雨知时节，当春乃发生”；人事如宋诗“昨日入城市，归来泪满巾”，又如本诗“前不见古人，后不见来者，念天地之悠悠，独怆然而泣下”，古诗“风萧萧兮易水寒，壮士一去兮不回还”等等。总之一句话，只要与人相关，在诗歌中就不叫物象、景象而叫“事象”。譬如唐诗“云横秦岭家何在，雪拥蓝关马不前”这两句诗，不仅合起来是一“事象”，单独把“云横秦岭”、“雪拥蓝关”抽出来，也是事象而不是普通的“景象”，诚如任何单纯的物象、拟象、心象或想象，都不是诗的意象，而只是散文的意象。此外，事象不仅包括现实中的“家事、国事、天下事”，也包括历史上已经发生和未来可能发生的事。过去的事叫“典故”，古曰“用事”、“用典”、“咏史”，也叫“运用古事法”，譬如古代的“女娲”、“焚书”，今天的“二战”、“汶山”，本诗中的“古人”和“来者”等。因为用典的好处是可以让诗歌比较精练，可以节省很多笔墨。但是，过多用典的弊端（包括现代诗歌中大量使用抽象的概念），已经被素朴的诗歌所不取。所以本书所说的事象，更注重现实生活中的人和事，用身边事来言情说理。用税清静先生的话说即“多写发生在生活中、身边的大事，写生活、写民众、写痛苦、写幸福。人民关心的、更会引起人民的共鸣”。

“用事来比”并非中国独有，正如华兹华斯所说：“一般说来，各民族最早的诗人都是出于由真实事件激发的热情而写作的。”譬如在当代诗歌中，也有艾青的《大堰河》、叶延滨的《干妈》等。但是，中国的事象不是西方的“叙事诗”，他们只是被用来“打比方”。换句话说，诗人关心的是“象”，而不是“事”（故事），所以一般只需三言两语，点到为止。正因为用事即比，讲故事就是俗话说的“举例来说”，唐人《诗式》才说“时久呼比为用事，呼用事为比”；《二南密旨》才说“若将古事比今事，无冥合之意，何益于诗教?”据西方分析家言：古希腊的《荷马史诗》也不是单纯的比喻和讲故事，其故事的后面也包含着正讽和反讽。也许，正是对古代诗艺的理解逐步加深，“1945 年以后，欧洲的小说家也不再写什么单纯的故事”。

在西方近代文论中，有一个范畴叫“典型形象”。什么叫典型？典型不过一形容词，这不是挂在二梁上的理论吗？笔者认为，在诗歌中，能够称为典型的形象，就是能够说明问题，即可以用来打比方的形象，或者说必是最恰当的比方和隐喻。而这种最具体最能说明问题的隐喻，正是现实生活中那些活生生的人和事，尤其是那些远离文化主流，不为人知的真实的人和真实的故事。只有这样的“故事”，才会被后人称为“史诗”或“诗史”。例如前人评价唐人聂夷中的“二月卖新丝，五月粜新谷。医得眼首疮，剜却心头肉”曰：“有三百篇之旨，此亦为诗史。”博尔赫斯说：“如果我们果真能够回归史诗，那么我们就可以完成一些真的很伟大的事情。”难怪近代以来，很多西方批评家发现：“叙事不仅传达意义，也创造意义。”本雅明甚至把寓言性叙事标榜为“现代主义艺术的独特的表达方式”。有人还把本雅明的寓言美学称为“解释现代艺术的钥匙”。而这个方法，正是汉诗写作的传统之一。由此可知，中国不仅是古典诗歌的故乡，也是“现代诗学的故乡”。

【例句】

歌谣：敌兵出境已逾月，风吹未干城下血。百死余人能几人，鞭背驱行补城缺（金《修城去》）

古诗：盈盈一水间，脉脉不得语（汉《迢迢牵牛星》）

唐诗：风吹柳花满店香，吴姬压酒劝客尝（李白《金陵酒肆留别》）

宋诗：月上柳梢头，人约黄昏后（欧阳修《生查子》）

今诗：在讲故事的时候/夜色越浓越好/雨越下越大越好（唐亚平《黑色睡裙》）

外诗：忧郁的眼里没有眼泪/她们坐在织机旁，咬牙切齿：/“德意志，我们在织你的尸布”（［德］海涅《西里西亚的纺织工人》）

22 物象

斜阳照墟落，穷巷牛羊归

——（唐/王维《渭川田家》）

【导读】物象，就是“用物来比”。《关雎》里已经说过，这里还需介绍三种物象和所谓的“新手法”。一是人物，二是新事物，三是所谓“现代诗的新手法”。

“人物”，此地以王维的《渭川田家》为例，聪明的读者可能会问：“渭川田家”是物象吗？这正是笔者准备说的：渭川田家不是风景（景象），也不是故事（事象），而是人世间各种人物之一的“田家之象”（物象之一）。不了解这一点，就无法读懂《渭川田家》的真实内容，也无法欣赏王维的诗意所在。

人物如何成为比方？因为诗歌中的人物“像一面镜子”（达·芬奇语），可以看到“时代的习俗”（维伽语），也是观察“五光十色的平民社会”（马克思语）的一面窗口。有人说，《渭川田家》的本意不是完成一幅“田家晚归图”；诗的核心是一个“归”字。这是很有见地的。王维的伟大之处，正是“诗中有画、画中有诗”。如果只看到画，没看出诗，不仅失之肤浅，还会给将来的创作产生误导。是的，本诗的核心就是一个“归”字。作者就是用渭州田家“穷巷牛羊归”、“野老念牧童”、“相见语依依”这些贫穷而自得的生活方式来打比方，反衬自己“独无所归”的官场生涯，从而引发“式微，式微，胡不归？”的人生感慨。在传统诗歌中，古人所谓“物”，大多是指鸟兽虫鱼、松竹梅兰。甚至在晚唐时期，还流传过十多个和尚写诗，离开风、花、雪、月就集体罢工的历史典故。诗歌是不是离开动物植物就不能写诗？本诗就是一个具体的说明：诗歌中用来比兴的物不仅指事物，而且包括人物。这不仅是事实，而且是诗歌的本质决定的。从更高的意义上讲，用人来比较之用物来比，不仅更直接，更生动，且更有说服力。用物来比，古曰“曲意比附”；用人来比，古曰“高格”。与其曲意比附，不如直面人生。《渭川田家》的可贵之处，就是能把眼光放到“人”上，能用活生生的人、活生生的事现身说法、阐明天理。用今天的话说，就是关注现实、关注生命、关注民生；问题从生活中发现，答案也从生活中去找。这种写法，对一般人不容易，对“一心向佛”的王维更不容易。但是毫无疑问，在王维所有的诗歌中，这类题材的作品，毕竟是人们更喜欢也是更有价值的艺术珍品。遗憾的是，能够像王维这样，把目光多少放点到田家身上的诗人，历史上“屈指可数”。“风花雪月”像瘟疫一样，一直传播到今天，成为旧文学最典型的标志。当代中国，人们精神空虚、信仰缺失，不知有多少人需要关怀，有多少人亟须用诗歌抚慰解惑。无法设想，一个有良心的诗人、一个有责任感的诗人，会视而不见、默默无声。笔者曾于 2007 年呼吁：“诗人，用诗感动中国！”遗憾的是，在一片只要“自我”的废墟上，很难找到知音。

即使用客观事物作比，也要分清哪些是活物、哪些是死物。已经在现实中消失的事物，就是死物；古人用过的意象，就是死象。例如随手可翻的“乾坤、玄武、策马、逐鹿、狼烟、群芳”等等，难怪钱钟书先生直呼“殆同抄书!”人称“陈词滥调”。新事物层出不穷，只有用自己的知觉去感知时代，与时俱进，才是真正的"现代诗"。例如有人评奥登《悼念叶芝》中的"小溪已冻结，飞机场几无人迹"这句诗说：这是"从田园化的牧歌到现代诗的转向"。又如余光中的《乡愁》所以受到大众厚爱，就是他使用了古人没有写过的"邮票"、"船票"这些看得见、摸得着、懂得起的东西，一看就有亲切感。相反，现在有一种写法，就是所谓"现代诗的新手法"，名曰"形式的创新"：其实就是用抽象的概念强加于物。诸如"痛苦的喜鹊"、"枯燥的烦恼"、"倒霉的时钟"等。其特点是，无须"眼睛和心灵的感受"，张口就可以来，张嘴巴就可以说话，只要不怕牙疼。用钱钟书先生的话说即："虽然接触到事物，心目中并没有事物的印象，只浮动着古罗马大诗人的好词佳句。"又如韩东所说"只能玩在自己的游戏中"。这种诗笔者试验过，一小时可以写 20 首，有人为证。还有就是模仿前人句法。例如新诗："如果碧潭再碧潭一些，就可以照我忧伤的侧影。"第一个诗人这样写，无可非议。但是若以为这就是"形式的创新"，那就不是文学的本色语言，只有"调皮话"的意义了。不信笔者也可模仿一句："如果篮球再篮球一点，大家都变成一个球样了。"

【例句】

歌谣：我是那纯洁的莲花，在光辉中诞生（［古埃及］《亡灵书》）

古诗：南山一桂树，上有双鸳鸯。千年长交颈，欢爱不相忘（汉《古绝句》）

唐诗：我寄愁心与明月，随风直到夜郎西（李白《闻王昌龄左迁龙标遥有此寄》）

宋诗：宁可枝头抱香死，何曾吹落满地花（郑思肖《题画菊》）

今诗：有的人活着，他已经死了；有的人死了，他还活着（臧克家《有的人》）

外诗：像一棵山上的风信子，被牧人踏了又踏，却在地上开出紫花（［古希腊］福萨《新娘》）

23 拟象

浮云游子意，落日故人情
挥手自兹去，萧萧班马鸣

——（**唐/李白《送友人》**）

◎李白（701－762），四川江油人（一说西域碎叶人）。中国古代最注重向民间吸取营养，最善于把自己的个性融化到自然景物中，主张“清水出芙蓉，天然去雕饰”，洒脱不羁，充溢着生命活力的诗人。李白的诗歌对后代产生了深远影响。中唐的韩愈、孟郊、李贺，宋代的苏轼、陆游、辛弃疾，明清的杨慎、龚自珍，都受到李白诗歌的影响。

【导读】比拟是人类的一种基本技能。中国九岁的小孩能够写出：“鹅鹅鹅，曲项向天歌。”俄罗斯的儿童也会这样描述春天：“冬天感到冷了，它便逃走了。”这些拟人化的儿童诗，前者不亚于李白的“浮云——游子意”，“落日——故人情”，后者不亚于李白的“挥手自兹去，萧萧班马鸣”。拟象从哪里来？安徒生说：“一个爱写诗的青年人，因为写不出好诗来而苦恼，于是去找巫婆。巫婆给他戴上眼镜，安上听筒，他就听到了马铃薯在唱自己家庭的历史。”

在中国诗人中，最喜欢拟象的是大诗人李白。本诗就是李白拟象的一首代表作。“浮云游子意，落日故人情。挥手自兹去，萧萧班马鸣。”浮云是我们经常看到的自然现象，在这里变成了“游子意”；落日也是自然界的一种现象，在这里变成了“故人情”。“班马”不是“斑马”的别字，古代专指“离群的马”。诗人一挥手，离群的马就会悲鸣长啸，这显然也是把马拟成了人。连马都能感受到离别的伤感，何况人呢？拟象的作用，大抵如此。在李白的诗歌中，相同的拟象还有“举杯邀明月，对影成三人”、“暮从碧山下，山月随人归”、“天长地远魂飞苦，梦魂不到关山难”等等。其他诗人创造的拟象也很多。例如辛弃疾《贺新郎》“我见青山多妩媚，料青山见我应如是”；卢纶《伤秋》“岁去人头白，秋来树叶黄，搔头向黄叶，与尔共悲伤”；杜牧的“蜡烛有心还惜别，替人垂泪到天明”；清人赵翼的“最是秋风管闲事，红他枫叶白人头”等等。尤其是宋祁的“红杏枝头春意闹”，张先的“云破月来花弄影”，更为历史留下很多文学掌故。拟象为什么比真象还好？柏格森说：“我们可能笑一个动物，但那是因为在这个动物身上，我们看到了一种人的态度或表情。”

拟象有句拟和篇拟，句拟是修辞手法之一，篇拟就是寓言或寓言诗。寓言是现代诗歌追求的一种普遍的表达形式。中国诗人西川就是用这种“寓言故事形式”，“让平常生活成为陌生与不确定，而又细微地将时代剪裁”。现代诗的修辞拟象很多，好像胸中只有那么几个物象，完全不受客观限制，高兴了就可以把它们当“变形金刚”。譬如波德莱尔《向晚的和谐》“天空凄美得像座大祭坛”，“太阳在自凝的血泊中溺死”（《世界经典诗歌金榜》，内蒙古出版社，第 100－101 页）以及中国近代流行歌曲中的“狼爱上羊——它们为爱歌唱”等等，就和李白偏重于内心体验的拟象相去甚远了。拟象不是为拟象而拟象，拟象的目的是为了让情思得到最大的发挥。从“浮云游子意，落日故人情”可以看到，“拟象”的关键不是“随意”，而是“情意”。现代派诗为什么不受欢迎？流沙河先生说得好：“情太少了，入不了迷，什么传统派、民歌体、现代风，一咏物就成了概念演绎派。”相反，好的拟象只会使人难忘，甚至有一种人性的喜悦。如作家陈村的诗句：

又一年流水一样地过去了。
它没有手，否则我们可以和它握握手，说一声再见。

【例句】

歌谣：我听见那一班教士牧师们所说的，全与他们所想所做的不一样，

于是我也学说谎（［法］《列那狐的故事诗》）

古诗：胡马依北风，越鸟巢南枝（《行行重行行》）

唐诗：好雨知时节，当春乃发生。随风潜入夜，润物细无声（杜甫《春夜喜雨》）

宋诗：绿杨烟外晓云轻，红杏枝头春意闹（宋祁《木兰花》）

今诗：我要把高山、大海炼成一锭黄金/风吹雨打不变形/让上帝在上面行走，赞叹我的艺术（西川《炼金术士之歌》）

外诗：你温柔的翅膀飞到哪里，哪里的人们都结成兄弟（［德］席勒《欢乐颂》）

24 感象

国破山河在，城春草木深
感时花溅泪，恨别鸟惊心

——（唐/杜甫《春望》）

◎杜甫（712－770），河南巩县（今巩义）人。杜甫善于运用古典诗歌的体制传统，并加以创造性地发展。他所写的诗，不仅语言精湛，雅俗兼收，而且全方位反映了唐由盛至衰的过程，被人称为“诗史”。杜甫还有一个特长，就是特别爱写律诗，有人甚至认为律诗只有杜甫一人写得好。因为律诗的定型，就与他的爷爷杜审言有关。

【导读】感象，就是直接通过主观感觉得到的诗歌意象。叔本华说：“事物本身是不变的，变的只是人的感觉！”以主观直觉包括潜意识、意识流取代传统的客观意象，有人认为这是现代派艺术的主要特征，其实，这种“用直觉的方法来把握或认识生命”的理想，早在中国唐人的诗歌中就已经屡见不鲜了。最典型的例子就是本诗“感时花溅泪，恨别鸟惊心”，史称“杜氏句法”，因为杜甫的祖父杜审言《妾命薄》中的“啼鸟惊残梦，飞花搅独愁”也是这样写的。为什么说“花溅泪”、“鸟惊心”、“搅独愁”是感象而不是普通的意象？因为他们都不是客观存在的物象、景象和事象，也不是文学手法中的拟象或幻象，而是一种真实而又“荒诞”的感觉形象。感象，说到底，就是一种感觉和直觉。而且，这种手法不独杜甫一家所有，譬如李白的“春风知别苦，不遣柳条青”、王维的“西出阳关无故人”、柳宗元的“千山鸟飞绝，万径人踪灭”，何其芳《圆月夜》“你的声音柔美如天使雪白的手臂”等等，不胜枚举。就柳宗元的《江雪》来说：自然界即使有“千山鸟飞绝”的历史瞬间，诗人也无法看到；“万径人俱灭”的情况虽然时有发生，却不是诗人白天目能所及的。由此可见，感象，不过是一种“荒谬”的感觉，也就是布鲁克斯所谓的“悖论”，或曰“通感”。正如抱白《卡夫卡》诗曰“天降大雾的声音，给了他古怪的听力”，看似荒唐，实为艺术的高度真实。

“通感”（Synaesthesia）是一种“感觉挪移”，它破除了人类感觉器官的分类界限，将视觉、听觉、触觉、味觉等彼此打通，能够丰富诗歌的材料，成为激活诗人创造性想象的有效手段。譬如通过“感时花溅泪，恨别鸟惊心”这个“荒诞”的直觉，可以加深读者对于国破家亡的真实感受，通过“啼鸟惊残梦，飞花搅独愁”的真实感象，可以体现作者对于弱势群体的悲悯情怀和恻隐之心。相同的还有王维的“看花满眼泪，不共楚王言”，李白的“瑶台雪花数千点，片片吹落春风香”，覃子豪的“一个健伟的灵魂，跨上了时间的快马”等等，都是通感的例子，都不是西方现代派所谓的“只表现感觉，不表现思想”。用感觉和通感做诗歌的材料，在古典诗歌中不是很多，并不是古人不注重生命的感觉，而是他们深知人性的复杂和世界的艰深，更相信生命健康的韧性，更看重精神的美和人的力量，所以在字面上把它们剔除了。譬如“马上相逢无纸笔，凭君传语报平安”，能够活着就是莫大的幸福了，其他那些“感觉”和“直觉”还值得一提吗？难怪培根说：“断定感官为衡量万物的尺度，是很大的错误。”有人说：“人虚弱以后，感觉就无限扩张。”

【例句】

歌谣：花儿为什么这样鲜，为什么这样鲜，鲜得使人不忍离去（维吾尔族民歌《花儿为什么这样红》）

古诗：青青子衿，悠悠我心（《诗经·子衿》）

唐诗：露从今夜白，月是故乡明（杜甫《月夜忆舍弟》）

宋词：国仇未报壮士老，匣中宝剑夜有声（陆游《长歌行》）

今诗：坐落在城市的中央，阳光是不可缺少的花边（全明忠《花朵后面的脸》）

外诗：我来看你，一群活跃的梦/跟在我后面嬉笑，飞旋/而月亮在我右边移动/也健步如飞，和我相伴（［俄］普希金《象征》）

25 幻象

但使龙城飞将在，不教胡马度阴山

——（唐/王昌龄《出塞》）

◎王昌龄（约690—约756），山西太原人。不仅史称“七绝圣手”，而且有《诗格》、《诗中密旨》两部诗论传世，这在唐代诗人中极其难得，难怪人称“诗家天子”。本书“句中藏比、虚实相生”一节，即出自《诗中密旨》之“句中比物成意格”。

【导读】幻象，就是用想象来比。卡西卡说：“人在他的神话中描绘的就是他自己。神的一切表现正是人的千姿百态、喜怒哀乐、气质性情，甚至于癖好。”想象力是人的自然能力。早在柏拉图以前，地中海的人们就想象到，在地中海西面遥远的大西洋上，有一个以惊异文明自夸的巨大大陆，出产无数的黄金与白银。所有宫殿都由黄金墙根及白银墙壁的围墙围绕，神殿镶满了黄金、白银和象牙，社会文明程度也令人难以想象。有设备完善的港埠及船只，还有能够载人飞翔的物体。它的势力不只局限于欧洲，还远及非洲大陆等等。问题是诗人为什么也要创造想象？是想创造新的神话？还是想与荷马和古希腊人一比高低？

幻象是一种与生活愿望相联系并指向未来的特殊想象。一般来说，艺术的想象总是体现个人的愿望与追求。就是现实中不存在，人们为了表达各种愿望，把那些通过想象或做梦得来的材料拿来说事。可见幻象和“身之所历，目之所见，是铁门限”是不矛盾的。譬如本诗“但使龙城飞将在”，就是一种美好的想象。如战友高洪波的儿童诗《我想》：

我想把小手
安在桃树枝上。
带着一串花苞，
牵着万缕阳光。

又如坛友田放的《太阳树》：

听说太阳也是一种植物
如果把它的光线搓成种子
播种在感情犁开的心田里
便会长成一片辉煌的太阳林

将现实与非现实糅合在一起，寓严肃于荒诞，是浪漫主义最主要的特点之一。但是，如果说“诗歌是想象能力的表现”（柯尔律治语），这就不仅是以偏概全，甚至是弥天大谎了。什么是真正的诗的幻象？简单地说，幻象就是“生活的梦想”，这里可以参照冯骥才先生关于“理性与梦想”的几段话：

梦想与理想不同。理想是有社会目标的，要通过努力、付出乃至苦斗，争得最终的实现。梦想没有目标，只是一种朦胧的想往，不是去求索，不需要以现实为依托，也不一定要实现，而是期待它的出现罢了。

理想与梦想伴随着人的一生。它们常常轮流地折磨着我们。

我们为理想流汗流血，最终不一定看到成果；我们为梦想心驰神往，多半只是空望。但没有理想和梦想的人生才是真正空虚的。它只是天天设法喂饱自己而已，生命没有任何意义，干瘪和有限。

人生的快乐是沉浸在理想的境界里，并时时有梦想伴随。理想是主旋律，梦想是它的和弦（冯骥才《梦想》）

【例句】

歌谣：哥是天上一条龙，妹是地下花一蓬。龙不翻身不下雨，雨不洒花花不红（云南民歌）

古诗：迢迢牵牛星，皎皎河汉女。纤纤擢素手，札札弄机杼（《迢迢牵牛星》）

唐诗：孤舟蓑笠翁，独钓寒江雪（柳宗元《江雪》）

宋诗：我欲乘风归去，又恐琼楼玉宇，高处不胜寒（苏轼《水调歌头》）

今诗：健康的麦子，养我性命的麦子（海子《麦地》）

外诗：从那喧嚣中忽必烈远远听到，祖先的喊声预言着战争的凶兆（［英］柯尔律治《忽必烈汗》）

26 征象

春眠不觉晓，处处闻啼鸟
夜来风雨声，花落知多少

——（唐/孟浩然《春晓》）

【导读】征象是象征之象的简称。征象和其他意象不同，既是客观存在，也需要诗人加工改造，所以常常被人们看成艺术手法，习称象征手法。征象，就是在某些事物的属性中，本身就具有象征意义，通过强调和加工，无须作者点明用意，就可以传达某些抽象意义。如本诗，初春的“啼鸟”、“风雨”本来就具有象征意义，通过作者的加工改造，无须作者告诉人们说，“这就是南方的初春，这就是可爱的祖国”，其象征意义就在其中了。反之，同样是春天，在旧中国的北方，作家陈学昭写的春天是什么呢？他说："春天，在风和尘土中过去了。"显然，这也是一种象征，也就是那个令人窒息的旧中国的象征。因为北方的春天固然短暂而充满沙尘，但也并不全是这样。由此可知，"意象要构成象征意义，须有充分条件：一是普遍为社会所共同公认；二是诗人自己的特殊经验。这两个条件必须配合，否则读者无法接受。"（李瑞腾语）而最近流沙河先生有个新的说法，也很值得参考。他说：

象征乃是一组一组地出现的，乃是以组为单位而存在的。"凌霄开紫花，花落只剩叶青青"是象，"早知活着是这样，不如不要生"便是征了。……这和西洋的那个象征（symbol）不同。如说红色象征革命，玫瑰象征爱情，等等。甚至铁路的标志符号都是象征。当初真不该把那个 symbol 译成象征（应该译成标志），同吾国原有的象征一词纠缠不清。《汉书·艺文志》云："纪百事之象，候善恶之征。"象征一词来源于此。（《流沙河诗话》）

相同的话莱布尼茨也说过：

我们常常不去注视事物的具体性质而用符号来代替它。……我在拉丁文里称它们为"瞎了眼睛的思想"。那就是说，这些思想完全没有感性和感情的内容，而只赤裸裸地运用着符号。

由此不难发现，象征主义不过是 18 世纪中国诗歌传到西方以后，西方诗人对中国诗歌的一种早期认识。其历史功绩，和后来将其推下历史舞台的新批评派一样，都是对"中国魔术"的"朦胧"认识。象征没有什么不好，不好的是"象征主义"。其对中国诗歌的"误读"，一是用符号代替"征象"，二是用象征的方法代替"隐喻"的其他方法，这就无异于把现代诗引向独木桥，所以只能"合乎规律地式微了"（流沙河语）。

【例句】

民歌：老鸦无树桩，苗家无地方。到处漂泊哟，到处去流浪（苗族民歌）

古诗：将军百战死，壮士十年归（《木兰诗》）

唐诗：众鸟高飞尽，孤云独去闲（李白《独坐敬亭山》）

宋词：燕子楼空，佳人何在？空锁楼中燕（苏轼《永遇乐》）

今诗：这是一沟绝望的死水，清风吹不起半点漪沦。不如多扔些破铜烂铁，爽性泼你的剩菜残羹（闻一多《死水》）

外诗：任什么也没有春天这样美丽，摇曳的草蹿得又高又美又茂盛（［英］霍普金斯《春》）

27 实象

战士军前半死生，美人帐下犹歌舞

——（唐/高适《燕歌行》）

【导读】实象，就是自然界和人类社会实有的事物和现象。譬如前面所列的“物象、景象、事象、心象、感象和征象”，理论上都应当是“实象”为好。实象的特征，古人断得非常清楚，即限于“即目所见”，或限于“故实”。例如古诗“思君如流水”，就是“即目”；“高台多悲风”，就叫“所见”；“清晨登陇首”，就叫“故实”。古曰：“观古今胜语，多非补假，皆由直寻。”（钟嵘《〈诗品〉总论》）意思就是说，诗歌的材料即比方，最好是从自己的所见所闻和亲身经历中寻找。主张面向现实，用真情实感做材料，表达自己对社会人生的思想、态度和看法。高适《燕歌行》就是一首以实象为主的抒情诗。该诗为七言古诗，全篇共 14 句。“战士军前半死生，美人帐下犹歌舞”只是其中的两句。除此以外，还有“汉家烟尘在东北，汉将辞家破残贼”、“少妇城南欲断肠，征人蓟北空回首”、“相看白刃血纷纷，死节从来岂顾勋”等等。一句话，只有事实，没有想象虚构，也没有花哨的词语。看起来没有主题，其目的就是要“以真实感人”，“以真实取胜”。本诗所以一方面描叙士兵和家属的艰辛，一方面又描写将士报效祖国的决心，就是既尊重了事实，也表达了作者复杂矛盾的思想感情。作品深刻的思想内容和很强的艺术魅力，正在于实和真实。当然，所谓“实象”，只是相对而言。因为任何事实，只要经过文人之手，都是有目的有意识的，起码是经过选择和重新组合过的。有几种诗是离不开实象的。一是“史诗”（铁门限）；二是咏物诗，惟其自然所以为美；三是心象和感象，感象包括通感也要感觉真实，才具感染力；四是象征和喻象的创造，如果不是以自然形象为基础，没有广泛的公认度，用“假象”支撑的喻象很难具说服力，作者的目的就很难达到。过去“现实主义”强调的就是这一点。当然，无论虚实，目的都是一样，如果背后没有思想，结果都是同样的。正如诗人李小雨说：“不论作者前面如何写实，总要在最后提炼出点东西来，这才是一首诗的价值所在。”

【例句】

歌谣：妹莫慌来妹莫慌，日头去了有月光。月光去了星星在，星星去了有太阳（贵州民歌）

古诗：阿爷无大儿，木兰无长兄，愿为市鞍马，从此替爷征（《木兰诗》）

唐诗：近乡情更怯，不敢问来人（宋之问《渡汉江》）

宋诗：燕燕飞来，问春何在？惟有池塘自碧（姜夔《淡黄柳》）

今诗：香港，让我紧紧拉住你的手吧，听听最后一分钟的风雨归程（李小雨《最后一分钟》）

外诗：星星很聪明，它们有理由，远远地避开我们人寰（［德］海涅《聪明的星》）

28 虚象

忽如一夜春风来，千树万树梨花开

——（唐/岑参《白雪歌送武判官归京》）

【导读】虚象是诗歌中普遍的意象。诗歌中的虚象包括两种，一种是不在眼前，但它是现实中存在的或者“有可能”存在的；一种是世界上没有，纯属作者的虚构和想象。有时甚至两种情况都具有，俗称半实半虚。譬如歇后语“癞蛤蟆上秤钩——自称”，“癞蛤蟆”是实的，“上秤钩——自称”是虚的，这就是叫半实半虚。而“孙悟空三打白骨精”，那就全是虚象了。诗歌的虚象非常复杂，它的存在基础是人心和感情的无比复杂。但是。虚象在西洋诗歌中，主要是指虚拟、虚构和想象的形象和幻象，“据现实自然所提供的材料，创造出恍惚是一种第二自然”（康德）以及所谓“似是而非的、荒谬、吊诡的语词和表述”；还包括“睡梦里所表现的‘潜意识’活动”。甚至有人说，在浪漫主义诗人那里，“疯子、情人和诗人都是满脑子结结实实的想象。疯子看见的魔鬼，比地狱里的还多”。在魔幻现实主义那里，就是“混淆现实和魔幻的界限”。

虚象的本质是不受物质规律的束缚，可以随意把自然界里分开的东西联合，联合的东西分开，借以代替和丰富现实中没有的材料，并且用它来表达真实的现实生活和生活感受。用雪莱的话说即“诗使它触及的一切变形”；用丹纳的话说即“艺术家根据他的观念把事物加以改变而再现出来，事物就从现实的变为理想的”。据说，过去有人到中国社科院反映：王之涣的《登鹳雀楼》造假，因为鹳雀楼那个地方根本没有山。后来社科院的领导很重视，专门请钱钟书先生来回答。钱先生说，这是在写诗。“鹳雀楼没有山，不等于作者心里没有山。”由此可知，诗歌的真实主要是指人心的真实和感知的真实。用毕加索的话说，即“我的每一幅画中都装有我的血，这就是我的画的含义”，“我不是一个超现实主义者，我从来没有脱离过现实。我总是待在现实的真实情况之中”。正如今天的人们常说：“旅游的快乐不在风景，而在一种心情。”从这个意义上说，诗歌中只有虚象，没有真正的实象。诗歌原本就是现实主义和浪漫主义相结合。本来就不存在什么浪漫主义、现实主义、印象主义或超现实主义，只是此时此地使用的材料不同而已。

虚象的另一个含义是“创造性的想象”，即“有目的的想象”。想象力只能产生虚构的东西，有目的才能“把它们配搭在一起”。虚象通常包括拟象、幻象、印象和直接隐喻之象。拟象即明比、暗比、拟人、拟物。譬如本诗“忽如一夜春风来，千树万树梨花开”就是用明喻的方法创造的“比拟之象”。虚象，是古人的说法，现在有人把虚象叫“二度意象”（布丁涵寒语）。所谓“二度意象”，就是把实象称为“一度意象”，把虚象称为“二度意象”。“二度意象”是在“一度意象”基础上的再创造，即虚象是在实象基础上的再创作。其典型特征是：不管“二度意象”有多复杂，都可以还原到“一度意象”上去。譬如“忽如一夜春风来，千树万树梨花开”，就可以还原到“忽然大雪纷飞”这个“一度意象”上；“硕鼠硕鼠，莫食我黍”这个虚象，也可以还原到“贪得无厌的狗官，不要再吞食我们的血汗了”这个实象（心象）上；毛泽东《沁园春·雪》中的“文采”、“风骚”、“大雕”，都可以还原到“批判两千年封建主义的一个反动侧面”上去。笔者认为“二度意象”这个概念很好，不仅意思清楚，而且抓住了虚象的本质特征。也就是说：虚象必须有所指；虚象不过就一比方。诗歌不能直说，所以只能这样写。需要提醒的是，虚象绝不是“概念的演绎”。譬如现代诗“喜马拉雅山上的第七棵树”、“阳光是从太阳里踢出的足球”等等，就是无法“还原”（作者本也没有什么真实的情意所指）的虚象。除了用“陌生化”的词语刺激眼球，制造一些语言的垃圾，其他百无一用。

【例句】

民谣：大河涨水沙浪沙，一对鲤鱼一对虾。只见鲤鱼来戏水，不见小妹来采花（云南民歌）

古诗：西北有高楼，上与浮云齐（《西北有高楼》）

唐诗：昔人已乘黄鹤去，此地空余黄鹤楼（崔颢《黄鹤楼》）

宋词：柳下桃蹊，乱分春色到人家（秦观《望海潮》）

今诗：愿你在尘世获得幸福，我只愿面朝大海，春暖花开（海子《面朝大海，春暖花开》）

外诗：他们有节奏地跳舞，如同生活在有节奏的季节里（［英］艾略特《四个四重奏》）

（三）意象的命名

【中外诗话】

◇ 名不正，则言不顺；言不顺，则事不成（孔子）

◇ 善为文者，富于万篇，贫于一字（刘勰）

◇ 诗须要有为而作，用事当以故为新，以俗为雅。好奇务新，乃诗之病（苏轼）

◇ 云烟泉石，金玉锦绣，花木禽鱼，皆散卒也。以意遣之，则无不灵（阮葵）

◇ 黑暗两个字怎么可以做杂志底名称呢？名不正，则言不顺，正名是最要紧的（巴金）

◇ 诗也者，有象之言，依象以成言（钱钟书）

◇ 其实，凡百事物的名称，都是假设的、硬派的，或说是借用的。——词的成立，既出人为，那么它们的应用，自然更随人所便了（启功）

◇ 命名是元创造。命名者是第一诗人（于坚）

◇ 诗人的第一个标志，就是善于把它所看到的东西传达出来描绘出来……没有这种能力就不成为诗人（勃留索夫）

◇ 人人在心灵上都是艺术家，所不同于艺术家的，只是不善于把那些反映世界的形象描写和体现出来而已（库勃拉诺夫）

◇ 事物本身是不变的，变的只是人的感觉！（叔本华）

◇ 意蕴只有放在感性形式里，才能够被人认识/美的生命在于显现/艺术把它的每个形象都化成千眼的神。通过这个眼，内在的灵魂和心灵在形象的每一点上都可以看得出。不但身体的形状、面容、语言和声音以及它们在不同生活中的千变万化，全都要由艺术化为眼睛；人们还能从这眼睛里就可以认识到内在的无限的自由的心灵（黑格尔）

◇ 诗人的本领，正在于他有足够的智慧，能从惯见的平凡事物中见出引人入胜的一个侧面（歌德）

◇ 诗对存在的第一命名，是对万物本质的第一命名（波德莱尔）
◇ 我们得为我们说的每一个人和每一个事件找到一个新词（谢里）
◇ 艺术家不仅创造生动的世界，他看到的世界也是鲜明和生动的。他所看到的世界是感性的可触的和独特的，而且总是独一无二的（马依明）
◇ 我早已厌倦了做一个西班牙语诗人，如果可能的话，我想试着成为一个中国式的汉诗人（博尔赫斯）

【引论】“古代汉语”也是汉语

1980年，81岁的博尔赫斯在接受中国记者采访时说：“中国是我的一个梦，我一直都在它的深处。你知道，我早已厌倦了做一个西班牙语诗人，如果可能的话，我想试着成为一个中国式的汉语诗人。”并且开诚布公地说：“相比而言，我更喜欢中国的古董椅子而不是20世纪的新式家具。”为什么不呢？“与君别离”是离，“与君生别离”也是离，不过是多了一个“生”字。但是，两句话的感觉会一样吗？难怪有人说：学不好古汉语，也写不好白话文。

当今中国，古汉语真的不招人待见吗？请回忆宋丹丹小品：“于是乎，它坚定了自己的信念：下自己的蛋，让别人说去吧！”试想：如果这句话缺少“于是乎”三个字，那还叫“小品”还叫“宋丹丹”吗？——由此可知：古代汉语也是汉语。所不同者，不过是一个叫“白话”，一个叫“大白话”。

古代语言和现代语言真的不一样吗？请看三千年来的古诗：

昔我往矣，杨柳依依；今我来思，雨雪霏霏。（《诗经》）

十五从军征，八十始得归。（古诗）

慈母手中线，游子身上衣，临行密密缝，意恐迟迟归。谁言寸草心，报得三春晖。（唐诗）

怒发冲冠，凭栏处，潇潇雨歇。抬望眼，仰天长啸，壮怀激烈。三十功名尘与土，八千里路云和月。莫等闲，白了少年头，

空悲切！（宋诗）

对了，还有本书选出的全部例句。试问，这些脍炙人口的诗歌难道不是用古汉语写的吗？这些所谓“不像话”的语言，其形象之生动，感情之浓烈，哪个不比“主谓宾”式的“大白话”优越？是的，“就我国新诗百年的发展历程来看，新诗一直是伴随着对欧美诗歌的翻译而发展起来的”（南鸥语），而所谓“新诗”，也许从那天开始，就变成“中国人写的外国诗”了。据说诗人北岛请汉学家看诗的时候，就有人问他：“你这是中国诗吗？”那么，汉诗的语法又是怎样的呢？古曰：“构文之道，不过虚字实字两端，实字其体骨，虚字其性情也。”也就是说，汉诗的语法简单得很，实字就是诗歌的材料，虚字就是作者的感情，只要坐稳实字，用活虚字就行了。这种语法够用吗？答案非常简单，不仅够用，而且正因为此，才有汉诗的早熟，才有众多西方著名的诗人和艺术家趋之若鹜。难怪启功先生说：“前人把字分成虚实两类，在汉语中它们的功能已经足够使用了。”

本章“意象的命名”，就是给事物取名。“命名”，就像一个孩子出生，必须给他取个名字，才能分清张三李四。在中国，给小孩“取名”是一件非常重要和神圣的事情，在诗歌中不仅同样重要和神圣，而且无处不在。与中国传统的炼字、炼意相比，“命名”的“命”字，不仅突出了诗人和艺术家的主体地位，也增强了主体的光荣感和责任感。事实上，从现在“给意象命名”，到后面“给喻象命名”、“给语境命名”，到“给历史和文化命名”，到“为纯洁民族的语言乃至给诗人的一生命名”（如余光中被他的“乡愁”命名），都和这个重要的诗学范畴密切相关。在西方近代诗学中，“命名”这个概念是一个最明确、最难得的科学概念。不像“张力”那样纯粹胡掐。所以我说：如果世界诗学能够在汉语中获得成功，西方理论家功不可没。

写诗，首先遇到的问题，就是给诗歌的材料“取名字”，即把心里的比方，即那些事物和现象，用一个词或一句话把它固定下来。用谢里的话说，就是“我们得为我们说的每一个人和每一个事件找到一个新词”。一个好的命名，就像一个人的名字，往往“会带给事物新的无尽的内涵和新意”（敕勒川语）。不命名怎么办？那就只有抄书。什么叫抄书，钱钟书有一段话是这样说的：

> 据说在文艺复兴时代，那些人文主义作家沉浸在古典文学里，一味讲究风格和词藻，虽然接触到事物，心目中并没有事物的印象，只浮动着古罗马大诗人的好词好句。（《宋诗选注》）

诗歌怎样给意象命名？当代诗人学者发明了很多新观点和新方法，例如“文本说”、“语感说”、“扭断语法的脖子”等等。现在，我们且把汉诗固有的词法、句法拿出来说说，希望读者有个比较，从中选出更适合自己需要的东西。

汉诗的方法非常简单，用两句话即可概括：

第一句：“构文之道，不过虚字、实字两端。实字其体骨，而虚字其性情也。”（清/刘淇《助字辨略》）

第二句：“删繁就简三秋树，领异标新二月花。”（郑板桥《楹联》）

1997 年，启功先生在他的《汉语现象论丛》一书中说：“一些关于古代汉语语法的理论中，所举例句，多是以散文为主的。——我还没有看到过对诗歌和骈体文语法修辞的探讨。”（后句见该书第 3 页）所以本书下面说的，只是个人的意见，仅供读者参考。不过，笔者已经把它们变成了四句话：

（1）坐稳实字——化死物为活物
（2）用活虚字——化景物为情思
（3）删繁就简——化繁为简，一句多义
（4）领异标新——句中藏比，虚实相生

汉诗的“命名”是不是这些？笔者现在不敢断言。汉诗的语法该不该继承和发扬？笔者说了不算，汉人或汉学家说了也不算。但是，有一个人的看法却不能不予以参考。说这个话的不是别人，就是德里达。他说：“如果我再年轻20岁，我一定要从学习中国语言开始。”德里达是谁？德里达就是当今后现代主义的大当家，就是那个曾经在《论文字学》中主张“回真向俗”；那个仅用“解构”二字，就把历经半个世纪搭建的“形式主义的语言诗学大厦”（即早期的张力论、含混型，后来的结构说、文本说等等）解构得一钱不值，把当今世界解构得稀巴烂的法国著名哲学家“狗日的德里达！”（铁鹞语）

29 坐稳实词——化死物为活物

黑云压城城欲摧，甲光向日金鳞开

——（唐/李贺《雁门太守行》）

【导读】诗歌中的实词，就是用来打比方的事物和现象。或曰表述这些事物和现象的词。启功先生把它们叫“基本词”。当然，也可以理解为诗歌中客观存在的实物、实象、实事、实境。俗话说“眼见为实，耳听为虚”，正好可以用在这里。有人说，你这咋和词典上讲的不一样？博尔赫斯说：“文字并不是由抽象的思考而诞生，而是经由具体的事物而生的。”譬如军事上的“虚”是指兵力分散，“实”是指兵力集中，本当各有所职。诗歌中的实还有一个意思，叫做“即目”，即必须是你亲眼所见或亲身所感的事物，必须是用你的笔去命名的东西，而不是那些“陈词滥调”。坐稳实词，就是要让字典上的词“活”起来。譬如本诗中的“黑云”、“压城”、“城欲摧”，“甲光向日”、“金鳞开”，可以说，每个词都是新词，都是活的事物和活的意象。与普通的“云”和“城”，普通的“铠甲”、“鱼鳞”都不同。“敌军似乌云压近，危城似乎要被摧垮；阳光照射在鱼鳞一般的铠甲上，金光闪闪”，笔者眼中和笔下的战场，一眼可见（与别人笔下的战场绝不相同）。

在字典中，平常的事物都是概念和名称，活像一堆死物。什么叫死物，字都是比喻来的，第一个比喻的人是天才，第二个是人才，第三个是蠢材。在诗歌中必须把它变成活物，才能称为“意象”。“活了”就叫“坐稳”，就叫“体骨”；反之就叫没有坐稳，就叫“尸体”，所以本节叫“坐稳实词”。譬如“月亮”这个词就是死的，因为它只是一个死的名称（尽管这个字当初曾有过鲜明的内涵，但是对不起，现在只能叫“抽象的字眼”了）。那么，什么样的“字眼”才是活的呢？“明月”、“冷月”、“西窗月”、“床头月”、“白玉盘”才是活的。翻开唐诗、宋词、元曲，很难找到“月亮”这两个字，原因就在于此。所以我说：坐稳实词，就是“化死物为活物”，化概念为意象。当然，在今天，“西窗月”、“床头月”“白玉盘”这些字眼，又和月亮一样，已经变成死物即“陈词滥调”了。

“西窗月”就是“西窗月”，“床头月”就是“床头月”，这是汉诗用词造句的规则，也是写作的第一要务。在这方面，李贺是个高手，但是，就如前面两句，尽管写得好，不过是想象和形容词用得不错。相比之下，杜甫就不同了，除了“画中有诗”，用词也不比李贺逊色。例如《登高》一诗：“风急天高猿啸哀，渚清沙白鸟飞回。”上句的本意是用“风、天、猿啸”来打比方，下句是用“渚、沙、鸟”来打比方。但是在诗歌中，单这样写就不叫“活”，必须根据作者的感觉和用意，在它的前后加上某个词或某些词，才能使它鲜活，才叫诗的意象。杜诗把它写成“风急”、“天高”、“猿啸哀”，“渚清”、“沙白”、“鸟飞回”，这些僵化的名词就变“活”了。同样，在第二句“无边落木萧萧下，不尽长江滚滚来”中，单写“落木”和“长江”，就是两个“死的概念”或“死隐喻”，写成“无边落木”和“不尽长江”，这两个词就算"坐稳"了。国人对杜甫的评价很多，这里介绍的只是他的词法。杜甫的名句是"语不惊人死不休"，有人把它当作教条，这是不可取的。像这样学诗和写诗，还不把人吓死？倒是另一句话说得更实用："凡诗之一字未佳未稳，必有一字可代，思之自当得也。"（元/吴师道《吴礼部诗话》）

【例句】

歌谣：断竹，续竹；飞土，逐宍（远古《弹歌》）

古诗：吴王好剑客，百姓多疮瘢。楚王好细腰，宫中多饿死（汉/佚名《无题》）

唐诗：野径云俱黑，江船火独明（杜甫《春夜喜雨》）

宋诗：洞庭青草，近中秋，更无一点风色（张孝祥《念奴娇》）

今诗：一只只金苹果/从白日之树上坠落了/让它落吧/我留守自己的思念（王贤良《心灵的风景》）

外诗：我的心与大海相似，有风暴也有潮汐，但许多美丽的珍珠，就藏在海底（［德国］海涅《美丽的打渔姑娘》）

30 用活虚词——化景物为情思

千山鸟飞绝，万径人踪灭
孤舟蓑笠翁，独钓寒江雪

——（唐/柳宗元《江雪》）

【导读】虚字就是虚字，怎么用活？这个问题问得正好。所谓用活，在汉诗中指的是"不以虚为虚，而是以实为虚，化景物为情思"（《四虚序》）。什么是汉诗的虚词？古曰："构文之道，不过虚字、实字两端。实字其体骨，而虚字其性情也。"（清/刘淇《助字辨略》）意思很清楚，在汉诗中，实词就是诗歌的材料，虚字就是诗人的感情。换句话说，在汉诗中，凡是表达性情的字或词，无论"实词虚词"，都是虚词。什么叫"化实为虚"？在汉诗中，作者的情思不仅可以用虚字表达，还可以把实字当做虚字来表达，就叫

"化实为虚"。因为，汉字的每个字都是活的，既可以是实词，也可以是虚词。譬如"牛"的本意是一个名词，但是也可以是一个形容词，如"你太牛了"；还可以当动词用，譬如"你就牛吧"。为什么实字也可以作虚字用？启功先生说："事物的名称，都是假设的、硬派的，或说借用的，——既为人出，那么它们的运用，自然更随人所便了。"如本诗"孤舟蓑笠翁，独钓寒江雪"：从字面上看，"独钓"是一个实词，即一个表示动作和性质的词。但是"雪怎么能钓呢?"这样的方法，就叫"化实为虚"，即"化景物（现象）为情思"。诗歌中为什么要玩这种虚虚实实的把戏？前人说得非常清楚。《四虚序》曰："不以虚为虚，而以实为虚，化景物为情思，从首至尾，自然如行云流水，此其难也。否则偏于枯瘠，流于轻俗，而不足采矣!"王夫之也说："以虚为虚无法达于虚，只有以实求虚才能通达艺术极境。"怎么样，很新鲜吧？是的，更新鲜的还在后头。因为这种技术不仅中国人知道，外国人也知道。如黑格尔说："只有把心灵带到自然事物里，把情志融入外在世界，它的存在才是真实的。"达·芬奇说："诗人写事物，并不是按照它们真正的样子，而是按照它们应该有的样子去写。"既然不是"真正的样子"，那还不就是虚的吗？这里，笔者把"化景物为情思"归纳为"三化"，以供参考：

一、化虚词为情思。虚词，现代汉语一般是指没有完整词汇意义的词。但是在汉诗中，它不仅可以表现意义，而且可以改变意义。传说明末大臣洪承畴曾自书"君恩深似海，臣节重如山"一联悬于厅堂，以表明他对君国的忠贞。后来洪承畴失节降清还为自己的错误寻找借口，有人仅仅在他的对联上加了两个虚字，即"君恩深似海矣，臣节重如山乎?"就把他弄得无地自容了。由此可知古人所谓"实字其体骨，而虚字其性情也"的古训确实不差。汉诗中的虚字一是和实字结体，譬如"枯、老、昏"配"藤、树、鸦"；二是用好动词、副词和形容词，即古人所谓"诗眼"；三是把虚字藏在句子中，化虚字为情思。如洪承畴的这样的例子，古典诗歌中俯拾皆是。例如大家熟知的杜甫的"好雨知时节，当春乃发生"，李白的"达亦不足贵，穷亦不足悲”以及下面这些唐以来的诗句“一年将尽夜，万里未归人”、“但使龙城飞将在，不教胡马度阴山”、“人面不知何处去，桃花依旧笑春风”、“何当共剪西窗烛，却话巴山夜雨时”、“曾经沧海难为水，除却巫山不是云”、“两情若是久长时，又岂在朝朝暮暮”、“等闲识得东风面，万紫千红总是春”、“苟利国家生死以，岂因祸福避趋之”、“国破尚如此，我何惜此头?”“心事浩茫连广宇，于无声处听惊雷”、“雄关漫道真如铁，而今迈步从头越”等等。

二、化实词为情思。古曰：“诗有实字，而善用者，以实为虚。”（杨万里语）诗曰：“落红不是无情物，化作春泥更护花。”实词就像“落红”，写得好，它就是“有情物”。例如中国较早的古诗“路漫漫其修远兮”、“风萧萧兮易水寒”和古诗中的“萧萧马鸣，悠悠旆旌”、“一春梦雨常飘瓦”等等。看起来都是一些实实在在的意象，却饱含着无限情思。后来的就数不胜数了。如“魂来枫林青，魂返关塞黑”、“大漠风尘日色昏，红旗半卷出辕门”、“近水楼台先得月，向阳花木易逢春”、“三十功名尘与土，八千里路云和月”、“九州生气恃风雷，万马齐喑究可哀”等等。老实说，西方有很多民族都能在自己的语言中传达出他们的孤独，他们的勇气，他们的忠诚，以及他们对大海与战争萧瑟凄凉的感受，但是，像这种仅靠实词，就能“不动声色地”把自己的文化和精神蕴涵其中，估计世间少有。

三、化词组（短语）为情思。即把“词的情思”化成“词组性的情思”。亦即不是实字虚用，而是“实事虚用”（《艺概》）。也就是说，汉诗中表示情思的词，不限于单个的实词虚词，还可以是表示一个“事”的词组或短语。譬如“独钓寒江雪”就是一个词组或短语，在诗歌中就是一个形象，就是一个扩大了的虚词。它的特点是字数没有限制，而且不能分开，或者分开了就不是完整的意思。例如王勃的“落霞与孤鹜齐飞，秋水共长天一色”，你怎么分？又如“问渠那得清如许，为有源头活水来”，本来就是一句自问自答的话，你怎么分？这种语法和意象，过去不好解释，现在已经知道，他们是一种陈述性或“询问性的存在”。

很像英语中的“物质名词的复数现象”。同时，不拆散它们，也符合“名词不可分”的原则。这种方法来自何时何人，不知道。只知从古至今，中国的诗人就是这样写诗的。例如本诗的“千山鸟飞绝”、“万径人俱灭”、“孤舟蓑笠翁”、“独钓寒江雪”，就是由四个密不可分的陈述性词组即意象（不像现在的“新诗”，全是用主谓宾的句子组成，反而看不懂）。尤其是宋人发明的“领字句”，不仅都是虚词，而且更是情思，一个虚词能带一串意象，犹如龙飞凤舞，春满人间，无愧天下一绝。譬如辛弃疾《摸鱼儿》“更能消，几番风雨，匆匆春又归去。惜春长怕花开早，何况落红无数”中的“更”和“惜”字以及“怕”和“何况”等等。个中滋味，无须累述，大家可以回忆和复习以下句子：

“知我者谓我心忧，不知我者谓我何求”
“举世皆浊我独清，众人皆醉我独醒”
“春江潮水连海平，海上明月共潮生”
“昨夜西风凋碧树”“众里寻他千百度”
“春蚕到死丝方尽，蜡炬成灰泪始干”
“旧时王谢堂前燕，飞入寻常百姓家”
“山重水复疑无路，柳暗花明又一村”
“无可奈何花落去，似曾相识燕归来”
“夜阑卧听风吹雨，铁马冰河入梦来”
“沉舟侧畔千帆过，病树前头万木春”
“商女不知亡国恨，隔江犹唱《后庭花》”
“春色满园关不住，一枝红杏出墙来”
“春风又绿江南岸，明月何时照我还”
“接天莲叶无穷碧，映日荷花别样红”
“有意栽花花不发，无心插柳柳成荫”
“忍看朋辈成新鬼，怒向刀丛觅小诗”
“金沙水拍云崖暖，大渡桥横铁索寒”
“踏遍青山人未老”“旌旗十万斩阎罗”

【例句】

歌谣：我从山中来，带着兰花草，种在小园中，希望花开早（《兰花草》）

古诗：冉冉孤生竹，结根泰山阿（《冉冉孤生竹》）

唐诗：丈夫非无泪，不洒离别间（陆龟蒙《别离》）

宋诗：独立东风弹泪眼，寄烟波东去（袁去华《安公子》）

今诗：她是太阳，离开了地平线，却闪耀在天上（雷抒雁《小草在歌唱》）

外诗：我的心因你而笑（英语抒情诗）

31 删繁就简——化繁为简，一句多义

独怜幽草涧边生，上有黄鹂深树鸣
春潮带雨晚来急，野渡无人舟自横

——（唐/韦应物《滁州西涧》）

【导读】诗歌文字和其他文字的最大区别有两个：一个是音乐性，一个是简洁性。古人说的“诗家语”，主要就是简洁。莎士比亚说：“简洁是智慧的灵魂，冗长是肤浅的藻饰。”勃朗宁说：“少就是多。”在外国人的眼中，中国诗就是短诗。对此，元人马致远可谓最得精髓。笔者猜测，他的《天净沙·秋思》，估计不单为了抒情，最重要的是为了传递一个信息：写诗，只要把打比方的材料（意象）摆在那里，只要足够说明问题，其他多余的话都可以不要。而清人郑板桥的“删繁就简三秋树”，不仅在意义上与马致远衣钵相传，而且和罗丹的观点如出一辙，真是令人惊叹。——有人问罗丹：“你的头像是怎样塑造出来的?”罗丹答：“就是把不是脸的地方刮去。”这种说法，比中国古人说的“炼字、炼句、炼意”是不是更加简洁务实?“一句多意”，古曰“叠句”。《环溪诗话》：“韩愈之妙，在用叠句。……每句之中，少则两物，多者三物，乃至四物，几乎皆是一律。”一句多义的作者当然不止韩愈一人，譬如韦应物《滁州西涧》中的“春潮带雨晚来急”，“春、潮、带、雨”就是一句四义；欧阳修的“西风酒旗市，细雨菊花天”，就是两句六

义等等，不胜枚举。当然，过分精练，雕琢辞藻，堆砌典故，就非健康的诗歌了。至于郑板桥，我们就留到后面讲吧。那可是一株不折不扣的“清瘦竹”，一个说到做到的好老头。

省略是“诗家语”的主要特征，也是区别于口头文学的主要特征。省略主语，省略谓语是汉诗的写作常态。“独怜幽草涧边生，上有黄鹂深树鸣”，谁“独怜”？谁之“上”，这些在汉诗里都是不用说的。还有一种叫“互文”，前面点到的，后边就省略了。譬如“秦时明月汉时关”，就是“秦汉时的明月秦汉时的关”的互文式简称。尤其是诗歌中“陈述性的语言”，更要精练，才能成为真正的“诗家语”。用张同吾先生的话说：“世间只要还有文学，就有人提倡精短。”列那尔说：“未来属于文笔简练、惜墨如金的作家。”

【例句】

歌谣：阿黄阿黄鹂儿不要笑，等我爬上它就成熟了（《蜗牛和黄鹂鸟》）

古诗：北方有佳人，绝世而独立（汉/李延年《北方有佳人》）

唐诗：草木有本心，何求美人折（张九龄）

宋词：人生自古谁无死，留取丹心照汗青（文天祥《过伶仃洋》）

今诗：头顶一个天，脚踏一方土，风雨中你昂起头，冰雪压不服（邹友开《好大一棵树》）

外诗：每个孩子都带来同样的信息：神对人尚未丧失信心（［印度］泰戈尔）

32 领异标新——句中藏比，虚实相生

一封朝奏九重天，夕贬潮阳路八千
欲为圣明除弊事，肯将衰朽惜残年
云横秦岭家何在？雪拥蓝关马不前
知汝远来应有意，好收吾骨瘴江边

——（唐/韩愈《左迁至蓝关示侄孙湘》）

◎韩愈（768－824），河南孟县人。以反对六朝以来的骈偶之风为己

任，把新的古文语言、章法、技巧引入诗坛，增强了诗歌的可读性和表现力。杜牧把韩文与杜诗并列，称为“杜诗韩笔”。其《左迁至蓝关示侄孙湘》诗，堪称韩愈古文运动和诗文改革的代表作。可以说，正是有了韩愈、白居易、杜牧、欧阳修、柳永、曹雪芹乃至当代的胡适之、毛泽东等先生的诗文改革，才使中国健康、活泼的“语体诗”传统，能够冲破贵族文人的重重阻隔，重新回到人民的怀抱。

【导读】“领异标新”是一个形容词，具体内容郑板桥没有解释，只知道这是他送给朋友的一副对联，估计只有那人听他解释过。但是，这位“难得糊涂”的大师本意，如果用来反映诗歌创作的艺术规律，不仅恰到好处，还可以和今天“创新型社会”挂上点边。笔者认为，郑板桥的领异标新不是措辞的新颖，也不是想象的怪异，而是“隐喻”的标新。这依据不仅是“二月花”本身就是一个好隐喻，作者的意思已经明白无误地隐藏在句子中了；而且这种词法和句法，正是汉诗最普遍、最神秘也是最简单、最有效的语言表达方法。而最典型的例子，就是韩愈这首“古文运动”的代表作。读韩愈的《左迁至蓝关示侄孙湘》，笔者的第一印象是内容太丰富了。短短八句诗，几乎把韩愈的身世、人品、豪情、壮志以及他的诗学、美学全都包含进去了，这在唐人律诗中可谓绝无仅有。《左迁至蓝关示侄孙湘》如此成功，正是来自“虚实相生”和“白话入诗”这两个汉诗写作的传家宝。譬如第一联“一封朝奏九重天，夕贬潮阳路八千”即“虚实相生”。“一封”是实，“九重天”是虚；“贬潮州”是实，“路八千”是虚。两句话就把事情的起因、过程和原委交代得清清楚楚了。潜台词非常清楚，就是“惹了当今皇上”，如果不是虚实结合，句中有比，两句话不可能交代这么多内容。第二联，有了前面的高度概括，这里就可以腾出手来诉说衷肠，“欲为圣明除弊事，肯将衰朽惜残年！”这显然是实写。这就叫“偶实偶虚”。第三联“云横秦岭家何在？雪拥蓝关马不前”更精彩。“云横秦岭”、“雪拥蓝关”看起来是实景，其实是诗人的处境，这就叫“以实化虚”、“化景物为情思”。第四联：“知汝远来应有意，好收吾骨瘴江边。”写着写着，一句大实话冒了出来：“晓得你来是照顾我的，正好把我的尸骨从我将要去的瘴江边收回去吧！”一句普普通通的俗语，竟然也可以登大雅之堂，正所谓此韩愈非圣，实乃人也！怪不得读到此地，每读一次，就会被深深地感动一次。

再看这些句子中藏了哪些隐喻：第一联藏的是“朝奏夕贬”，第二联藏的是“衷肠无奈”，第三联藏的是“险恶难当”，第四句藏的是“死不足惜”。最后，本诗还藏着诗人“以俗语入诗”的变法决心，即敢于在律诗中大胆使用白话，作出表率。全诗“文从字顺”，要雅有雅，要俗有俗，不仅一改六朝以来死气沉沉的骈偶之风，而且使汉语的表达功能几乎达到了无以复加的美。该诗作于公元819年，距今已经1200年，读来比今天的白话诗还好懂，可见韩愈的古文运动完全符合中国国情，符合文艺由雅向俗的发展方向，符合老百姓的根本利益。而与韩愈并称“韩孟”的孟郊，正是以这种方法和原则，创造了“慈母手中线，游子身上衣”这个母爱的宗教：“慈母手中线”是实，“游子身上衣”是虚；“临行密密缝”是实，“意恐迟迟归”是虚。虚就是隐藏的譬比。如“临行”句的脚本，就是“临行时密密缝，好像是担心迟迟归”，只是没有把“好像”两个字说出来罢了。这种优秀的传统，在中国诗歌中不乏鲜见。譬如明人唐寅《抱琴归去图》诗“抱琴归去碧山空，一路松声两鬓风”中，就一连藏了犹如“碧山空”、犹如“一路松声”，犹如“两鬓风”三个隐喻。在傅天琳的新诗《母亲》“在田野，母亲/你弯腰就是一幅名画”中，就是把母亲隐喻为宝贵的名画。又如坛友文竹若风的这句：

父亲走了，家里的田也散了
母亲成了一座空城

——用“空城”譬比母亲的孤独寂寞，又不言比，所以叫“句中藏比，虚实相生”。因其简单而又绝妙，所以本书把它称为汉诗写作的“传家宝”。由此可见，在诗歌中，有喻无喻，才是“领异标新”的主要内容。“句中藏比，虚实相生”才是汉诗“命名”的珍贵写法，不仅比“诗眼”要贵（“诗眼”无非“情眼”或曰“情词”），亦远胜“语义”、“语感”等其他技巧了。

【例句】

歌谣：三月的桃花红又红，老祖宗留下人爱人（陕北民歌）

古诗：惟草木之零落兮，恐美人之迟暮（屈原《离骚》）

唐诗：怅望千秋一洒泪，萧条异代不同时（杜甫《咏怀古迹》）

宋诗：欲待曲终寻问取，人不见，数峰青（苏轼《江城子·湖上闻弹筝》）

今诗：父亲看不懂他的掌纹/也看不懂我的掌纹/却把我钉在他的掌纹中（祝发能《掌纹》）

外诗：你的身体是你道路上的玫瑰／一朵同时在凋零和绽放的玫瑰（［阿拉伯］阿多尼斯《身体》）

三、诗歌的产品——喻象

（一）喻象的性质和审美意义

【中外诗话】

◇ 诗者，天地之心，刻之玉版，藏之金府（孔子）

◇ 夫象者，出意者也。言者，明象者也/意以象尽，象以言著（王弼）

◇ 文章者，所以宣上下之象，明人伦之叙，穷理尽性，以究万物之宜者也（挚虞）

◇ 独照之匠，窥意象而运斤：此盖驭文之首术，谋篇之大端（刘勰）

◇ 味之者无极，闻之者动心，是诗之至也（钟嵘）

◇ 隐之为体，义生文外（刘勰）

◇ 两重意以上，皆文外之旨/但见性情，不睹文字，盖诗道之极（皎然）

◇ 诗有内外意/内外含蓄，方为诗格（白居易）

◇ 论画以形似，见与儿童邻。是诗必此诗，定知非诗人（苏轼）

◇ 大抵句中若无意味，譬之山无烟云，春无草树，岂复可观（张戒）

◇ 古人谓诗，贵于意在言外，使人思而得之矣（司马光）

◇ 意犹帅也，无帅之兵，谓之乌合/李、杜所以称大家者，无意之诗，十不得一二也。烟云泉石，花鸟苔林，金铺锦帐，寓意则灵（王夫之）

◇ 诗之至处，妙在含蓄无垠，思致微妙/言在此而意在彼（叶燮）

◇ 《易》之有象，以尽其意；《诗》之有比，以达其情。文之作也，可无喻乎（陈骙）

◇ 作诗之法——心之所思，情之所感，寓言假物，譬喻拟象（钱钟书）

◇ 诗歌不仅是人类智慧的结晶，还是人类良知的象征（张同吾）

◇ 诗歌不仅是令人愉快的，而且是对城邦（社会）的管理和人们的生活有

益的/当美的灵魂与美的外表和谐地融为一体，人们就会看到，这是世上最完善的美（柏拉图）
◇ 凡诗，物色兼意下方好。若有物色，无意兴，虽巧亦无处用之（遍照金刚）
◇ 审美趣味的最高范本或原型，就是一种观念意象（康德）
◇ 艺术美的本质就在于使感性的事物上升为理念的事物，成为心灵的表现/艺术在实际作品中所达到的高度和优点，取决于理念与形象能互相融合而成为统一体的程度/艺术的内容就是理念，艺术的形式就是诉诸感官的形象，艺术要把这两方面调和成为一种自由的统一体（黑格尔）
◇ 艺术要通过一种完整体向世界说话（歌德）
◇ 诗歌不是什么别的东西，而是寓于形象的思维，所以一个民族的诗歌也就是民族的意识（别林斯基）
◇ 艺术不是用抽象的概念而是用活生生的个别的事实去表现思想（车尔尼雪夫斯基）
◇ 喻义之美，正是基本的美学形式（瓦雷里）
◇ 西方人实无艺术！纵观寰宇，第一惟中国人有艺术（毕加索）
◇ 艺术比真理更有价值（尼采）
◇ 并不是一切形象都是艺术形象（布罗夫）
◇ 我们应该记住，形象不仅仅是创作的最后结果。……其直接的字面意义的背后，总是贯穿着深邃的终极的意义（马依明）
◇ 一个人与其在一生中写浩瀚的著作，还不如在一生中呈现一个意象（庞德）
◇ 一首好诗写出来之后，世界就发生了某种变化（狄兰·托马斯）
◇ 作品存在就是建立一个世界（海德格尔）

【引论】“喻象”和“意象”的区别

2005年10月14日，在上海“撒娇诗院”，曾被现代诗坛誉为“诗魔”的洛夫先生有一段话，发人深省：

我在60年代全身心投入西方的现代主义，超现实主义，在20年的时间内介绍了二十多位外国诗人，我的《石室之死亡》，就是全身心迷醉于其中研究创作的。20 年之后，突然醒来……意象在世界上没有谁比李白、杜甫写得更好。王维的“月出惊山鸟”，再过 1000 年还是好句。很现代的东西，是一个意象完整的东西。(李天靖《洛夫在上海谈诗》)

这不仅是一个诗人的良知，也是 21 世纪诗人应有的反思。

其实，早在 19 世纪中叶，歌德就说：“艺术要通过一种完整体向世界说话。但这种完整体不是他在自然中所能找到的，而是他自己的心智的成果，或者说，是一种丰产的神圣的精神灌注的果实。”从这段话可以得知，在诗歌中，事实上起码存在两种意象，正如歌德所说：一种是“在自然中所能找到的”，一种是“精神灌注的果实”。这种区别是不是只有歌德知道呢？错，中国古人早就有言在先。古曰“兴也，先言他物以引起所咏之词”，也就是说，它们一种叫“先言之物（词）”，一种叫“所咏之物（词）”，准确地说，即一种叫“兴物”，一种叫“方物”。“方物”，见《群经评议·礼记三》：“方物者，辩其事也。惟能辩其事，故能出谋发虑也。”意思是：方物，是为了“辩其事”而用来打比方的事物，或曰“方以类聚”（郭沫若语）之物。唯有能够“辩其事理”，“方以类聚”，才是诗歌的文学形象即精神产品。不仅如此，中国古代著名的思想家和文学理论家，对喻象和意象的区别，也有许多形象的比喻：如墨子把它们比作“舟”和“木”，刘勰把它们比作“布”和“麻”等。在西方，也有两个相近的概念可以把它们区别出来，即一个叫“对应之物”，一个叫“感应之物”。还可用张远山先生的理论，把它们一个叫“能指”之物，一个叫“受指”（“受指”是中国独有，简单地说，比方之物就是“受指”之物。西方只有所指和能指）之物。遗憾的是，在西方意象派那里，常常把喻象和意象相提并论，就像把水和酒、酒和酒精混为一谈。其结果，“意象”不是抽象平淡的水，就是奇诡晦涩的酒精，就找不到真正的“茅台酒”了。

“喻象”一词并非本书杜撰。单从笔者了解到的信息，近 10 年来，国内使用“喻象”的学者已经不是少数，而且在概念上已经和“意象”区别得很清楚了。例如吴学良先生在 2003 年 8 月正式出版的《序曲与落幕》中说："在《山的汉子》一诗中，诗的喻象和具象都非常地朴素自然。"其他当然还有一些，例如：

马英《论杜甫诗歌喻象的审美特征》："本文认为，杜诗的喻象，不是用语词直接描摹客观的人物情态。"

亦言《诗歌的写作技巧》："诗人以顿悟的方式认知自我与外部世界，以智慧的方式把握自我与外部世界，以喻象方式再现自我与外部世界。"

李泽淳《意象思维与喻象思维》："意象思维和喻象思维是不同于逻辑思维、形象思维的一种更具有创造力和生命力的思维。"

甘光地《探索生肖文化意义》："生肖文化是一种喻象文化。所谓'喻象'，就是赋予某种具体形象以特殊的抽象意义，这尤其是华夏民族特有的一种美学思想。"

别看只有四段，喻象的概念、内涵和意义，基本都谈到了。以上这些说明什么，说明从古至今，喻象就是一种客观存在，只是没有受到更多批评家的注意罢了。而且，喻象不仅在中国存在，在西方也存在，譬如叔本华所说的"能表达某种意义之象"，萨特所谓"新的语言"等等。所以今天，我们不能不再次引用萨特的话，不能不用萨特的这句话再次提醒诗人、提醒西方、提醒世界：

必须学会用形象说话，学会用这种新的语言表达我们的思想。（《萨特文学论文集》，安徽文艺出版社，第259页）

◎萨特（1905－1980），法国作家，哲学家。在诗学上，萨特有两句话最值得注意。一句是："必须学会用形象说话，学会用这种新的语言表达我们的思想。"第二句是："没有为个人写作这回事！"其著名理论是：人应当"自由地"做自己生活的主人，以自己的行为来决定自己的命运。也许正因为此，1964年他拒领诺贝尔文学奖，理由是"不愿意被改造成体制中人"。

从萨特的这句话可以看出。艺术作品中的形象有两种：一种是以模仿为乐的形象，一种是“会说话的形象”。在萨特之前，很多西方诗人是不知道“用形象说话”这种古老的中国艺术的。这种“片言可以明百意”的形象，用钱钟书先生的话说：“在西欧至今还是一个陌生的名称。”据说，在西方，很多人至今很难理解“封建礼教”为什么会“吃人”？“右派”为什么是顶“帽子”之类形象的隐喻。也许，正是因为这种东西方文化的差别，意象派才会成为概念派，象征主义才会成为符号主义，毕加索才说：“西方人实无艺术。纵观寰宇，第一惟中国人有艺术。”也许，正是因为这样，西方诗学才会走向“语言诗学”的死胡同；正是因为这样，我们今天才必须把“喻象”这个最重要的诗学概念介绍给西方，介绍给所有需要中国诗和“现代诗”的读者。

“喻象”二字这么重要，为什么中国古代没有这个词？这很简单。在中国三千年的封建社会中，莫说“讽喻”，就是“隐喻”或“晓谕”这些词，都是要忌讳的。但是，喻象的作用和意义，早在1500年前的《文心雕龙》中，就被刘勰用“意象”和“隐秀”两个范畴“诠名极限”（黄侃语）：一曰：“窥意象（喻象）而运斤，此盖驭文之首术，谋篇之大端。”二曰：“若篇中乏隐，等宿儒之无学；句间鲜秀，如巨室之少珍。”只是在封建专制和门阀制度盛行的南北朝，刘勰在用词上不能不有所忌讳罢了。

◎刘勰（约465－520），山东莒县人。其名不以官显，却以文彰。一部《文心雕龙》奠定了他在中国文学史和文艺批评史上不可或缺的地位。本书之“隐喻”和“喻象”理论，即首见该书之“隐秀”等篇。如“隐之为体，义生文外”；“若篇中乏隐，等宿儒之无学；句间鲜秀，如巨室之少珍”等。喻象和意象的区别，用刘勰的说法，就是“布”和“麻”的区别。

正是过去忌讳这个“喻”字，“喻象”和“意象”含混不清，“喻象”的理念不能公之于世，才使中国诗学无法向科学靠拢，

才使外国学者一再产生“误读”。

形象思维还讲不讲？当然要讲，但是必须明白，形象思维和喻象思维是两个不同层次的概念。如果说“形象思维”是初中生必须知道的“文学常识”，那么到了高中和大学，就应该知道：“喻象思维”才是诗歌首要和最重要的思维规律和艺术规律。说穿了，所谓诗人，就是一“设喻人”（启功语）；读者，就是一“赏喻人”。只有“喻象”，才是“诗言志”的“志”；只有喻象，才是诗歌的“诗”。只有喻象这种“会说话的形象”，才是人类需要的精神产品。也许正因为此，黄侃先生才说：“夫隐秀之意，诠明极限。彦和既立专篇，可知于文苑最要。”换句话说，只有“以‘喻象’为核心建立普世的人类诗学”，而不是以“模仿”、“格律”、“张力”和“文本”建立“诗学”，才能让诗歌回到她最初的本源，才能把诗歌从当下的逆境中挽救出来。本书写作的初衷，就是要还诗歌一个历史的“真相”，还中国诗学一个真实的月亮（古曰“水中月”），还世界诗学乃至“世界文学”一个耀眼的太阳。

33 喻象的本质和基本特征

野火烧不尽，春风吹又生

——（唐/白居易《赋得古草原送别》）

◎白居易（772－846），河南新郑人。白居易一生作诗很多，以讽喻诗最为有名，语言通俗易懂，被称为“老妪能解”。其主要诗论是：“文章合为时而著，歌诗合为事而作。”他的诗不仅在中国有巨大影响，在日本、朝鲜和西方也有广泛影响。其“乾坤无厚薄，草木自荣衰”之诗歌喻象，可谓阅尽天下众生，道尽人间万象。

【导读】在桑塔耶纳《论美感》中有一句话：

如果星星不是一团团的火，它将是一些淡而无味的东西。

现在，我们也可以这样说：如果诗人看到的草不是“野火烧不尽，春风吹又生”这样的草，它也是“一些淡而无味的东西”。

喻象，顾名思义，就是“用隐喻的方法创造的艺术形象”。当然，这只是对一切文学艺术而言。在诗歌中，喻象，就是具有完整喻义的语言艺术形象，或曰“有寓意的形象”。其文学性质可以用一句话概括，即“片言可以明百意”（刘禹锡语），或如苏轼所说“言有尽而意无穷”。其艺术本质还可用“隐秀”一词解释，即“隐待秀而明，秀依隐而深”。

那么，喻象有哪些基本特征呢？从“野火烧不尽，春风吹又生”这类喻象，我们至少可以归纳出如下几个主要特征：

（1）喻象必须是象。有“象”就有人们常说的形象性、多义性、朦胧性和文学性。用任秉义先生的话说：“摒弃了形象思维，实际上就取消了诗的艺术。”

（2）喻象是“能够表达一个完整喻义的象”。古曰“以象譬喻”。

（3）喻象是“隐喻之象”，不是“比喻之象”。俗称“一语双关”。

（4）喻象是“象外之象”，不是“模拟之象”。古曰“意在言外”。

（5）喻象是“晓谕之象”，不是“晦涩之象”。俗称“言浅意深”。

（6）喻象一般由一个或两个句子组成。古曰“一句见意”、“两句见意”或“篇中有句”。“野火烧不尽，春风吹又生”就是“两句见意”。不仅如此，喻象在诗歌中的摆放位置也很重要。譬如古人说，喻象可以置于句首、句尾，也可“置于句中”。钱钟书先生说：好喻象不应“和其他的情景掺杂排列，或则没有安放在一篇中留下印象最深的地位”。（《宋诗选注》，第443页）

（7）喻象可以独立存在。喻象在“歌”的形式中出现叫“诗歌”；在“散文”的形式中出现叫“散文诗”；在生活中出现叫“谚语”、“格言”或“口头文学”；在其他文体中出现叫“诗的语言”。如《共产党宣言》“一个幽灵，共产主义的幽灵，在欧洲徘徊”，就被人们叫作“诗的语言”。可见，只要是喻象，放在哪里都是诗，不叫“诗”都不行。

（8）喻象不仅能给人形象和语言的美感，而且能给人“理性的喜悦”（叔本华语）。譬如本诗“野火烧不尽，春风吹又生”，又如“乾坤无厚薄，草木自荣衰”（白居易）、“人生若只如初见”（纳兰容若）、“生命诚可贵，爱情价更高”（裴多菲）等等。可见，只有喻象，才是人类的精神产品，才是天上的星辰，才能照耀人间。

（9）喻象本身只有艺术性而没有阶级性，却能容纳任何人任何阶级的意识形态、社会准则和审美理念。包括浪漫主义或现实主义、现代派或后现代、黑色幽默和“反隐喻”等等，它们都可以通过自己的“喻象”得到艺术的表现，而不仅仅是观念和情绪的产物。譬如“野火烧不尽，春风吹又生”，革命派可以用，保守派可以用，中立派也可以用。又如“一骑红尘妃子笑，无人知是荔枝来”，这才叫真正的“反隐喻”（反过去“死了的隐喻”）和真正的“黑色幽默”！难怪歌德说：

想象（意象）愈和理性结合，就愈高贵。到了极境，就出现了真正的诗，也就是真正的哲学。

瞧，他好像早就认识白居易，并且好像和白居易亲自交谈过一样。事实上，正是真的读过“野火烧不尽，春风吹又生”这种真正的“诗”，并且对白居易和他所代表的民族具有浓厚的兴趣，相信“喻象的艺术”一定会照亮“世界的文学”，歌德才会在《浮士德》中留下这样的诗：

大地产生诗歌，今古由来不尽，
犹如原头百草，春风一度一生。

◎歌德（1749－1832），德国剧作家、诗人、思想家和科学研究者。从1813年10月始，歌德把兴趣集中到了遥远的中国。正是接触了大量中国古典诗歌和文学作品，从中看到人类共同的东西和先进的艺术，他才科学地提出了“世界文学”这一全新概念。并且发出了“我愈来愈深信，诗是人类的共同财产。世界文学的时代已快来临了。现在，每个人都应该出力使它早日来临”的历史召唤。

【例句】

歌谣：小白菜呀，地里黄呀，三两岁呀没了娘呀，跟着爹爹好好地过呀，就怕爹爹要后娘呀（汉族民歌《小白菜》）

古诗：煮豆燃豆萁，豆在釜中泣。本是同根生，相煎何太急（曹植《七步诗》）

唐诗：试玉要烧三日满，辨材须待七年期（白居易《放言》）

宋诗：两情若是久长时，又岂在朝朝暮暮（秦观《鹊桥仙》）

今诗：风在吼，马在叫，黄河在咆哮，黄河在咆哮（光未然《黄河大合唱》）

外诗：它好像只有千条的铁栏杆，千条的铁栏后便没有宇宙（[奥地利]里尔克《豹》）

34 喻象的价值和审美意义

朱雀桥边野草花，乌衣巷口夕阳斜
旧时王谢堂前燕，飞入寻常百姓家

——（唐/刘禹锡《乌衣巷》）

【导读】喻象的价值何在？通过这首诗便可清楚。就像读者所看见的，在这首诗中，“朱雀桥边野草花，乌衣巷口夕阳斜”和前面的“离离原上草，一岁一枯荣”一样，看起来都很美，但是，谁都知道，单看这两句显然是不行的。譬如本诗，如果离开“旧时王谢堂前燕，飞入寻常百姓家”，我们就无法感受到时代的变迁、人间的美好、社会的走向和诗人的“志”。有了这，我们才会把它称之为“诗”，才会感受到诗歌应有的美学价值和社会价值，才会受到现代艺术的创始人毕加索的高度赞扬。

◎毕加索（1881－1973），西班牙画家、雕塑家，现代艺术的创始人，一生作品高达37000多件，享年92岁。其著名格言是：“西方人实无艺术。纵观寰宇，第一惟中国人有艺术。”现在，我们完全可以这样说：中国人的艺术是“隐喻”和“喻象”的艺术，毕加索理解的“艺术”和“现代艺术”，也是“隐喻”和“喻象”的艺术。譬如他的“和平鸽”，就是一个非常美好而深刻的喻象；其他什么都不是。

毕加索的《和平鸽》

从“旧时王谢堂前燕，飞入寻常百姓家”和毕加索的“和平鸽”这类喻象中，能使人们感受到哪些美学价值和社会价值呢？这里也可简单地归纳几点：

第一，只有喻象，才是真正的诗和“诗言志”的“志”。正如白居易所说：“诗有内外意。内外含蓄，方为诗格。”又如《文心雕龙·隐秀》曰：“若篇中乏隐，等宿儒之无学；句间鲜秀，如巨室之少珍。”《岁寒堂诗话》说：“大抵句中若无意味，譬之山无烟云，春无草树。”即只有“旧时王谢堂前燕，飞入寻常百姓家”这种深刻的喻象，才是诗人心中的美好世界及诗人的“志”。

第二，只有喻象，才能把诗人对世界的意见、看法、观点和理念用艺术的方法表达出来，才能使读者感受到“一种理论反而不具说服力”。用张同吾先生的话说：“我们更需要的是诗人的精神资源，是诗人的文化财富，是诗人自己的禀赋。”

第三，只有喻象，才能把作者的深情厚隐晓谕世人，才能满足现代诗“高度诗意化”的要求，才能激发诗人明确的写作方向和强烈的创作欲望。正是因为这个，柯尔律治才说：“诗并不仅仅是感情的自然流露，甚至形象本身也不就是诗。”庞德才说：“一个人与其在一生中写浩瀚的著作，还不如在一生中呈现一个意象（喻象）。”

第四，喻象不仅能给人形象和语言的美感，而且能给人“理性的喜悦”。只有这种形象，才是人类的精神产品，才“不但能鼓舞人动手写写诗，还能使人有一种心领神会的感觉”。

第五，有喻象“自有高格、自有名句”，没有喻象，则“直无而已”。《蕙风词话》说：“作词不拘说何物事，但能句中有意即佳。”艾青说：“假如是诗，无论用什么形式写出来都是诗；假如不是诗，无论用什么形式写出来都不是诗。”

第六，只有喻象，才是两千年中华民族的欣赏习惯，也是读者关心诗歌、热爱诗歌最主要的理由。古人论诗，素以诗中妙语（喻象）为要，“问全篇者”并不多见。而且中国自古就有以作品中的妙句为作者冠名的传统，诸如：“红杏枝头春意闹张先”、“山抹微云秦学士”、“浅斟低唱柳屯田”、“大江东去苏子瞻”、“铁马金戈辛稼轩”以及当代“乡愁诗人余光中”等。而批评家吴学良先生说得更干脆：“如果一个诗人一生的作品不能有几首广为流传，那么他充其量只能称为诗匠。”这种被流传的诗，绝对不可能是长篇大论。

古曰：“诗者，天地之心”，“圣人立象以尽意”。在大众的心目中，诗人，就是“学而不厌，诲人不倦”的大圣人。在物质泛滥、精神匮乏、信仰缺失的今天，人们对诗人和诗歌的期盼是什么？有网民曰：

问苍茫大地，芸芸众生，谁能晓谕我——情为何物？

扪心自问，现代人的困惑和焦虑，岂止“爱情、亲情、公平、正义”一言可以蔽之！萨特说：“作家的职能是使得无人不知世界，无人能说世界与他无关。”如果诗人和诗歌爱好者都能“带着他的情欲、他的成见、他的同情心、他的禀赋，以及他的价值体系”，将心比心、推己及人地与大众交流，哪怕能用一个喻象说明“活着，就是幸福”，大众还会和诗歌渐行渐远吗？由此可见，现代派所谓“意义的不确定性”并不是什么新的艺术，而是情绪的垃圾。天底下并非有两种诗，而是如中国明人胡应麟先生所说：“不堪并论者，只是气象不同”；今人钱钟书先生所说：“天下有两种人，斯分两种诗”。而舞蹈艺术家皮娜说得更干脆：“我在乎的是人为何而动，而不是如何动。”

那么，现代诗歌中有没有这种传统的喻象和自觉的诗人呢，当然有，譬如何三坡的《落叶》：

秋天了，我的院子里堆满落叶
它们颜色金黄
风也吹不动它们

这首诗就三句。但是仅此三句，即可隐喻一个真理：真正美好的事物，在每个人的心中都是不可动摇的（尽管风可以把它们吹去）。又如那位曾经为现代派唱过挽歌的蓝波的诗：

啊，四季！啊，城堡！
谁的灵魂没有缺陷？

这首诗也只有三句。或者叫一句话。仅用“四季”和“城堡”两个兼有善恶和美丑的事物来做比方，就把“谁的灵魂都有缺陷”这个普遍的真理，像“关关雎鸠，在河之洲”一样，无可置疑地印入读者的大脑中了。当然，把东西方文化结合得最好的诗人是泰戈尔。泰戈尔接受的虽然是英语教育，骨子里却是东方的精髓。正因为如此，他才能写出“夏天的小鸟，飞到我的窗前，又飞走了”这种简短的喻象和深刻的诗。是的，人类什么都可以没有，就是不能没了希望。这种深刻而明朗的诗意，连生病或打麻将的人都能深刻感悟，并且过目难忘。遗憾的是，这种简单而自然、深刻而明朗，“片言可以明百意”的汉诗传统，现今已很少有人能充分重视，致使真正可以传世的好诗，在新诗和现代诗中犹如大海捞针，致使过去的一些诗不是“读不通”，就是“读不懂”。难怪100年前，与王国维同时的陈廷焯，就有“安得一二豪杰，与之挽回风气”的强烈呼声。

【例句】

歌谣：岩石顶上兰花开，半夜想妹半夜来。老虎走先我走后，脚踩花蛇当草鞋（布依族情歌）

古诗：青青园中葵，朝露待日晞。少壮不努力，老大徒伤悲（汉《长歌行》）

唐诗：同是天涯沦落人，相逢何必曾相识（白居易《琵琶行》）

宋诗：古人学问无遗力，少壮工夫老始成。纸上得来终觉浅，绝知此事要躬行（陆游《冬夜读书示子聿》）

今诗：故乡的山凝成我的骨骼，它的水流成我的血液（李瑛《给女儿的信》）

外诗：能不能让我来把你比作夏日？你可能更加可爱，更加温婉（[英]莎士比亚《十四行诗》）

（二）句子型喻象

【中外诗话】

◇ 状难写之景如在目前，含不尽之意见于言外（梅尧臣）

◇ 作文之道，意不贵异而贵新，事不贵僻而贵当，语不贵古而贵淳，字不贵怪而贵奇（宋祁）

◇ 我们尽可努力去做白话的文学。……有不合今日的用的，便不用他；有不够用的，便用今日的白话来补助；有不得不用文言的，便用文言来补助（胡适）

◇ 汉语至少有一万年以上的历史（王力）

◇ 我觉得新诗的使命要重塑崭新的人格，要形成一种崭新的中华民族的美学系列（张同吾）

◇ 诗歌是最高的艺术体裁。……诗歌用流畅的人类语言来表达，这语言既

是音响，又是图画，又是明确的、清楚说出的概念（别林斯基）

◇ 如果词为力求明晰而组成句子，那么必定有一个与直觉，甚至与语言本身无关的决定在里面起作用：决定向别人提供取得的成果（萨特）

◇ 一个民族的诗，从该民族的口语中获得生命，同时也给予该民族的口语以生命（艾略特）

◇ 如果可能的话，我想试着成为一个中国式的汉诗人（博尔赫斯）

【引论】 什么是中国的“朦胧诗”？

中国古代没有“朦胧诗”，只有“朦胧的美”。中国诗歌的朦胧美不是英美新批评派所理解的“词汇的复杂含义”，而是“形象”及“喻象”的本质属性。有形象就有朦胧的美，没有形象就没有朦胧的美。譬如只要诗人选择“苹果”作诗歌的材料，无论作者描述的是“好苹果”还是“烂苹果”，只要不是抽象的概念，都会引起读者无限的遐思，反之则“直无而已”。什么叫“象思维”？这就叫“象思维”。只知道诗人笔下的“堂前燕”或“烂苹果”含义很深，却不知道这叫“比方”，或曰中国式的隐喻，西方语言学家当然只能用“含混”和“朦胧”来解释中国诗歌。可见所谓“朦胧诗”的说法，不过是一种模糊的感觉，甚至是一种无知的表现。遗憾的是直到现在，有人还把理查兹、燕卜生理解的朦胧，当成诗歌的真谛。不仅把上世纪80年代有点诗意的诗称为朦胧诗，而且使“词婉意微”（张戒语）的汉诗传统，几乎变成了“文字的迷宫”和“语言的游戏”。这就无异于“以讹传讹”、“以假乱真”了。

◎张戒（生卒年不详），南宋诗歌理论家。张戒贡献给中国诗学的是《岁寒堂诗话》，就是坚持“言志为本”“词婉意微”的汉诗传统，反对滥用典故、补缀奇字、以议论为诗、以声律为诗、以咏物为诗等不正之风。其“自汉魏以来，诗妙于子建，成于李、杜，而坏于苏、黄”一语，虽难免偏颇，却正中宋诗直至晚清同光体的硬伤。其观点前与《文心雕龙》之"虽奥非隐"、陈子昂之"兴寄都无"相近，后与王国维之"妙在不隔"、毛泽东的"味同嚼蜡"略同。可见汉诗"立象尽意"、"以象譬喻"和今天的"喻象思维"一脉相承，纵是苏黄这样的文化精英也无法改变。

中国诗歌不仅是"形象思维"，而且是"喻象思维"。喻象思维的朦胧更胜于"形象思维"的朦胧，这是毋庸置疑的。大量的事实证明，汉诗的美和汉诗的朦胧美，不仅已经得到外国学者的高度重视，也是现代诗"高度诗意化"的必然选择。据有关资料记载，中国诗歌通过传教士和转道日本传入西方以后，早在象征派诞生以前，很多法国诗人已经按照"中国模式"来写诗了。而所谓现代诗学，也正是以中国诗歌的表现方法为研究对象的。也许，很多同志至今没有想到一个问题：既然蒙罗已经把意象派的定义界定为"对中国魔术的追寻"，焉知"语言诗学"不是"对中国魔术的追寻"？诸如什克洛夫斯基的"陌生化"、艾略特的"对应说"、退特的"张力论"、燕卜荪的"朦胧说"、韦勒克的"符号说"、布鲁克斯的"结构论"和"悖论说"、兰色姆的"本体论"和"细读法"，甚至后现代文学的"解构论"，试问，在艺术上，哪个不是"对中国魔术的追寻"？哪个不是老虎跟猫学本领？

中国诗歌的朦胧美，钱钟书先生有过研究。其一，是说来自作品中的比喻、曲喻、双关、通感，这个当然没错。但是必须明确，钱先生讲的比喻、曲喻、双关、通感，都是与"形象"和"隐喻"相联系的，绝不是纯粹的修辞现象。其二，钱先生早已看到，汉诗的朦胧美与"涉笔成趣，以文为戏"（钱钟书语）的文人诗绝不是一回事。否则就不会在那些附庸风雅的人们脸上，贴上"词人之所惯为"的历史封条了。翻开燕卜荪《含混的七种类型》，连那种"因作家创作意图的混乱所造成的朦胧"都被他当作一种"诗的类型"，可想其文学批评的范围是怎样"过于狭窄"（燕卜荪自白）。难怪上世纪40年代就有西方学者指责他"数典忘宗"。因为众所周知，传统的西方诗歌恰恰是"明朗"多于"含蓄"的。

古曰："诗有三般句：有自然句，有容易句，有苦求句。"也就是说，即使从语法表达的角度，中国诗和外国诗一样，也是明朗和朦胧互为补充的。何况明朗与朦胧，各有所长，各有优劣。譬如，在中国诗歌中，有“错综句”，也有“自然句”；有“词意俱尽”的，也有“词意俱不尽”的；有“词尽意不尽”的，也有“意尽词不尽”的等等。所谓“意境”，也无非明人说的“水与月”及我们后面要讲的“意＋境”，即形象的丰盈和表达的婉转。有鉴于此，本书特把中国诗歌的“喻象美”即朦胧美的几种类型介绍于后，以供读者比较参考。

35 自然句——言浅意深

南朝四百八十寺，多少楼台烟雨中

——（唐/杜牧《江南春》）

◎杜牧（803－约852），陕西西安人。比李杜晚生约100年，因其善于总结历史经验，具有良好的理论自觉，所以其创作的成果最丰，流传在民间的佳作最多，对汉学家的影响亦深。其理论只有一句话：“某苦心为诗，本求高绝。不务奇丽，不涉习俗，不今不古，处于中间。”（《献诗启》）用今天的话说，他作诗的目的非常清楚，就是主要追求高远卓绝的“喻象”，“以激发人意”为目标，其他都不重要，语言流畅就好，老百姓喜欢就好。而且他做到了。

【导读】“自然句”，就是用生活中那些生动的比方、形象的口语和通俗的语法来写诗，即古人说的“自然句”和“容易句”。博尔赫斯说：“写诗的方式有两种：其中一种是诗人使用很平凡的文字，不过却能让诗的感觉很不平凡。”又如明谢榛《四溟诗话》说：“《古诗十九首》，平平道出，且无用工字面，若秀才对朋友说家常话。”《石林诗话》说：“诗家妙处，当以此为本！”

为什么古往今来，真正的诗人和诗家都反对“搜求奇字”“寻章摘句”，推崇“诗重自然”并主张“以此为本”呢？清人赵翼说：“试平心论之，诗本性情，当以性情为主。——眼前景，口头语，自能沁人心脾。……世徒以轻俗訾之，此不知诗者也。”王国维说：“词以境界为上。……‘明月照积雪’，‘大江流日夜’，‘中天悬明月’，‘黄河落日圆’，此种境界，可谓千古壮观。”

在中国诗歌史上，最讲“雕词琢句”的是杜甫，但是，杜甫也有很多平易自然的诗句。例如“无边落木萧萧下，不尽长江滚滚来”，“映阶碧草自春色，隔叶黄鹂空好音”，“酒债寻常行处有，人生七十古来稀”，“自今以后知人意，一日须来一百回”，“欲从巴峡穿巫峡，便下襄阳到洛阳”，“却看妻子愁何在，漫卷诗书喜欲狂。白日放歌须纵酒，青春作伴好还乡”，甚至有“黄四娘家花满蹊，千朵万朵压枝低”等等。最近看谢榛的诗，很想从中找到一个范例，愣是找不到，为什么？一看到那些“朔雁、衮龙、睥睨、把袂、倚堞看、功亦微、忘年尔我、雨余何事”之类，请问：纵有好的诗意，能叫诗歌吗？有人说，这就是古汉语的弊病。错，比他还古的古人，如唐人杜牧写的“千里莺啼绿映红，水村山郭酒旗风。南朝四百八十寺，多少楼台烟雨中”，“折戟沉沙铁未销，自将磨洗认前朝。东风不与周郎便，铜雀春深锁二乔”等等，这些诗不比谢榛的诗古老得多？哪一首不是柏拉图倡导的“素朴的诗”，哪一首不是“选用人们真正用的语言”写“普通生活里的事件和情境”（华兹华斯语）？有人说，平易和素朴的诗不耐读，当代汉学家顾彬说：“像杜牧的这首《赤壁》，跟了我30年。现在重读，仍然会有收获。”须知，顾彬先生正是从喜欢杜牧开始，而后进入中国诗歌并且自此献身汉学的。

【例句】

歌谣：我有一个美丽的愿望，长大以后能播种太阳（儿歌《种太阳》）

古诗：西北有高楼，上与浮云齐……愿为双鸿鹄，奋翅起高飞（汉《古诗十九首》）

唐诗：君不见黄河之水天上来，奔流到海不复回（李白《将进酒》）

宋词：惜春长怕花开早，何况落红无数（辛弃疾《摸鱼儿》）

今诗：一张床板任你有多高的身躯/一日三餐你能有多大的肚皮（李文朝《人与自己》）

外诗：相信吧，欢乐的日子就要来临（［俄］普希金）

36 错综句——主词优先

嫦娥应悔偷灵药，碧海青天夜夜心

——（唐/李商隐《无题》）

【导读】“错综”，即和“自然句”相反的一种句式。顾名思义，就是词句的排列错综复杂，很不自然。为什么要把日常用语颠来倒去？汉诗的目的与现代诗的目的不同，汉诗的目的只有一个：以求最为深婉明确的表达，绝非有意制造“文字的迷宫”。所谓错综，不过是为了突出“主词”，不得已而为之。可以比较下面四个“黄昏”。

（1）夕阳无限好，只是近黄昏（李商隐）

（2）雨锁住了黄昏的窗（陈静容）

（3）黄昏还没有溶尽归鸦的翅膀（臧克家）

（4）没有人看见你/黄昏沉默或者歌唱（博尔赫斯）

从上述四个句子可以看到，首句是大家熟悉的日常句法，念起来很通顺。后三句则和平常的语法大相径庭，听起来就要“陌生”一些。这种句法，就叫“错综”或曰“错综复杂”。这种句式，过去有人叫“倒装”，其实汉诗中基本不存在倒装。为什么，因为作者的本意，就是要突出那前面的词即那个物。不需要突出的时候，自然会把它挪到后面。也就是说，话虽不是那样说，诗却可以这样写。绝不是为了“错综”而错综，为了“陌生化”而写诗。如例（2）中要突出的是“雨”；例（3）中要突出的是“黄昏”；例（4）中要突出的是“没有人看见”。而读者过去熟悉的“黄昏”，在这些诗歌里，自然就不是原来的黄昏了。把他写“通顺”行不行呢？这里可以把王碧山“洗芳林夜来风雨”变成“夜来风雨洗芳林”为例。后边的句子固然是通顺了，但是与原句的本意就差远了。也就是说，原句虽然不通顺，甚至道理也说不通，但是读者一看就知："洗"在这里不仅是一个动词，而且还是一个"情词"，是作者在"洗"，而不是风雨在洗。但是修改过后，作者的上述意思全没有了，纯粹变成了一道大自然中的风景。从句子的性质上说，一个是抒情的语言，一个是客观的描写；从韵味上说，前者洒脱，后者单调；前者委婉有致，后者直来直去。所以说，这不叫"倒装"，这才是"正装"或"错综"。

错综句往往不太容易看懂，所以李商隐一般不用，"碧海青天夜夜心"是他诗歌中很难见到的一句。什么叫错综？"碧海青天夜夜心"就是错综。按正常语言，本来是说："夜夜的心都像碧海青天那样纯净。"该诗所以要把"碧海青天"挪到最前头，就是要把"碧海青天"这个理想的喻象，变成一盏明灯或一轮满月，使之成为作者和读者心目中最美的形象。这就叫"主词优先"。当然，优先不一定在前，也指放在最重要的位置，如杜甫诗"不尽长江滚滚来"中的"滚滚来"。

错综在现代诗中的目的不是这样，而是故意制造"语言的迷宫"。别的不说，就拿博尔赫斯《星期六》中的"我们的爱里面有一种痛苦/与灵魂相仿佛"为例。这句诗是什么意思？翻译过来，无非是说："我们的痛苦不是来自肉体，而是来自灵魂。"意思是说，他们的爱情非常高尚；说穿了，不过一句空洞的表白。但是，很明显，语序一改变，所谓的"诗"就出来了，而评论家们往往吹得神乎其神的东西，或者说读者真能得到的东西，就如前面所举例子，不过是一些"空洞的表白"，或者叫"叙述的快乐"罢了。这种所谓的"诗"，所谓"语言的张力"，正如古人说："何止言之无文，所谓秀而不实。"今人说："这种'耐人思索'是费解，不是含蓄。"（钱钟书语）又如《史通》曰："至若错综乖所，分布失宜，则彩绚虽多，巧妙不足者矣！"当然，现代错综也有好的。如奥登《悼念叶芝》："那也是他最后一个下午/啊，走动着护士和传言的下午。""走动着护士和传言"，既"错综"又很明白，既"复杂"也确有深意（至少意思多了一层：死都快死了，"传言"还在到处

"走动"），这当然是深刻而艺术的错综。

【例句】

歌谣：在那矮小的屋里，灯火在闪着光，年轻的纺织姑娘坐在窗口旁（俄罗斯民歌《纺织姑娘》）

古诗：梁习持魏郎，秦兵不敢出。李牧为赵将，疆场得清谧（晋/左思《咏史诗》）

唐诗：朝辞白帝彩云间，千里江陵一日还，两岸猿声啼不住，轻舟已过万重山（李白《早发白帝城》）

宋诗：疏影横斜水清浅，暗香浮动月黄昏（林逋《山园小梅》）

今诗：我说过，我罪孽深重 /这是唯一的真实。其余都是谎言（唐晓渡《无题》）

外诗：多少人爱你青春欢畅的时辰/爱慕你的美丽，假意和真心/只有一个人爱你朝圣者的灵魂/爱你衰老了的脸上痛苦的皱纹（[爱尔兰] 叶芝《当你老了》）

37 "两句见意"

问君能有几多愁，恰似一江春水向东流

——（南唐/李煜《虞美人》）

【导读】古曰：诗有"一句见意"、"两句见意"或"四句见意"（《文镜秘府论》），但是，最常见的显然是"两句见意"。譬如本诗"问君能有几多愁，恰似一江春水向东流"，两句话，就把一个抽象的"愁"字表达得淋漓尽致。与此相对应的，则是写了很多，说了很多，最后连作者自己都不知道要说什么，这种现象，古曰"篇中无句"。譬如朱子说："古人诗中有句，今人诗更无句，只是一直说将去。这般诗一日作百首也得。"又如王国维说："北宋之词有句，南宋以后便无句。玉田、草窗之词，所谓'一日作百首也得'者也。"

中国古典诗词中，"两句见意"的喻象数不胜数，譬如前面列举的"野火烧不尽，春风吹又生"、"旧时王谢堂前燕，飞入寻常百姓家”，又如“欲穷千里目，更上一层楼”、“县古槐根出，官清马骨高”、“沉舟侧畔千帆过，病树前头万木春”等，都是大家耳熟能详的，所以这里就此打住。

诗歌应该不应该表达明确的意思，在下述各节中，读者可以看到，不管怎样朦胧，都离不开一个“意”字。为什么有人公然把“意义的不确定”当作诗歌的内容，当作一种流派和写作方式？萧伯纳有句话说得好：“知识不存在的地方，愚昧就自命为科学。”

【例句】

歌谣：与其溺于人也；宁溺于渊。溺于渊犹可游也，溺于人不可救也（远古《盥盘铭》）

古诗：渴不饮盗泉水，热不息恶木阴（晋/陆机《猛虎行》）

唐诗：新松恨不高千尺，恶竹应须斩万竿（杜甫《登楼将赴成都草堂途中有作》）

宋诗：问渠那得清如许，为有源头活水来（朱熹《观书有感》）

今诗：敢问路在何方，路在脚下（阎肃《敢问路在何方》）

外诗：你看高山在吻着碧空，波浪也相互拥抱（［英］雪莱《爱的哲学》）

38“词意俱尽”

羌管悠悠霜满地，人不寐，将军白发征夫泪

——（宋/范仲淹《渔家傲》）

【导读】中国的诗歌形象和外国的诗歌形象不同，不仅两句话就可以说完，而且还有很多讲究。简单地说，不外“词意俱尽”、“词尽意不尽”、“意尽词不尽”和“词意俱不尽”四种（《白石道人诗说》）。需要解释的是：上述概念原意是针对结尾说的，本处则是针对喻象说的。为什么？因为古人的习惯，往往就是把好句即喻象放在结尾。而西方也有学者认为：一首诗就是为了结尾那两句。笔者认为，这完全可以借鉴并说明“喻象”的艺术特征。

“词意俱尽”，就是两三句话就能把作品的意义表达得清清楚楚。譬如本诗：“羌管悠悠霜满地，人不寐，将军白发征夫泪。”三句话，该写的景写了，该叙的事叙了，想说的意思也都在词语和画面中了。“词意俱尽”的诗很多，如苏轼“大江东去，浪淘尽，千古风流人物”，又如陆游“一怀愁绪，几年离索，错，错，错!”“山盟虽在，锦书难托，莫，莫，莫!”等等。而另外三种则与此相反，用今天的话说，完全可以叫“朦胧诗”。当然，这种朦胧和现代派的朦胧绝不是一回事，简单地说，汉诗的朦胧完全是由形象尤其是喻象的“多义性”所决定的。其生活基础是“有的话不便明说或不能说破”，其文学理念是“片言可以明百意”，其艺术特征是“借此可以增加读者的想象，给读者留下更多回味”，其艺术效果是“易懂难解”；而现代派的朦胧则基本是由概念的抽象搭配（或曰象征性）所决定的，其理论基础是“朦胧的诗就是好诗”，其写作理念是“意义的不确定”，其外貌特征是“以艰深文浅陋”（季羡林语），其艺术效果是“不知所云”，甚至连著名批评家都喊“看不懂”。正是为了区分两种不同的“朦胧诗”（即中国的朦胧美和燕卜荪所谓的朦胧诗），本书才不得不把它们专题论述，以正视听。

【例句】

歌谣：南风之薰兮，可以解吾民之愠兮。南风之时兮，可以阜吾民之财兮（舜《南风诗》）

古诗：百川东到海，何时复西归？少壮不努力，老大徒伤悲（汉乐府《长歌行》）

唐诗：射人先射马，擒贼先擒王（杜甫《前出塞》）

宋诗：人生自是有情痴，此恨不关风与月（欧阳修《玉楼春》）

今诗：从早到晚，只有奔跑，没有草原（林茶居《马，马……》）

外诗：如果冬天来了，春天还会远吗（［英］雪莱《西风颂》）

39 词尽意不尽

东南形胜，三吴都会，钱塘自古繁华
烟柳画桥，风帘翠幕，参差十万人家

——（宋/柳永《望海潮》）

◎柳永（约 987－1053），福建武夷山人，北宋著名词人，中国现代自由诗的先驱和开创者。其创造的“慢词”及“领调”的表达方式，不仅恢复了“语体诗”的汉诗传统，而且被俞平伯先生称为“解放的诗和推广的诗”。词作流传极广，古曰：“凡有井水饮处，皆能歌柳词。”

【导读】“词尽意不尽”，古曰“不著一字，尽得风流”。这种独特的创作风格，在中国古典诗词中比比皆是，《望海潮》堪称代表。《望海潮》的主要艺术特征，就是极尽人间美好，极尽天下奢华，极尽天下好词，即几乎把天下的好词都用在“繁华”这两个字上了。如“三秋桂子，十里荷花”，好像只有这个地方才有荷花，有桂花就会怎样了得似的。但是，作者为什么写这些而不写那些，譬如那些农户，那些饿饭的人？作者又希望这些描述表现什么呢？是的，作者什么都没有说，作品中可谓一字不漏。这种写法，就是典型的“词尽意不尽”。现在我们已经无法知道，柳永写这首词的真实“意图”是什么，只知道这是一首“代人捉刀”的奉迎之作。据说，真正懂得本诗的人只有一个，那就是远在金国的金兀术。正是懂得这首诗，他才敢大胆挥师北宋，才使宋朝差点毁于一旦。那么，这是不是柳永的本意呢？当然不是，但从客观的效果看，很难说柳永在诗歌中所雕饰的，是在赞美山河，或者歌功颂德，因为这和作者的身份境遇（连棺材都买不起的“白衣卿相”）很不相称。而过分的夸饰，则未必不是在说反话。因为大宋王朝正是在“烟柳画桥，风帘翠幕”、“市列珠玑，户盈罗绮，竞豪奢”的一片歌舞升平、声色犬马之中，合乎规律地走向“偏安”，合乎规律地走向没落的。也许只是柳永没有把它写成“商女不知亡国恨，隔江犹唱《后庭花》”，没有把它写成“一骑红尘妃子笑，无人知是荔枝来”罢了。

【例句】

歌谣：春林花多媚，春鸟意多哀。春风复多情，吹我罗裳开（南朝民歌《子夜四时歌》）

古诗：人生譬朝露，世变多百罗……真人不屡存，高唱谁当和（魏/嵇康《五言诗》）

唐诗：但去莫复问，白云无尽时（王维《送别》）

宋诗：众里寻他千百度，蓦然回首，那人却在，灯火阑珊处（辛弃疾《青玉案》）

今诗：悄悄的我走了，正如我悄悄的来/我挥一挥衣袖，不带走一片云彩（徐志摩《再别康桥》）

外诗：一年之中，有四季来而复往，人的心灵中，也有春夏秋冬（［英］济慈《人的季节》）

40 意尽词不尽

把酒祝东风，且共从容

——（宋/欧阳修《浪淘沙》）

◎欧阳修（1007－1073），江西吉安人，中国诗文革新运动的传承者和革新者。他取韩愈“文从字顺”的精神，大力提倡简而有法和流畅自然的诗风，反对贵族文人浮靡雕琢和怪僻晦涩的文风，为维护《诗经》以来的平实诗风身体力行。其诗文无不充满从容宽厚、真率自然的艺术个性。如果说柳永是“词代诗兴”的开创者，欧阳修则堪称“词代诗兴”的领导者和奠基人。历史上，苏轼最出色地继承和发展了他所开创的一代诗风。

【导读】读欧阳公的诗词，最难忘记的就是这句："把酒祝东风，且共从容。""从容不迫、宠辱不惊"，这是很多人的人生信条，很好理解。但是，诗人所写的，不是坚定从容，不是淡泊从容，而是与东风"共从容"，这就有些"意有尽而词不尽"了。"东风"这个词的从容是哪种从容？东风的从容是什么样子？读者只能自己想象，甚至只能亲自体验，才能领略其中无穷的含义。譬如没有经历过北方的早春，就很难理解"东风浩荡"的含义。什么叫"意尽词不尽"？这就叫"意尽词不尽"。

"意尽词不尽"和现代派的"意义的不确定"正好相反。也就是说，在中国诗歌中，作者想表达的意思不仅是明确的，而且是一种非常深刻的人生见解。所谓"意尽"，在本诗中就是专指"从容"，不会跑到其他意思上去，更不会是那种什么都不知道的意思。只是在表达上"不能那样直说"，或者"不能说破"；甚至必须留点余地，留点艺术的回味或曰"滋味"（钟嵘语）。正如黄永玉先生诗曰："不能说破/说破，就不雅了/说破，那就俗了。"（黄永玉《一路唱回家乡》）现代派是怎样写诗？笔者没有学过，也不敢擅自代笔，这里仅举台湾（大陆只能叫后学）一位"曾经是现代派的前卫诗人"这样写道：

回想起来，在那时，引动你写诗的不是一个清楚的，有开始、过程、结尾的事件，也不是一件事理明晰的事物。诗人只是为了一种模糊的感受、一种调调儿、一种情绪去写。从头到尾都是一个晦涩的过程（"吐出一句，养下一句；吐出一句，把它雕来琢去"）。……论战过后，过去自以为无穷，其实局促可笑的现代派世界，忽然崩溃了。（转自《流沙河诗论》）

欧阳修的诗歌还有一个特点，就是"只欲平易"，这也是和现代派的做法截然相反的。请看这些1000年前的诗句："每闻巧舌宜可憎"、"唯有东方旧相识"、"系舟岳阳城下树"，"正见空江明月来"、"谁谓鸣鸠拙无用"，"卧闻岳阳城里钟"、"惟恐鸟散花飘零"，"曾是洛阳花下客"、"遥知湖上一杯酒"、"莫教弦管作离声"等，较之唐诗"寒山一带伤心碧"、"落叶满阶红不扫"等，早就"通顺"多了，可见宋代所以"词代诗兴"，确与欧阳忠公"诗文改革"的远大志向与身体力行分不开。

【例句】

歌谣：腊月寡妇雪封山，奴家缺衣穿得单。有夫在家烤炭火，无夫上山把柴担（彝族民歌《寡妇歌》）

古诗：投我以桃，报之以李（《诗经·抑》）

唐诗：故园东望路漫漫，双袖龙钟泪不干。马上相逢无纸笔，凭君传语报平安（岑参《逢入京使》）

宋诗：莫道不消魂，帘卷西风，人比黄花瘦（李清照《醉花阴》）

今诗：一条大河波浪宽，风吹稻花香两岸，我家就在岸上住，听惯了艄公的号子，看惯了船上的白帆（乔羽《我的祖国》）

外诗：因为你，我懂得了爱（英语抒情诗）

41 词意俱不尽

拣尽寒枝不肯栖，寂寞沙洲冷

——（宋/苏轼《卜算子》）

◎苏轼（1037－1101），四川眉山人。其诗汪洋恣肆，明白畅达，一曲"大江东去"，足见诗人豪气。其著名诗论可见"论画以形似，见与儿童邻。是诗即此诗，定知非诗人"，可谓最得汉诗绝技。惜后人未得其长，先得其短。固至今为止，举凡附庸风雅之人，无不是"以才学为诗，以议论为诗"。宋末以后，"好诗在民间"，文人诗与真诗渐行渐远，"味同嚼蜡"。

【导读】与前面两种"朦胧诗"相比，"词意俱不尽"更加朦胧。外国学者最吃不透的，就是这种所谓"易懂难解"的诗。其实，这种诗的诀窍正在“不可解、不必解”。既然主要意思已经心领神会，又何必要去猜那些无用的呢？苏轼这首《缺月挂疏桐》词，已知写于黄州落难之时。尽管其中也有“恨”和“寂寞”等表达情意的字眼，但是，从字面上看，其恨不过是“幽人之恨”，其寂寞也不过是“沙洲之寂寞”，作者的真实意思及其词象所指，正可谓“意在言外”；因而，自然只能说，这是一首“词意都不尽”的诗或词了。难怪黄鲁直称此诗：“语意高妙，似非吃烟火食人语。”又清人赵翼说：“今试平心读之，大概才思横溢，触处生春……无不如志。”而苏东坡自己是怎样说的呢？在那首《题画诗》中，作者的创作指导思想和美学思想一览无遗：“论画以形似，见与儿童邻，是诗必此诗，定知非诗人。”也就是说，诗人与非诗人（不妨也包括美学家与非美学家）的区别非常简单：一曰“形似”（论画以形似），二曰“神似”。“形似”就是只求“画得像”，“是诗必此诗”就是只会按照字面的意思谈诗论诗。“定知非诗人”就是“绝不是真正的诗人”（或美学家）。什么叫“神似”，神似就是“有喻意”，有“言外之意”。用歌德的话说，就是“有神圣之精神灌注的果实”。试想，有这样的理论指导，焉能不出好诗？（当然，必须承认，苏轼虽然说了，但是坚持得不够好。正是因为这样，才有人批评他“以文字为诗、以才学为诗、以议论为诗”，而不是坚持用形象说话，坚持“以喻象为诗”。而后面的学生们，往往“未学高处，先得不好”。）

那么，这种方法是不是只有苏东坡才会呢？错，这恰是自《诗经》以来，中国古典诗词最明显的一个艺术特征。譬如《诗经》中的“昔我往矣，杨柳依依”，“所谓伊人，在水一方”。“在水一方”随你去想，而“杨柳依依”古今也有多种解释。可见只要有形象，就很容易做到“词意俱不尽”，如《古诗》“行行重行行，与君生别离”，陶渊明“此中有真意，欲辨已忘言”，唐诗“落月摇情满江树”，李后主“流水落花春去也，天上人间”等等。最稀奇的是“天上人间”这种“清清楚楚又含含糊糊”的喻象，曾仕强先生叫“深藏不露”，叶嘉莹先生叫“易懂难解”，西方人叫“中国诗的文法”。这种诗从哪里来的？前面笔者说“不敢高声语，恐惊天上人”，曾仕强先生则认为这是“天性使然”。用他的说法：中国人有一种平衡的思想，“有的事应该刨根问底，有的事却应该含含糊糊，不了了之，大家更愉快。为了追求最大的和谐，必须努力把伤害减到最低程度，必须深藏不露”。为什么说“天上人间”“易懂”？因为它的意思就是“流水落花春去也”的意思，不会跑得太远。而“流水落花春去也”的体验人人都有，所以说很容易懂。为什么又叫“难解”？不要说“天上人间”不可解、不必解，就是“流水落花春去也”的意思，也是不可解、不必解的。由此可见，“词意俱不尽”不是晦涩朦胧，而是“不尽之中，固已深尽”。例如贺铸《横塘路》：“试问闲愁都几许？一川烟草，满城风絮，梅子黄时雨。”这首诗的意思明白吗？当然非常明白。不仅如此，而且可以说“要说有多清楚就有多清楚，要说有多朦胧就多朦胧”。由此可知，中国的朦胧美与那种“以艰深文浅陋”，和那种在语言中寻找“张力”的朦胧诗，绝不是一回事。

【例句】

歌谣：羊啦肚子手啦巾哟，三道道格蓝，咱们见格面面容易，哎呀拉话话的难（甘肃民歌）

古诗：采菊东篱下，悠然见南山（晋/陶渊明《饮酒》）

唐诗：行到水穷处，坐看云起时（王维《终南别业》）

宋诗：满园春色关不住，一枝红杏出墙来（叶绍翁《游园不值》）

今诗：只是毕竟秋了，秋蝉的歌，高亢而渐凉（叶延滨《唐朝的秋蝉和宋朝的蟋蟀》）

外诗：夜神骑着他的黑马在奔驰，在原野上播撒蓝色的花穗（［智利］聂鲁达《抒情诗之一》）

（三）组合型喻象

【中外诗话】

◇ 文字为无精神之物，非无精神也，精神在其所记之事物，而不在文字之本身也……故必须作者能运用精神，使自己之意识、情感、怀抱，一一藏纳于文字中，而后所为之文，始有真正价值。——否则精神既失，措词虽工，亦不过说上一大番空话，实未做得半句文字也（刘复）

◇ 对于字词的不同选择和组合，一方面区分着作家艺术家的风格和天性，另一方面也区分着作家艺术家的手段和匠心（张同吾）

◇ 如何建立自己的意象模式和意象群，这是一个作家走向成熟与非凡的重要标志（幽忧子）

◇ 人是靠思想站立起来的/艺术家须用从外在世界吸收来的各种现象的图形，去把在他心里活动着的和酝酿着的东西表现出来。他须知道怎样驾驭这些现象的图形，使它们服务于他的目的/构成心灵最内在的本质，就是心灵能够思考，既能思考自身，又能思考自己的产品应该写什么，不写什么（黑格尔）

◇ 愈是精密或愈是轻易地抓住了外部世界的万象，他就愈能坚定或愈能敏捷地再现它们（歌德）

◇ 没有理性思维，就会连两件自然的事实也联系不起来（恩格斯）

◇ 诗人用形象思索；他不证明真理，却显示真理（别林斯基）

◇ 一般而论，我们在实物中感到兴趣而要求艺术家摘录和表现的，无非是实物内部外部的逻辑，换句话说，是事物的结构，组织与配合（丹纳）

◇ 诗人不是以思想家的身份出现在世人面前的，他的任务是在寻常的现象里找出带有超验色彩的东西，并且建立起他的意象体系或组合，植入自己的抽象思维与理性思考/每一个真正的诗人，其正确辩理与抽象思维的能力，比一般人想象的要强得多（瓦莱里）

◇ 任何科学上的重大发现，都是对事物的日常外观中隐藏的某些奥妙之处的捕捉。这些奥妙状态，经过巧妙对待重新组合之后，被证明代表着事物真情（阿恩海姆）

【引论】 逻辑的组合才是真美

张同吾先生说："诗歌是一只脚的怪物，跳跃着行进，像自行车那样，依靠速度保持平衡；如果架桥或绕远过去，那是散文的思路。"那么，这种跳跃是不是没有规律和逻辑的呢，答案当然是否定的。一句话：诗人可以不具备推理的能力，但是不能不符合逻辑。正如康德所说："有想象，艺术只能算是有'才'；有了判断，艺术才能说得上是'美'。"而歌德说得更厉害，他说："有想象力而没有鉴别力是世上最可怕的事。"汉诗通常都是一物一比，一物一意，诸如望月思乡，见花流泪等等。如果想用多种事物来表达一个意思（或题旨），就有一个意象的组合问题，产生一种"组合型的喻象"。古曰"汉魏古诗，气象混沌，难以句摘"，说的就是这种组合型喻象。譬如前面列举的《观沧海》、《行行重行行》等等。现代诗歌中，组合型是一种常见的例子，不同的是，古诗都是逻辑的组合，而现代诗多数是随意的组合。并且口号喊得很响："只要真实"，"只要感觉的真实"。他们就没有想一想，为什么不把拉屎撒尿这些最真实的事情也写进去？由此可见，诗歌中的意象，不论大小，都是有选择的，选择，就是逻辑；表现，当然也应该是逻辑的。正如丹纳所说："总之，文学作品像绘画一样，不是要写人物和事故的外部表象，而是要写人物与事故的整个关系和主客的性质，就是说逻辑。"也许，正因为此，张同吾先生才说："归根到底，诗的抒情方式是意象符号的组合，包括直抒胸臆的诗，都不是命意的直陈，诗人是通过意象符号序列来表现他独特的审美个性的，也是以意象的模糊性来包容深广的文化内涵、历史内涵和哲学意蕴的。"有人说，存在就是本质，马克思说："如果事物的表现形式和事物的本质会直接合而为一，一切科学就成为多余的了。"正因如此，早在"形象思维"刚刚传入中国的时候，中国40年代的文学理论家刘雪苇先生，也就是"在延安就写过《论文学的工农兵方向》的人”（梅志语），就理直气壮地：“艺术思维和形象思维，‘百分之百’也是逻辑思维。……如果拿形象思维来和逻辑思维区别，就等于拿思维和思维区别。”（《文学评论》，1980 年第四期）遗憾的是，20 多年过去了，刘雪苇先生已经作古，他的观点并没有受到理论界和诗人们的高度重视，才会产生众多胡乱的意象堆砌，谁都看不懂、说也说不明白的诗。

◎刘雪苇（1912－1998），贵州省六盘水人，左联第二届执委，新中国成立后，曾任中央华东局宣传部文艺处处长兼华东文化部党组书记，上海新文艺出版社首任社长，后因胡风案身陷囹圄 25 年。主要著述有《论文学的工农兵方向》、《鲁迅散论》以及 1979 年复出后，随即发表的《论形象思维问题》。可见其文艺理论家的责任和执著追求。其突出论点是：“艺术思维和形象思维，‘百分之百’也是逻辑思维。”其锋芒不仅直指各种荒诞的现代派艺术，也是对形象思维最重要的补充，对“喻象思维”最早的提示。

从句子的角度看，组合就是“跳跃”。即从一个意象跳到一个看似没有关系的意象上去。看起来无章可寻，却是被一个主题牢牢地牵引着的。对此，弗罗斯特有段话可谓经验之谈。他说：

创作冲动上来的时候，想象力不和理解力商量，就会任散乱的各种思绪牵着我们走。又会像炎热午后的蚱蜢一样，东蹿西跳，漫无目标。这时候，只有诗的主题才能让我们安定下来。……学童可以把他从学堂里学到的东西，跟你一五一十、按部就班地说出来。艺术家则是抓取时空里某一已有的因素，然后干净利落地把它放到一个全新的序列里去。

而现代派的组合却不是这样的。施善继先生有段回忆：在现代诗中，“引动你写诗的不是一个清楚的、有开始、有过程、有结尾的事件，也不是一件事理明晰的事物。诗人只是为了一种模糊的感受、一种调调儿、一种情绪去写，从头到尾都是一个晦涩的过程……吐出一句，养下一句；吐出一句，把它雕来琢去。”（转自《流沙河诗论》）为什么本书把篇章的组合称为“组合型喻象”？就是要告诉读者，篇章的组合必须有目的性。篇章的组合通常有并列式、叠加式、宾主式等等，你怎样组合都行，就是必须明白：你把它们组合在一起干什么？想表达什么意思？黑格尔说：“没有思考和分辨，艺术家就无法驾驭他所要表现的内容（意蕴）。”恩格斯说：“没有理性思维，就会连两件自然的事实也联系不起来。”古曰：“意犹帅也，无帅之兵，谓之乌合。”这个“意”，前人有许多解释。笔者这里要告诉读者的是，这个“意”不是其他，就是要把它们组成一个完整的“喻象”，即一个“具有完整喻义的诗歌艺术形象”（或曰“题旨”）。

42 并列式组合

花自飘零水自流
一种相思，两处闲愁

——（宋/李清照《一剪梅》）

◎李清照（1084－1155），山东省济南人。她不追求砌丽的藻饰，而是用白描的手法表达丰富多样的感情体验，塑造鲜明生动的艺术形象。在她的词作中，真挚的感情和完美的形式水乳交融，把“语尽而意不尽，意尽而情不尽”的汉诗传统发挥得淋漓尽致。其词风不仅对辛弃疾、陆游有直接影响，而且被国外评选为“世界杰出之女抒情诗人”。

【导读】简单地说，并列式组合，就是“一种相思，两处闲愁”。而且诗歌中多数不仅两处，而是有很多处。譬如“枯藤老树昏鸦，小桥流水人家，古道西风瘦马”，单这三句诗中，就有一种相思，12 处闲愁。所谓“并列式组合”，就是指这种意象间没有主和从、包容与被包容的关系，只是一种平行、并列的关系。目的只有一个，就是共同组成一个文学“喻象”的谋篇手法。譬如本诗《一剪梅》要组成的，就是两个字：“别愁”（原词在黄升《花庵词选》中的题目就叫“别愁”）。而马致远12个意象所组成的，就是“断肠人在天涯”这么一个元人独有的时代喻象。因为那时候的诗人比现在更惨，俗称“八娼九儒十丐”，连娼妓都不如，怎能不令诗人学者“肝肠寸断”？并列式组合在古典诗词中很多，这里只取例子，不再解释，反正下面这些都是并列式组合的例子：诸如温庭筠的“鸡声茅店月，人迹板桥霜”；杜甫的“迟日江山丽，春风花鸟香。泥融飞燕子，沙暖睡鸳鸯”；欧阳修的“夜凉吹笛千山月，路暗迷人百种花。棋罢不知人换世，酒阑无奈客思家”；纳兰性德的“长记碧纱窗外语，秋风吹送归鸦。片帆从此寄天涯。一灯新睡觉，思梦月初斜。便是欲归归未得，不如燕子还家”等等。

在中国诗坛上，李清照和蔡琰是两个当之无愧的诗人。无论和她们同时代的男诗人比，还是和前朝后代的诗人们比，都是堪称“巾帼不让须眉”的大诗人。1991年，苏联学界同行专门举行了李清照纪念会，一致推许她为“世界杰出之女抒情诗人”，这不是一件小事。

【例句】

歌谣：小妹妹，长得好，脚又小，手又巧，两把剪子对着铰。铰了个鸡，满场飞；铰了个狗，满场走（儿歌）

古诗：东市买骏马，西市买鞍鞯，南市买辔头，北市买长鞭（《木兰诗》）

唐诗：草枯鹰眼疾，雪尽马蹄轻（王维《观猎》）

宋诗：寻寻觅觅，冷冷清清，凄凄惨惨戚戚。乍暖还寒时候，最难将息（李清照《声声慢》）

今诗：我嫉妒它如流水声睡在绿草里/如群星坠落到秋天的湖滨（何其芳《赠人》）

外诗：哪里有真爱存在，哪里就有奇迹（英语爱情诗）

43 宾主式组合

试问闲愁都几许
一川烟草，满城风絮，梅子黄时雨

——（宋/贺铸《青玉案》）

【导读】许君武教授说："文出正面，诗出侧面。诗忌正写，重陪衬。"这句话几乎概括了"宾主式组合"的谋篇特征。本诗的主要特征，就是连续用几个意象来比方，一个"愁"字，古曰"兴中有比，意味更长"，堪称今诗"意象群"发展的先驱。难怪古人叫贺铸为"贺梅子"。在现代诗中，意象群通常和主人若即若离，有站在主人身边的，也有站在远处或聚在一旁交头接耳的。但是它们在诗歌中的身份都是客人，都是来显示主人的荣耀和好客的，其他什么都不是。但是，千万不能小看这些漫不经意的、随手拈来的小意象和小人物。譬如明朝皇帝朱元璋有首《金鸡报晓》诗："鸡叫一声撅一撅，鸡叫两声撅两撅。三声唤出扶桑日，扫败残星与晓月。"这诗的前两句好像是废话闲笔，是两个多余的意象。但是没有前面的两个意象，就引不出"三声唤出扶桑日，扫败残星与晓月"这样振聋发聩的喻象。难怪有人把此种方法叫做"递进式组合"、"陪衬式组合"、"逆挽式组合"等等。这些无疑都是对的，而且还可以起出更多更好的名称。

宾主式和并列式都是意象群，只是关系不同。宾主式是众星捧月，或者叫"喧宾夺主"，即不断地增加和散发其他成分，使意义更加具体丰富。主子可以出面，也可以不出面而只出现在题目中，或在某处画龙点睛。譬如本诗中若不点个"愁"字，或者把"愁"换成"乐"，后面那些意象就是一盘散沙。

【例句】

歌谣：吹牛皮像驴叫一样，训下级像老虎一样，吃宴席像饿狼一样，干工作像猴子一样（现代）

古诗：爷娘闻女来，出郭相扶将。阿姊闻妹来，当户理红妆；小弟闻姊来，磨刀霍霍向猪羊（《木兰诗》）

唐诗：月落乌啼霜满天，江枫渔火对愁眠。姑苏城外寒山寺，夜半钟声到客船（张继《枫桥夜泊》）

宋诗：渐霜风凄紧，关河冷落，残照当楼（柳永《八声甘州》）

今诗：你常忘记剪指甲，胡子也不喜欢刮，送我礼物等半价，有点懒惰爱放假，噢啊呀，爱你不会做假（姚谦《爱情真伟大》）

外诗：你的睫毛是幽幽芳草，溪水映衬，倩影摇晃。密林深处，无人造访，纯洁无瑕一如你的胸膛（［美］布赖恩特《美丽的乡野姑娘》）

44 叠加式组合

月儿弯弯照九州，几家欢乐几家愁
几家夫妇同罗帐，几家飘散在他州

——（南宋/《吴歌》）

【导读】叠加的特征就是俗话说的“天一句地一句”，即把一些乍看没有关系的意象和画面，有意组合在一起，使之产生一定的意义。如把某人的名字和“猪”叠在一起，或者和“狗”叠在一起，不用说谁像谁，就能产生新的意义。上世纪60年代，中国和苏联的关系不好，我们登了一张前苏联领导人赫鲁晓夫的照片。本来人家是深入集体农庄查看民情，所以在饲养场也拍了一张。结果我们在照片下方写的说明却是“赫鲁晓夫和猪在一起”，结果全国人民都把赫鲁晓夫当成猪了。由于这种叙述方法比较隐蔽，容易达到含蓄委婉的艺术效果，所以诗人常常使用它们。譬如杜甫的“朱门酒肉臭，路有冻死骨”就是典型的叠加的例子。没有两个意象的叠加，其社会意义就很难显现，并且很难深刻。

这里选择的是两首宋朝民歌。一首是上面的“月儿弯弯照九州”，另一首也是大家熟悉的宋朝民歌：“赤日炎炎似火烧，野田禾稻半枯焦。农夫心内如汤煮，公子王孙把扇摇。”为什么看似简单的两首民歌能够从宋朝唱到今天，就是因为它的中间有一种特殊的艺术手段，这个手段就是意象的叠加。在《月儿弯弯照九州》中，四句诗四个意象，既不在一个时间，也不在一个空间，而且都不是确指。只是“几家”和“几家”。几个意象的叠加产生什么效果？一个悲惨凄凉的社会就凸显出来了。“烈日炎炎”也一样。太阳、野田，农夫、王孙，不叠在一起，什么事也没有；叠在一起，用不着“解说词”，一种社会的本质就出来了。

叠加中使用的意象有三个特点：一是很不容易发现它们的联系，二是通常具有深刻的象征意义，三是通常采用对比手法。在生活中，“朱门酒肉臭”和“路有冻死骨”这种现象多了，不是杜甫，谁能把它们拉到一起？在《月儿弯弯》中，“几家夫妇同罗帐”或“几家飘散在他州”关作者什么事？但是叠在一起就了不得了。在《水浒》引用的那首宋代民歌中，“农夫心内如汤煮”与“公子王孙把扇摇”有什么稀奇，这不是正常现象吗？但是诗人把它们放在一起，就是了不得，就会让你恨不得把这种社会推翻。而“公子王孙把扇摇”、“几家夫妇同罗帐，几家飘散在他州”，“朱门酒肉臭”和“路有冻死骨”恰是几个具有象征意义的意象。电影中这样的手法非常普遍。譬如《巴黎圣母院》只把“美”的和“丑”的叠加在一起，作者不说，观众自知。所以有人把诗歌的这种写法和电影的手法相提并论，也叫“蒙太奇”。

《月子弯弯照九州》产生于南宋建炎年间，当时称为“吴歌”，描写人民大众为生活所逼，在异乡的漂泊流离，后成为“舟师”、“纤夫”的劳作之歌，并为“弹词”吸收，称为“山歌调”。据钱仁康教授研究，宋人著作中提到这首民歌的是赵彦卫的《云麓漫钞》的“吴中舟师之歌”，原著录只有前面两句，后人见到的完整的四句词，是明清著录里出现的。可见民歌的发展具有强大的生命力。就本诗来说，“几家欢乐几家愁”这个优秀的喻象，之所以能够流传千古，就得力于“叠加”这种写法。前人的“几家欢乐几家愁”是一个叠加，后人的“几家夫妇同罗帐，几家飘散在他州”也是“叠加”。由此可见，现代诗歌中的“高科技”，并非先锋，真正的先锋，恰在民间。恰是那些生活在最底层的最真实的生命，以及这些“生命的呐喊”，才是先进文化和高极艺术的源头活水。

【例句】

歌谣：铁锤匠，数两趟，数着雁，雁不算，数着鸡，鸡不理。该数谁，该数你（儿歌）

古诗：秋风萧瑟天气凉，草木摇落露为霜（魏/曹丕《燕歌行》）

唐诗：身无彩凤双飞翼，心有灵犀一点通（李商隐《无题》）

宋诗：非关秋后多霜露，自是芙蓉不耐寒（吕东莱）

今诗：宁做沥血歌唱的鸟，不做沉默无声的鱼（蔡其矫《川江号子》）

外诗：有了你，黑暗不再是黑暗（英语抒情诗）

45 穿插式组合

怒发冲冠，凭栏处，潇潇雨歇
抬望眼，仰天长啸，壮怀激烈

——（宋/岳飞《满江红》）

【导读】穿插，就是不受时空限制，偶实偶虚，虚实相生。先看《满江红》全词：

怒发冲冠，凭栏处，潇潇雨歇。抬望眼，仰天长啸，壮怀激烈。三十功名尘与土，八千里路云和月。莫等闲，白了少年头，空悲切！靖康耻，犹未雪；臣子恨，何时灭？驾长车，踏破贺兰山缺。壮志饥餐胡虏肉，笑谈渴饮匈奴血。待从头，收拾旧山河，朝天阙！

本诗的特点是：所写不限于“即目”，即不限于时空限制，偶实偶虚，虚实相生，“笔锋一转，即可从旁插入”。所谓“形在江海之上，心存魏阙之下”，就是回忆、联想、想象、理想，随时可以。如果需要，历史、太空、“踏破贺兰山”、“收拾旧山河”等，都可以拉到眼前。这种随心所欲，也就是随时插入诗人的想象、联想和隐喻的写法，在现代诗歌中表现得更突出。而最突出的莫过余光中的《当我死时》，诗曰：

当我死时，葬我
在长江与黄河之间
枕我的头颅，白发盖着黑土
在中国，最美最母亲的国度
我便坦然睡去，睡整张大陆
听两侧，安魂曲起自长江，黄河
两管永生的音乐，滔滔，朝东
……

别看此诗错综复杂，分析起来，无非就是一种“穿插式的组合”。对这首诗，流沙河先生是这样评介的：“穿插得跟真的一样。好像确有其事。……将一厢情愿暗度为既成的事实，这样他就从现在跃入了未来，悄悄地。你还来不及查询，他已在大陆睡下。”不过先生说“这种写法，古人所无”则欠准确，因为杜甫、李商隐等人早有这样的写法，插入的部分比余光中的还要美还要自然。譬如杜甫《月夜》中突插的“香雾云鬟湿，清辉玉臂寒”，李商隐《夜雨寄北》中突插的“何当共剪西窗烛，却话巴山夜雨时”，杨大元（一说李白）突插的“不敢高声语，恐惊天上人”，陆游突插的“深巷明朝卖杏花”，苏轼突插的“满腹雷霆暗不吐”等等。个人认为，它们才是“穿插式喻象”的真正范本和传家宝。

【例句】

歌谣：山对山来崖对崖，蜜蜂采花深山来，蜜蜂本为采花死，梁山伯为祝英台（云南民歌《弥度山歌》）

古诗：京华游侠窟，山林隐遁栖。朱门何足荣，未若托蓬莱（晋/郭璞《游仙诗》）

唐诗：邯郸驿里逢冬至，抱膝灯前影伴身。想得家中夜深坐，还应说着远行人（白居易《邯郸冬至夜思家》）

宋词：落花已作风前舞，又送黄昏雨（叶梦得《虞美人》）

今诗：我不放牧牛羊/放蜂子在花朵上歌唱/放蝴蝶在草叶上舞蹈/纱织

娘安心做它的衣裳（雷抒雁《放牧自由》）

外诗：尽管还不曾离开，我已对你朝思暮想（英语爱情诗）

46 细节式组合

昨日入城市，归来泪满巾
遍体罗绮者，不是养蚕人

——（宋/张俞《蚕妇》）

【导读】过去常听人说“细节决定一切”，不知何为“细节”。譬如“离离原上草，一岁一枯荣”是物还是细节？又如亚里士多德《诗学》中讲的“情节”，是不是也是“细节”？现在看来，也许把他们综合一下，或可更明白些。换句话说，这里讲的细节，指的是诗歌中那些“细小的情节”。没有情节或者情节过长的，不在此例。否则，人人都想着写长诗和写史诗，诗歌掺水的现象就会越来越多。诗歌就会变成而今市场上的古董。正如马未都先生所说：“有人总是喝到啤酒，有人总是喝到泡沫。”

最短的汉诗也能完整地记录一个情节，其他语种的诗歌是很少这样做的。譬如本诗，四句话，二十个字，不仅记录了一个完整的故事情节，而且是一首公认的好诗：“昨日入城市，归来泪满巾。遍体罗绮者，不是养蚕人！”时间、地点、人物、开头、过程、结尾，“六要素”一样不缺，还有言外之意、象外之象、味外之旨。相同的诗歌还有很多。譬如杜荀鹤《山中寡妇》“桑柘废来犹纳税，田园荒尽尚征苗”；范仲淹《赠钓者诗》“江上往来人，尽爱鲈鱼美。君看一叶舟，出入风波里”；王昌龄《闺怨》“闺中少妇不知愁，春日凝妆上高楼。忽见陌头杨柳色，悔教夫婿觅封侯”；韦应物“春潮带雨晚来急，野渡无人舟自横”；赵孟頫《清溪一叶舟》“采菱谁家女，歌声起暮鸥”等等。《圣经》之所以被很多人当诗来读，也是因为其“用细节说话”，不是靠归纳演绎，不是靠“情节”取胜。卞之琳的《断章》：“你站在桥上看风景，看风景的人在楼上看你。明月装饰了你的窗子，你装饰了别人的梦。”过去有批评家吹得神乎其神，事实上亦不过剪取生活中一个普通的细节，只是小得一般人都不太注意。事实说明，只要认真观察，生活中一些真实细节的艺术价值，似乎比自然界的景和物更加神圣，更能说明问题，也就更有诗意。原因很简单，因为它更活更亲切，所以更有说服力和穿透力。正是因其了得，古人才说：

人问韩子苍诗法，苍举唐人诗：“打起黄莺儿，莫教枝上啼。几回惊妾梦，不得到辽西。”予尝用子苍之言，遍观古人作诗规模，全在此矣。此机杼也，学诗者不可不知。

古代赞赏这种手法的批评家同样很多。如朱子《论诗》“古人作诗，不十分着题，却好。今人作诗，愈着题，愈不好”等等。

【例句】

歌谣：人有那志气永不老，你看那白发的婆婆，挺起那腰板也像十七八（山西民歌）

古诗：雄兔脚扑朔，雌兔眼迷离；双兔傍地走，安能辨我是雌雄（《木兰诗》）

唐诗：洛阳城里见秋风，欲作家书意万重。复恐匆匆说不尽，行人临发又开封（张籍《秋思》）

宋诗：最关情、折尽梅花，难寄相思（周密《高阳台》）

今诗：帘外雨潺潺，书也懒翻。交通不便我心寒。长叹一声交卷也，分数若干（民间汉诗）

外诗：我会想你，在漫漫长路的每一步（英语抒情诗）

四、诗歌的包装——语境

（一）语境的内涵和功能

【中外诗话】

◇ 诗言志，歌咏言；声依咏，律合声（帝舜）

◇ 文已尽而意有余，兴也。因物喻志，比也（钟嵘）

◇ 汉人诗文，在明白典雅/体格声调，水与镜也；兴象风神，花与月也。必水澄镜明，然后花月宛然（胡应麟）

◇ 景乃诗之媒，情乃诗之胚，合而为诗（谢榛）

◇ 须解全篇之义乃至全书之指，庶得以定某句之意，解全句之意，庶得以定某字之诂（钱钟书）

◇ 夫诗以情为主，景为宾。景物无自生，惟情所化。情哀则景哀，情乐则景乐（吴桥）

◇ 语境限制语义（索绪尔）

◇ 语言的真正美，产生于言辞的准确、明晰和动听（高尔基）

◇ 如果要我对作家提出建言的话，我只会这么说：我会要求他们尽可能地不要矫饰自己的作品。我不认为矫揉造作的修补会对文字带来什么好处（博尔赫斯）

◇ 伟大的诗歌在描写具体的事物时，总是表达出一种普通的情感，总是吸引人们探索人类经验深入的奥妙（燕卜荪）

◇ 艺术语言中并没有日常生活语言中所没有的东西。但是，艺术语言中，一切都强烈，更有目的性，都是为了创造形象和使人最充分地理解形象（马依明）

【引论】 什么叫“诗歌”?

细心的读者可能已经发现：本书为什么只选句子不选整诗?这就是本篇所要讨论的问题。2010年11月，诗人简明发表了一个高论：“一首诗，无论长短，真正有发现意义或核心价值的段落，绝对不会超过三行。其他部分，要么迎合形式，要么狐媚词汇。”（《简明谈诗歌》之14）2012年，流沙河先生在他的《画+说=诗》一文中也说：“画的部分，通常只有两行。”在国外，爱伦坡也说：“一首诗就是为最后两行而写。”为什么不同的地方有相同的发现，而且这个欣赏传统在中国延续了两千多年?这是读者不能不留心的。

什么叫诗歌?“诗歌”，就是“诗”和“歌”的总称。“诗”是歌的内容，“歌”是诗的形式，合起来就叫“诗歌”，所以远古皇帝舜把它叫做“诗言志，歌咏言”。现在，有人不是抵触“诗”，就是抵触“歌”。不是反对“诗言志”，就是反对“歌咏言”。这里可以借用小平同志的一句话：“坦率地讲，主权问题不是一个可以讨论的问题。”

在前面的章节中，我们已经知道，诗歌的“诗”，就是“喻象”。那么，诗歌的“歌”是什么呢?这就是本章所说的“语境”。用图演示即“喻象+语境=诗歌”。为什么只谈语境不谈章法?因为现代科学已经证明：再好的一句话，离开特定的语境，就会毫无意义（本书之所以不讨论古人所说的章法结构、起承转合、词法句法、炼字炼意、意境神韵之类，原因就在这里）。而在中国诗学中，也早有“镜花水月”一说。什么叫镜花水月?胡应麟先生说：“体格声调，水与镜也；兴象风神，花与月也。必水澄镜明，然后花月宛然。”可见索绪尔的“语境限制语义”并不比胡应麟先生的“镜花水月”高明。西方的文本结构说也望尘莫及。难怪鲁迅先生把他列为中国文化的“十大名人”之一。

◎胡应麟（1551－1602），浙江兰溪人，明朝著名学者、诗人和文艺批评家，其对诗学的贡献有两句话："作诗大要不过二端：体格声调，兴象风神而已。""体格声调，水与镜也；兴象风神，花与月也。必水澄镜明，然后花月宛然。"这和西方现代语言学中的"语境"理论和"结构性认识"相比，至少早了300年。

语境的意义非常广泛，但是在诗歌中并不复杂。从理论上讲，诗歌的语境，就是诗歌特定的语言形式和语音环境。或曰"歌"的语言形式和语音环境。譬如古代的"四言"、"五言"、"七言"、"律诗"、"绝句"，宋以后的"长短句诗"，今天极少数讲"韵律"的新诗和自由诗，大部分"流行歌曲"等。简单地说，诗歌，就是由喻象和语境两个部分组成的。所以简称"诗＋歌"。现在看来，没有这种全新的"结构性认识"，单靠文法、句法、性灵、格律或"语言的张力"等等，要想认识诗歌的"本体"，无异"瞎子摸象"。换句话说，如果说喻象是诗歌的产品，语境就是诗歌的包装。包装有内包装和外包装之别，语境也有内语境和外语境之别。用《汉书·艺文志》的话说叫做"诵其言谓之诗，咏其声谓之歌"，用马依明的话则更清楚：

> 艺术语言中并没有日常语言中所没有的东西。但是，艺术语言中，一切都更强烈，更有目的性：都是为了创造形象和使人最充分地理解形象。（《外国理论家作家论形象思维》）

从诗歌的创作实践看，事实上也存在两种诗人和两种创作状态，一种是有形象并准备创造形象（喻象）的，另一种是只晓得"即兴抒情"或"附庸风雅"的。目的不同，过程和结果当然不同。而语境的性质，则盖不过一个"情"字，或曰"情词"。用徐有富教授的话说，就是"饱满的感情和鲜明的节奏"。"歌"是"情"的外部形式，声和律是歌的固有特征，合起来就叫"声依韵，律合声"。所以本书认为，中国诗歌的"形式之美"，就是"喻象之美+情语之美"。简言之，就是"诗+歌"。

用今天的眼光看，英美所以把"语言的游戏"当成诗歌的形式之美，除了他们的《词典》中没有"形象"一词，还因为西欧和东欧很少通气。可以肯定地说，现代派1868年诞生以前，肯定没有参考过别林斯基1840年讲的这段话：

在文学作品里，观念以两种形式显现出来。在某些作品里，观念延伸到形式里去，从而在形式的全部完美性中透露出来，温暖着并照亮着形式，——这种观念是富有生命力的，富有创造性的。不是通过理智，而是直感地；不是自然而然地，而是连同形式一起产生出来的；这种作品是典雅的、艺术性的作品。另外一种观念跟形式漠不相关地产生在作者的头脑中——形式被他另外单独地制造出来，然后，再配合到观念上去。其结果是：一部作品，按观念来说是可取的，但在形式上却一点也引不起人们的注意。（中译《别林斯基全集》第五卷，第504－505页）

◎别林斯基（1811－1848），俄国哲学家、文学理论家。别林斯基对于诗学的主要贡献，是用"诗歌是寓于形象的思维"一语，科学地阐述了诗歌创作的艺术规律。可惜后人把"寓于"二字省略之后，"寓象思维"（喻象思维）就变成了"形象思维"。致使诗歌美学的发展，至少推迟了150年。因为显然，"寓于形象的思维"正是"喻象思维"的同义词。此外，他还提出了"形式的全部完美性"的观点，使我们知道，只有"诗+歌"才是真正具有全部完美性的诗歌，才是真正的"纯诗"。

从这段话可以得知，"诗+歌"的艺术模式不仅是中国诗歌的艺术传统，也是法国"太阳王"路易十四称赞的"完美的艺术和科学"；"诗+歌"不仅是中国诗歌的欣赏习惯，也是"形式的全部完美性"的具体体现。只有这样的诗，才是真正的"纯诗"，才是诗歌"原初"和"本真"的艺术形式。不管英美学者是不懂还是不愿意接受，作为中国的诗人和艺术家，首先应该有这个自信。尤其不能“数典忘祖”，妄自菲薄，把西方新老形式主义捧为至宝。——连“形式主义”的东西都会五体投地，或者只会欣赏诗歌“漂亮的毛羽”，像什么呢？就像一个客人进门，对主人的生活态度漠不关心，只对那些漂亮或古怪的陈设赞叹不休。这样的访客，俗话叫“二”，其品位可想而知。专门写这种诗的人，说得不客气点，与其叫“女诗人”或“男诗人”，不如叫“二姐”或者“二哥”（别急，刘勰、王国维骂这个骂得更狠：前如“等宿儒之无学”，后如“有淑女与倡妓之别”等）。

诗歌应不应该和政治、民生结合？当然要，事实上谁也无法回避（“每个人都在一定的阶级地位中生活”）。但是正如杰姆逊所言：“只有将理论大众化，从纯粹的审美开始，先解决形式的问题，而后才与政治相遇。”什么叫政治？“流水不腐，户枢不蠹”、“为我所用”就是最大的政治。什么叫民生？“饥者歌其食，劳者歌其事”就是最大的民生。但是，应该明白：“好诗”必须首先是“诗”，不然完全可以用文章或口号代替。所以政治家不仅要认清那个“形势”，要想用诗歌为自己服务，也必须认清这个“形式”。为什么“纯诗”（诗 + 歌）也是美的？柏拉图说：“美是一种自然优势……美具有引人向善的作用和力量。”——说到这里，不能不向读者透露一个“最新消息”：本书所说的“诗歌”，不仅叫“诗 + 歌”，而且叫“诗 + 词”。这个“词”不是“唐诗宋词”的词，而是一种真正的“原诗”，一种真正的中华诗词，一种真正的现代诗即“语体诗”。具体内容，这里先埋个伏笔。等把其他语境看完了，自然就会看到这种“特殊的语境”了！

47 内语境（诗）的审美特征——言浅意深

山重水复疑无路，柳暗花明又一村

——（宋/陆游《游山西村》）

◎陆游（1125－1210），陆游一生不仅为后人留下了近万首诗歌，而且为诗学留下了“汝果欲学诗，功夫在诗外”的深刻箴言。其享年85岁，可谓对诗歌最有发言权的人。陆游之后，中国好诗和诗人层出不穷的时代顿足不前。晚清梁启超《读陆放翁集》诗曰：“诗界千年靡靡风，兵魂销尽国魂空。诗中什九从军乐，亘古男儿一放翁。”

【导读】“内语境”，就是“诗歌”中的“诗”，“诗言志”中的“志”，也是本书所说的“诗歌的产品——喻象”。内语境和外语境，不过就诗歌语言的性质结构和遣词造句而言。

喻象（诗）的遣词造句，我们在前面已经谈得够多，事实上没有那么复杂。因为大家知道，真正的诗（句），往往是“偶然得之”，可见所谓的“佳句法”（杜甫语），不过是“润色”而已。所以这里只能就诗的本质要求“言浅意深”，谈几点看法：

第一，言浅意深是一种态度。自古以来，诗歌就是给人听让人看的。意思不深，惹人笑话；别人不懂，等于徒作。与其说不清楚，不如想清楚了再说。言浅，就是用平常的事物打比方，用平易的语法来说话。只有平易，才能近人。“山重水复疑无路，柳暗花明又一村”好在哪里？清赵翼《瓯北诗话》说：“眼前景，口头语，不须雕琢，自能沁人心脾，耐人嘴嚼。”黑格尔则更进一步：“因为美是显示给旁人看的”，所以“必须使读者感到熟悉亲切才行”。

第二，言浅意深是一种大技巧。即如果说在“歌”中可以卖弄一点才学或优雅，在“诗”里则需要老实厚道。这不是笔者的一家之言，这个大技巧，早在2300年前，亚里士多德就发现了。他说：“精心雕琢的辞藻，只应该用在‘中立’部分，在这些段落里，既没有性格也没有思想。因为太华丽的辞藻掩盖了性格和思想。”（《诗学》）不仅如此，2000年后，博尔赫斯还说：“华丽是虚伪的象征。”也就是说，在这种场合，华丽即意味作者的道德品质有问题。这和中国古人说的“凡人伪为可恶”、“凡人情为可悦”同出一辙。品质出了问题，就很难让人信任和欣赏。难怪张同吾先生说：“朴素是艺术返璞归真的最高境界。”

第三，言浅意深是诗歌的“诗性本质”。从审美的角度看，只要用“形象的比方”说话，就会收到“若隐若现，欲露不露……匪独体格之高，亦见性情之厚”的艺术效果。所以，无论写诗的感情有多强烈，都必须把心思首先放在寻找和选择形象的“方物”上。至于喻象的表达和艺术形态（“词尽意不尽”等），我们在“句子型喻象”中已经讲得够详细了，复习便知。一句话，只要是喻象的，就必然是诗的。只有言简意深，才是内语境的最佳选择。什么叫“意深”，这里可以补充一个例子：在但丁的《神曲》中，作者把“天堂”看成“灵魂安息的地方”，这固然不失意义深厚。但是，与《离骚》中通过“天国的守门人不愿意接待他”这个插曲所暗示的“天国里也没有好人”，后者的意义显然就比前者更加深厚了。

【例句】

歌谣：正月里探妹正月正，我接小妹看花灯。看灯是假意，接你是真情（湖南民歌）

古诗：盛年不重来，一日难再晨，及时当勉励，岁月不待人（晋/陶渊明《杂诗》）

唐诗：海内存知己，天涯若比邻（王勃《送杜少府之任蜀州》）

宋诗：竹外桃花三两枝，春江水暖鸭先知（苏轼《题惠崇〈春江晚

景〉》)

今诗：在不认识的远处，月儿似勾心斗角的遍照（李金发《月夜》）

外诗：夏天的小鸟，飞到我的窗前唱歌，又飞走了（［印度］泰戈尔《飞鸟集》）

48 外语境（歌）的诗性本质——声情并茂

梅子留酸软齿牙，芭蕉分绿与窗纱
日子睡起无情思，闲看儿童捉柳花

——（宋/杨万里《闲居初夏午睡起》）

◎杨万里（1127－1206），江西吉安人。杨万里一生写作极为勤奋，相传有诗两万余首，现存诗四千二百余首。尤其可贵的是，其创造的“诚斋体”诗，譬如“毕竟西湖六月中，风光不与四时同，接天莲叶无穷碧，映日荷花别样红”等，脍炙人口。用钱钟书先生的话说：“他的目的是作出活泼自然的诗”，“不让活泼泼的事物做死书的牺牲品”。

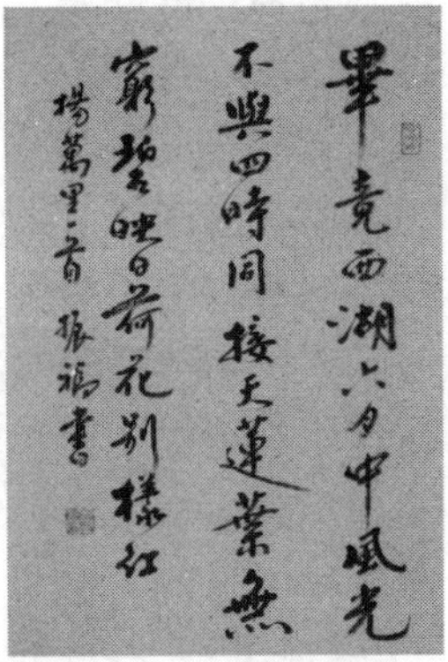

【导读】外语境，就是“诗歌”中的“歌”，也是“歌咏言”中的“歌”，俗称“上下文”，民间称作“情词”，本书又叫“情语”。外语境有“固定式”和“自由式”两种，本书将在后面分开来谈。这里只就外语境的一般性质和审美要求进行简要探讨。

外语境的创作有两种，一曰“敷衍成文”，二曰“情动而言形”。前者肯定不是艺术。后者见《文心雕龙·体性》：“吐纳英华，莫非情性。”艺术与冷漠是不相容的。所以本书反对“敷衍成文”一说。敷衍成文就是提供必要的上下文，这当然不可或缺，也有巧拙之分，但是语境的本质是情，即“一切景语皆情语”。外语境的本质是情，无论固定式还是自由式，都是为了更充分地表达诗的热情，即“无情不能尽其词”。本书认为，诗歌的情不是说出来的，只能体现在具体的语调和韵律中。近体诗的格律所以被人称颂，就是因为其高度体现了唐人的声情或曰“唐朝人的（歌唱）方式”（张爱玲语）。所以我们把外语境的审美特征确定为“声情并茂”。

但凡优秀的作品都是激情之作。但是这种激情也有两种，一种是为“诗”服务的激情或曰“煽情”，一种是自作多情或曰矫情滥情。《学诗百法》中有个法叫“相准题意法”。试问连“题意”都不管，哭了半天，连哭谁都不知道，那还叫“诗的语境”和诗歌的情吗？柏拉图说诗歌“始于愉悦，终于智慧”；杜牧说“文以意为主，以气为辅，以辞采章句为之兵卫”；林语堂说“诗歌，那不过是渲染着情感的真理”。本诗就是一个鲜明的例子。“梅子留酸软齿牙，芭蕉分绿与窗纱”有什么意思？不就是一个情字！什么情？就是“煽情”，俗称“渲染”。或曰“触景生情”、“情深意长”。这种写法在传统诗歌中最为多见，特点是把“意”藏起来，犹如本诗把“对劳动人民的热爱和对官场的厌恶”藏起来，只看见“抒情”。所以在这里必须提醒读者，抒情是必须的，但是，抒情之前，必须首先明白你到底想说什么？抒的是什么情？换句话说，诗歌的抒情和散文的抒情不同，散文的抒情可以“像把玩一盆精致的假山盆景”（王鹏翔语），诗歌的抒情则必须对现实发言，必须有“言外之意、象外之象、味外之味”，这才是真正的诗或“散文诗”。在这方面，杨万里不愧为“行家里手”。他对中国诗歌的贡献，就是不仅能把“诗”写出来，还能把诗和歌都写得活泼可爱，雅俗共赏，人称“诚斋体”。前者可见其自己所言：“读书必知味外之味。不知味外之味，而曰我能读书者，否也”，后者可以见钱钟书先生如是说，“他的目的是作出活泼自然的诗”，“不让活泼泼的事物做死书的牺牲品”，他“创辟了一种新鲜活泼的写法（史称‘诚斋体’），衬得陆（游）和范（成大）的风格都保守或者稳健”。

声情并茂的主要方法是：用准确的语调和韵律来表达情。语调不仅是声调，也是情调和说话的态度。试想，如果你抒的情不是大家可接受的，甚至态度并不是平易近人，而是自作多情、装腔作势或孤芳自赏，今天的读者还会像过去的文人一样，去欣赏你那种文人的优越感吗？所以弗罗斯特说："语调是决定一切的。"韵律就是韵脚和节奏的反复，也是情感的加速和气血的回环。这个我们在后边还要讲。总之，爱上诗，就不能不讲这个。讲情感，就不能不讲"声依韵，律合声"。喜怒哀乐爱恨欲，是人都有，但是说出来的情感不叫情感，只有融入形象和声律的情感才是真的情感（叫出来的喜怒哀乐不会有人同情，只会令人生疑，令人生厌）。这种情感不是"分行"所能代替的，也是所谓的"内节奏"无法代替的。古希腊诗人西蒙尼德说："诗是有声画，画是无声诗。"今天的诗人郁葱说："爱一个人就要好好疼他。"话都说到这个分上了，凭什么非要执迷不悟？难道就凭"散文化"是一种"新发明"？

【例句】

民谣：跑马溜溜的山上，一朵溜溜的云哟，端端溜溜的照在，康定溜溜的城哟（《康定情歌》）

古诗：蒹葭苍苍，白露为霜（《诗经·蒹葭》）

唐诗：明月出天山，苍茫云海间（李白《关山月》）

宋诗：楚天千里清秋，水随天去秋无际（辛弃疾《水龙吟》）

今诗：秋风像一把柔韧的梳子，梳理着静静的团泊洼（郭小川《团泊洼的秋天》）

外诗：高高的树林哑然无声，丝毫不动，绿色的黑暗的森林静默不响（［俄］屠格涅夫《春天的黄昏》）

（二）固定式语境

【中外诗话】

◇ 文多拘忌，伤其真美。……但令清浊通流，口吻调利，斯为足矣（钟嵘）

◇ 律家之流，拘而多忌，失于自然，吾尝所病也（皎然）

◇ 用唐朝人的方式来说我们的心事，仿佛好的都已经给人说完了，用自己的话呢，不知怎么总说得不像话，真是急人的事（张爱玲）
◇ 当代诗词必须走向人民大众，为人民大众服务，为人民大众所喜闻乐见。……转变与否，是当代诗词事业成败的关键（孙轶青）
◇ 尽管旧诗已经失去了它的时代，但它对中国诗歌的潜在影响将继续下去，一概打倒是不对的。事实已经证明：旧体诗词也是不能消灭的（谢冕）
◇ 中国的诗人如果不学古典诗词，会有一种漂浮感，就如同人不会走路就要跑一样/不论是旧体诗，还是新诗，都应有存在的价值（张同吾）
◇ 格律诗的格律是美的，完全按“正体”当然好，但格律毕竟只是诗作的形式，形式总是为内容服务的。为了更好地抒情达意，适当地“破格”、“变格”，应该允许（马凯）
◇ 新诗和旧体诗联起手来，专业诗人和业余诗人联起手来，互相学习、互相竞赛，比翼双飞，这样我们的诗歌事业才会有大的希望（郑伯农）
◇ 如果艺术的形式方面的目的只是单纯的模仿，它实际上给人的就不是真实生活而是生活的冒充（黑格尔）
◇ 无血无肉的空洞的假面具，它会迅速地使人厌腻。如果不把新的形式考虑，不把死气沉沉的形式结束，精神本身也会很不满足（歌德）
◇ 一个民族的诗，从该民族的口语中获得生命，同时也给该民族的口语以生命（艾略特）

【引论】 什么是诗歌的发展史？

诗歌的发展史有两个选项：一是诗歌自身的发展史；二是文人学者的认识史。只要明白这两个关系，就会知道，我们的选项只有一个。

诗歌的历史有多长？如果说“汉语至少有一万年以上的历史”（王力语），诗歌的历史最少有两万年。这个用不着到地下去发掘，只要到那些至今没有文字的少数民族中去听一听，譬如听听苗族、侗族、布依族或摩梭族中那些“高不可攀”（马克思语）的优秀民歌，就会知道：人类认识诗歌的时间真的很短。即使从中国的孔夫子、《毛诗》，西方的柏拉图和亚氏《诗学》算起，最多也不过三千年。难怪博尔赫斯说，他所见到的诗家，就像“从来都没有观察过星空的天文学家”；他们谈论的诗，“都不是诗应该有的样子”（《诗之谜》第2页）。事实是不是这样？限于篇幅，这里仅举三个例子：

一是关于诗歌的“艺术形象”问题。诗歌的“内容”不是诗歌的思想内容，而是诗歌的“艺术形象”，这是诗歌的文学性和艺术性决定的。但是，从把诗歌从“文以载道”中解放出来，到把诗歌作为一个独立的“本体”来研究，才是最近几十年的事，可见历史并未走远。但是，至今为止，人们不是习惯把作品的思想倾向和思想道德代替诗歌的“艺术形象”，就是用“语言的游戏”或“语言的张力”代替诗歌的“艺术形象”，这能行吗？又如宋人石介把“缀风月，弄花草，淫巧奢丽，浮华篡组”这些脏水都赖在“词”的头上，这靠谱吗？难怪闻一多先生如是说：

汉人功利太深，把《诗经》做了政治课；宋人稍好点，又拉着道学不放手。——清人较为客观，但训诂学不是诗。——明明一部歌谣集，为什么没人认真地把它当文艺看呢？（《匡斋尺牍》）

二是关于诗歌的语境即语言形式问题。古曰：“诗本无体，三百篇皆天籁自鸣。”（《白石道人诗集自序》）言下之意，诗歌的语言形式本来就是自由不拘、长短皆宜的（新诗的应运而生正在于此）。而且早在两千多年前，亚里士多德就说“长短句最适合表现复杂的感情”。又如最早的《稼轩词》，本来就叫《稼轩长短句》等等。翻开当代中国各地收集出版的《民歌集成》，从四言、五言、七言，偶句、奇句到长短句，不仅无体不备，而且意深语新，何尝不是“天籁”？可是历史上我们都做了什么？孔子删诗，纯取周诗，独尊四言，结果此后三百年无诗；两晋独尊五言，结果连陶渊明都只敢写五言诗；晚唐独尊近体，结果诗干脆被词取而代之。更有甚者，眼看“词”渐要成为“解放的诗，推广的诗”（俞平伯语），不料康熙皇帝一声令下，一个《钦定词谱》，就把中国的“写诗作词”全部变成了“填诗填词”。难怪《词品》

说："夫词变为曲，犹诗变为词，非制曲之过，乃填词之过。"（本书所以不把"词和词谱"划入固定式语境，就是必须抵制这种愚昧无知的文化霸权，必须恢复"解放的诗"的革命意义和文学性质。）结果怎样？"诗界革命"一人振臂高呼，以晚清同光体为代表的旧体诗词不战自败，瞬间变成了历史文物。

三是什么是真正的"原诗"。近代以来，中国人看到的外国诗，不是几千年前的民间文学，就是今天外国人学写的中国诗。一个美其名曰"史诗"，一个美其名曰"现代派诗"。试问，类似《荷马》那样的史诗，中国各民族哪家没有？为什么西方的民间文学就叫诗，中国的史诗就不叫诗？西方最早的诗是什么样子？这里仅举三例：一是萨福的《暮色》：

晚星带回了
曙光散布出去的一切
带回了绵羊，带回了山羊
带回了牧童到母亲身边

看看，这是不是比王维的《渭川田家》还要短小精悍？再如另一位诗人泰奥格尼斯的《夺标的快马》：

我是夺标的快马
却驮着最坏的骑手
太叫我伤心
真想咬断缰绳
将他甩开

试问，这难道不是我们今天所说的"现代诗"？再如亚里士多德的老师柏拉图的《星》的前两首：

一
我在望着群星。我愿意变作天空
好得千万只眼睛来望着你

二
从前，你是晨星，在人世间发光
如今，你如晚星，在逝者中闪耀

请问，这是不是“高度诗意化”的“现代诗”？相反，对照下面两首，诗与非诗的界限是不是一目了然？

我们临终前的那个词
许是一个充满苦难的词
但面对母亲般的良知
最后那个词将是美好

这是不是有点像绕口令？除了词语的游戏和抽象的概念，还剩什么？再如：

这种微妙的交易
它使我们颤抖
成为一位天使的遗产
只是我们无法拥有

这是在说什么？什么叫“颤抖的交易”，什么叫“天使的遗产”？这是“形象”还是“符号”？是的，上面这些杰作就是里尔克《果园》之8的上阕和之9的下阕。对了，还有波德莱尔的《腐尸》：“那些吻吃你的蛆子/旧爱虽已分解，可是，我已保存/爱的形姿和爱的神髓！”请问，这是“诗”吗？当然，这些人既然叫“诗人”，自然有其过人之处，也会写出几首不错的诗，所以本书也选了里尔克《豹》中的一句作为例句。但是，他们是否真有“很高的艺术造诣”，其写法是否“最适合于表现内心隐秘和真实的感情”，不是很值得怀疑吗？是的，我们过去得到的外国诗的印象，并不是真正的原诗和诗歌自己的发展史，不过是文人学者们理解的“诗”和诗歌的发展史罢了。而真正的诗歌，三千年前是这样，以后也不会是两个样子。尤其是诗歌的形象性即文学性这个东西，要想几十年或者几百年把它取代，无异于痴人说梦。有人以为，只要创立一种流派，就叫现代诗而不叫古典诗。用刘雪苇先生的话说：拿现代诗和古典诗相比，就等于拿诗和诗比，结果是什么也得不到的（好诗都是“现代诗”，从古至今，没有例外）。可叹的是，这种现象不仅外国有，中国也有。而把糟粕当精华的蠢事，过去有人做过，今天也有人在继续着。现在看来，要想明白真相，办法只有一个：用自己的眼睛去看，用自己的心去体验去思索。好在，现在大家都解放了！

49 古体诗的精华——绝句

昼出耘田夜绩麻，村中儿女各当家
童孙未解供耕织，也傍桑阴学种瓜

——（**宋/范成大《四时田园杂兴》**）

【导读】中国古代诗歌的名称很多，诸如“古诗、古风、古绝、乐府、歌行”等等。古曰“诗本无体”，所以初学者完全不需要理会。中国最早的“绝句”叫“古绝句”，也是过去的文人说的，其实不过是民间歌谣的一种。汉代以后，很多文人发现这种形式很好，于是大量模仿，所以历史上就有“绝句”一说了。用今天的眼光看。在历代文人的模仿中，最有成绩的就是这种“百代不易之体”。为什么呢？它不仅形式短小，而且可以饱藏精华；不仅作者众多，而且好诗也多；不仅文人喜欢，老百姓也喜欢；不仅中国人喜欢，老外也喜欢。至今为止，外国人心目中的汉诗，就是这种四句一首，诗中有画，画中有诗的诗。中国诗歌也取得了一个“宜短章，不宜巨什”的美名。想说的话多怎么办？从唐人张若虚《春江花月夜》开始，绝句就开始了一种可以用数个数十个绝句表达一个内容的惯例。本诗《四时田园杂兴》就是一个典型的例子。“四时”就是按春夏秋冬四时，每个季节 12 首，一共 60 首。这种做法，前有《春江花月夜》作开头，后有元好问《论诗绝句》殿后，现在连

《股市绝句》都有了，可见绝句并不是“豆腐干”。当然，绝句在中国诗歌中还不算最短的，古诗一句两句的都有，只是不是普遍现象。三句的诗不少，但是现在已经被日本人拿了过去，取名“俳句”，现在已经成为日本文化的标志性品牌。所以中国人现在有一个严重的责任，就是不能再把“绝句”让给别人了。20 世纪 40 年代。泰戈尔的短诗传到中国，于是出现了一种比绝句还短的诗，如冰心的《春水》、《繁星》等。从理论上讲，这种诗和“宜短章，不宜巨什”的东方传统一脉相承，也是西方诗歌的一个重要传统。也许正因为如此，泰戈尔才在 1931 年成为亚洲第一个诺贝尔文学奖的获得者。

◎泰戈尔（1861－1941），出生于孟加拉，但人们认为他是印度人。因为泰戈尔逝世前孟加拉还是作为英国殖民地的印度的一个省。其著作最初都是用孟加拉文写的，据说当年凡是讲孟加拉话的地方没有人不歌咏他的诗歌。然而他的诗是在他自己把它们译成英文之后才获得了世界性的赞扬。1913 年他成为第一位获得诺贝尔文学奖的亚洲人。其《飞鸟集》出版之后，中国诗坛上随即出现了一种比绝句还短的诗。如冰心作的《繁星》、《春水》等。

绝句的特点是“浓缩”，即“浓缩的都是精华”。其写作特点是“小而难工，不能藏拙”。于是出现一个现象，不会写诗的人越写越长，会写诗的人越写越短。唐宋著名的大诗人，比如王维、王昌龄、李白、杜甫、杜牧、王安石、苏轼、陆游、范成大等，都是绝句高手。为什么呢？一句话就能表达的诗意，为什么要两句话？如果非要把四句的拉成八句，把短诗拉成“史诗”，那不成掺水的豆浆，掺假的奶粉了？

绝句的写作特点，近代学者夏承焘先生总结为六个字“少、小、了；常、藏、长”，在目前可以说是最全面的。“少”是占据的时间、空间少，不允许唠叨。“小”是适合抒写小事或细节，以小见大。“了”是一首一意，简单明了。如古人说：“做诗切忌意杂——大凡做诗，最忌意杂。意杂则诗不纯，尤以绝诗为甚。”“常”是所用的意象和比方最好是平常所见之物，常人所有之心。譬如范成大这首“文人诗”，就是以“常”见长。钱钟书对此评价很高。把它称为“中国古代田园诗的集大成”。认为过去的田园诗“老实不客气的说是过腻了富贵生活，要换个新鲜”，范成大的诗则“使脱离现实的田园诗有了泥土和血汗的气息”，“可以和陶潜相提并论，甚至比他后来居上”等。“藏”是含蓄、委婉。“长”是情意悠长，韵味无穷。当然还有很多有益的探索，譬如有人说“五言不可加，七言不可减”，又说“绝句的第三句，总是第一、二句和第四句之间的挂钩。绝句做得好不好，第三句的关系很大”等，这当然都有道理。但是笔者的观点略有不同。本书认为，“关键是篇中有句，句中有诗”。不仅绝句是这样，与绝句相反的散文诗也是一样。虽然绝句是短而精，散文诗是长而散，但是判断“散文诗”的方法并不难，标准也是必须有“诗”。否则就没有“散文”和“散文诗”的区别了（难分的是散文和杂文）。

【例句】

歌谣：妹在后园把花栽，哥在河边挑水来。哥想戴花勤浇水，好花一定为哥开（回族民歌）

古诗：唐宋名篇满壁抄，远离时代说英豪。今人尽写前人语，纵有风骚价不高（王如柏《论诗绝句》）

唐诗：锄禾日当午，汗滴禾下土。谁知盘中餐，粒粒皆辛苦（李绅《悯农》）

宋诗：半亩方塘一鉴开，天光云影共徘徊。问渠那得清如许，为有源头活水来（朱熹《观书有感》）

今诗：欲悲闹鬼叫，我哭豺狼笑。洒血祭雄杰，扬眉剑出鞘（《天安门诗抄》）

外诗：生命诚可贵，爱情价更高，若为自由故，二者皆可抛（[匈牙利]裴多菲《自由与爱情》）

50 戴着镣铐跳舞——律诗

世乱音书到何日？关河一望不胜悲

——（宋/严羽《临川逢郑遐之之云梦》）

【导读】律诗是中华传统诗词中最具典型意义的诗体。唐代以前的古诗体是一种不讲究格律，也没有字数句数限制的诗体。律诗是指唐以后的古诗，也叫“近体诗”、“今体诗”。律诗起源于南朝，定型于唐初，成熟于盛唐。律诗要求诗句字数整齐划一，每首8句，每2句成一联，计四联，习惯上称第一联为破题（首联），第二联为颔联，第三联为颈联，第四联为结句（尾联）。每首的二、三两联（即颔联、颈联）必须上下句对仗。全首通押一韵，而且绝大多是平声韵。按字数主要分为五律和七律两种，五律40字，七律56字。详细规则，可查阅王力先生的《诗词格律》，也可查阅启功先生的《诗文声律论稿》，这里不再赘述。简言之：“律之云者，调平仄、拘对偶，如法律之严也。”所以有人形象地把律诗称为“戴着镣铐跳舞”，有人甚至把律诗的这些规定看成“诗的生命”（柳亚子语）。

诗歌不仅讲究内容，而且非常讲究声律，这种诗当然很难写好，所以古今能够把律诗写好的诗人很少，甚至有“故终唐一代，惟少陵独擅其长”（《学诗百法》）的说法，即古今只有杜甫写得好。譬如本诗的作者严羽主张“独尊盛唐”，但是他写的近体诗，同样很难过关。用钱钟书先生的话说：“批评家一动手创作，人家就要把他的拳头塞进他的嘴”，“使读者想到一个嗓子不好的人学唱歌”。律诗的特点是能够在一首诗歌中，同时兼有音乐美、节奏美、简洁美、均齐美和对称美。这是中国古人的一大贡献，也可以说是一个历史瑰宝。律诗衰亡的原因不是它的形式有什么问题，而是用一种诗体代替了其他诗体，所以才会出现后来的“词代诗兴”和今天“新旧并存”的局面和历史必然。本书认为，格律诗和其他诗体一样，不过是诗歌的一种特殊语境和情感表达方式（诚如元曲也是金元三百年喜闻乐见的表达方式）。历史说明，格律诗的优劣难易只是对不同群体、不同爱好者而言，律诗与长短句共存，旧诗与新诗共存，恰恰是诗歌发展的正常现象。爱写格律诗的写格律诗，爱写长短句的写长短句；喜欢粘对对偶的就粘对对偶，不喜欢粘对对偶的就不粘对对偶。各种形式互相学习而不拆台，取长补短而不排外，求同存异而不妄自尊大，顺其自然而不勉为其难。换句话说，就是重视韵律而不拘泥于韵律，这样就最好。只要不背上"国粹"的包袱，只要不"混名"（不合律诗规定就不要标"律诗"二字，不合词曲规定就不要冠词曲之名），就是尊重诗歌的艺术规律，就是保护诗歌良好的自然生态。用今天的眼光看，律诗的最大好处是"有现成的形式可以利用"。因为新诗的难点之一，就是不仅要自创内容，而且要自创"形式"。一首诗就是一种独立的形式。每首诗都必须考虑当用何种句式、段式及韵，而填诗填词则完全不用考虑这些（也许这正是古人的本意）。其次，律诗的音律堪称天下一绝。如果不受填诗填词之拘束，只当是声律训练的启蒙教材，反而容易"不仿古而不能不古"。譬如古人出上联"绿水本无忧，因风皱面"，一个八岁的小孩就能立刻对出下联"青山原不老，为雪白头"。八岁的小孩如何知道"白头"的含义？可见就是从"绿水"对"青山"，"云对雨，雪对风"这些《声律启蒙》中得来的。再次，如果近体诗作者能够在遵守传统规则的基础上，譬如严守"平仄粘对"、"起承转合"等规则的基础上，还能吸收一些"律诗以外的东西"（毛泽东语），譬如感知、隐喻、意象、喻象和语境这些基本的诗学概念，从感知入手而不是从格律入手，即"要须意在律前"（《岁寒堂诗话》），力避陈词滥调，能够在喻象的创造即"文学的形象性"方面有所突破，"旧诗"必将面貌一新。

【例句】

歌谣：无

古诗：无

唐诗：岱宗夫如何？齐鲁青未了。造化钟神秀，阴阳割昏晓。荡胸生层云，决眦入归鸟。会当凌绝顶，一览众山小（杜甫《望岳》）

宋诗：雪消华月满仙台，万烛当楼宝扇开。双凤云中扶辇下，六鳌海上驾山来。镐京春酒沾周宴，汾水秋风陋汉才。一曲升平人尽乐，君王又进紫霞杯（王硅《上元应制》）

今诗：惟觉夜阑清思多，文章经济两蹉跎。十年逆旅潘郎鬓，一路征尘织女梭。岂乏豪情土克水，那堪往事蚁旋磨。人寰终盼开新页，又见春风绿满坡（郑欣淼《春节杂咏》）

外诗：无

（三）自由式语境

【中外诗话】

◇ 文贵乎顺合众心，不违人意（王充）

◇ 诗歌的形式，应该是比较精炼，句子大致整齐，押大致相同的韵，也就是说具有民歌的风格（毛泽东）

◇ 纯诗主张废弃韵律，我则主张诗歌必须有韵律，否则叫任何什么名称都行，只是不必叫诗（季羡林）

◇ 爱一个人，就要好好疼他，写一首诗，最好让人们记住（郁葱）

◇ 在所有格律中，短长格最适合语言表达（亚里士多德）

◇ 夜莺的歌声，只有在从莺自己的生命源泉中不在意地自然流露出来，而同时又酷似人的情感的声音时，才能使人感到兴趣（黑格尔）

◇ 她无穷无尽地创造着种种新的形式，其中有：先前从未有过而现在才有的；过去有过而今没有的；一切都是新的，然而又永远都是旧的（歌德）

◇ 我认为最好的自由诗来自回归格律的气氛（庞德）

◇ 对于想把诗写好的人，没有一种诗是自由的（艾略特）

◇ 任何一种指定的表现方式只不过意味着强颜欢笑而已，你们赞美大自然悦人心目中的千变万化和无穷无尽的丰富宝藏，你们并不要求玫瑰花和紫罗兰散发同样的芳香，但你们为什么却要求世界上最丰富的东西——精神，只能有一种存在形式呢（马克思）

【引论】 什么叫“现代诗”?

◎德里达（1930－2004），出生于非洲，当代法国哲学家、解构主义及后现代思潮创始人。德里达在诗学上的最大贡献是：其批判矛头直指理查兹以来的“结构主义语言学”，仅以“解构”二字，就使其体无完肤。必须明确，解构主义不是不要“结构”，而是否定荒谬的“文本结构”，恢复诗歌的“自然结构”。

用发展的眼光看，21世纪已经进入古体诗——近体诗——现代诗的历史发展阶段。但是，什么叫“现代诗”，并不是一个已经解决了的问题。笔者认为，要创造无愧于时代和历史的“现代诗”，至少需要三个共识：

一是必须明确现代诗就是“现代诗歌”。正如古体诗就是古体诗歌，近体诗就是近体诗歌。或如歌德所说：“一切都是新的，然而又永远都是旧的。”

二是必须明确现代诗必须首先是诗，即必须是形象的认知和形象的表现。不能用“现代意识”代替诗歌的“艺术形象”，更不能说有现代意识的就叫现代诗。因为但凡真诗，无不是现代意识的形象表现。近体诗是这样，古体诗也是这样。

三是必须明确所谓现代诗，必须是在古体和近体的基础上，具有一种“质的飞跃”的诗，并且有其比较完整和成熟的理论。否则，“现代诗”的提法，完全可以延迟一个世纪到几个世纪，以免前人和后人笑掉大牙。

21世纪的诗歌是否已经具备“质的飞跃”？笔者认为，经过近千年尤其是近两百年中外学者和诗人们的大胆探索大胆实践，这种“质的飞跃”不仅逐渐露出水面，而且已经到了应该在理论上初步总结的时候了。其主要标志不是其他，就是已经实现和正在实现“内容和形式的完美统一”，或曰已经实现“形式方法理论与艺术内容的结合”。理论上，也只有这样的诗，才配称“现代诗”。具体地说，21 世纪前后的很多中国诗词，已经自觉不自觉地走向了“唐诗”和“宋词”相结合的道路，也就是已经实现和正在实现“诗的内容”（喻象）与“歌的形式”（“词”的表达形式）的完美统一；正在实现“诗 + 词 = 诗词”的完美结合；正在彻底改变“有诗无词、有词无诗”的弊端。不信，这里仅以一个自称“普通的女生”上传于 2010 年 12 年 4 日的一首小诗为例：

眼睛里流出的
不一定是泪水
不然夜不会有星光灿烂
太阳下，也不会有明媚的阳光

也许，
昨夜的星辰不曾坠落
今天的追求
明天仍不会完美

面对着岁月的足迹
心，会不会有
一丝欣然
一丝安慰

（徐飞扬《足迹》）

（注：为了说明问题，笔者在原文的“心”字后边，加了一个逗号）

我不知道读者的第一感受是什么？说句实话，我看到这首诗的时候，只觉得眼前一亮，恨不得大声疾呼：“中华诗词后继有人，现代诗有希望了！”为什么？这首小诗看似简单不够高大，但完全可以说“浓缩的都是精华”。首句“眼睛里流出的，不一定是泪水”，这是本诗的喻象即“文学形象”，可谓“篇中有句”、

“句中有诗”；而该诗所以能把这一“文学形象”突出出来，正是自觉地继承和得力于“词”的“领调”手法。你看，一个“也许”，一个“面对”，两句话就把所有的意思表达完了。与喜欢造长句的自由诗相比，这是不是更符合抑扬顿挫、声情并茂的“歌”的特点？对了，还有，不知道大家注意没有？在这么一首短短的小诗中，诗人几乎把一字句到九字句全用完了。与整齐划一的近体诗相比，这是不是一个巨大的突破和无穷的潜在？这是不是正如艾青所希望的“为新的现实创造新的形象；为新的主题创造新的形式；为新的形式与新的形象创造新的语言”？（艾青《诗论》，1980 年）这种“新诗”的新形象、新形式和新语言，在本诗中是不是显露无遗？与那些晦涩难懂的现代派诗相比，是不是更简单也更深刻？现代派诗为什么读不懂？据弗罗斯特透露，现代派鼻祖庞德的老师就曾亲口对他说过：“庞德？我教过他拉丁文，他连语尾变化和动词变化都弄不清。”

当然，正如读者所看到的，这只是一个随手拈来的没有定评的小诗人的小作品，但是，连这种小诗人的小作品都能做到这样，大诗人的大作品不是更能说明问题吗？是的，该诗在喻象的深度和领调的使用上，也许不值一提，但是，一个 80 后的年轻人就有这么自觉的“诗 + 词”的现代意识，即使“今天的追求，明天仍不会完美”，不正说明“现代诗”的成功指日可待？难怪罗大佑唱曰：“一年过了又是新的一年，每一年现代都在传统边缘。”（《七十二变》）回顾近百年“新诗”走过的坎坷历程，面对当前“爹妈不爱，舅舅不疼”的尴尬局面，如果说当代诗人学者还有一丝欣然和一丝安慰，经受挫折的人们还有一分勇敢和自信，不正是本诗的“喻象”所要传达给读者的吗？是的，通过《足迹》，我们完全可以坚信：

眼睛里流出的
不一定是泪水

51 领调——时代的选择

醉里挑灯看剑，梦回吹角连营

——（宋/辛弃疾《破阵子》）

◎辛弃疾（1140－1207），山东济南人，词创作上与苏轼齐名，号称“苏辛”，与李清照并称“济南二安”，也是一位勇冠三军、能征善战、熟稔军事的民族英雄。其作品集不叫词，也不叫诗，就叫《稼轩长短句》。有人说：“词到了辛弃疾手中，语言更加自由解放，变化无端，不复有规矩存在。”其词如“些底事，误人那。不成真个不思家”，“谁解相怜，又把愁来做个天”，“天下英雄谁敌手？曹刘”，“只疑松动要来扶，以手推松曰：去!”等等，都是随心所欲，“无以发明”的。

【导读】 话说中唐以后，讲究声律的形式主义风气日趋严重。到了晚唐，中国诗歌就剩下五律、七律、律绝三个“样板戏”了。其形式之所拘，无异千军万马过独木桥。直到五代，才出现了一种“字数有长有短，像诗又不是诗，平仄规律也不对，可是又比诗顺口”的诗，而且，这个变化竟然是被一个五六岁的小孩感觉到的。此后，随着这个名叫柳永的人逐渐长大，一种“比诗顺口”的诗应运而生（据有人统计，柳永留存的词有 213 首，用了 133 种词调。而后人认可的 880 多个词调，有 100 多调就是柳永首创和使用的）。此种“新声”（李清照语）不仅宋朝三百年间一花独放万象更新，数百年后，学贯中西的王国维先生念念不忘的，还是这种“词”而不是“诗”。而负责推介《人间词话》的俞平伯先生则干脆说：“词只可以作诗看，不必再当乐府读。可以说是解放的诗或推广的诗。”（本书所以称“宋词”为“宋诗”，这可以算一个依据）什么叫“解放的诗或推广的诗”？请看本诗全文：

醉里挑灯看剑，梦回吹角连营。八百里分麾下炙，五十弦翻塞外声，沙场秋点兵。 马作的卢飞快，弓如霹雳弦惊。了却君王天下事，赢得生前身后名。可怜白发生！

不知读者注意没有？这首诗的“关节”，全在“梦回”二字。有“梦回”，谁都明白作者在忆当年、抒豪情；没有“梦回”，“读且不通”（张炎语），全诗也变成了一列瘫痪的火车。仅此可知，所谓“解放的诗或推广的诗”，尽管王、俞两位先生没有明说，从这个致命的“关节”，已经“足透此中消息”（王国维语）。

“领调”，杜文澜（1815－1881）先生语。陈廷焯（1853－1892）称为“提唱”（原话是：“感时伤事，只用‘今何许’三字提唱”）。——只有语言学家才叫“虚字”，声律学家才叫“衬逗”。但是，即使按声律学家的说法，其意义也是了不得的。且看古人所谓“衬逗虚字法”如是说：

凡人无论作何文字，欲其姿态生动，转折达意，皆不可不知虚字之用法。而填词为尤要也。长调之词，曼声大幅，苟无虚字以衬逗之，读且不能成文，安能望通体之灵活乎？（《学词百法》）

什么叫领调？领调就是能够统领全篇或者统领一句诗、一个情意的语调。为什么叫“独绝”？就是过去的汉诗很少这种写法，西方的诗也很少这种写法。众所周知，西方所谓的自由诗，就是喜欢造长句子，长得不像“歌”直可以叫散文（如果不分行）。也许正是深谙西方诗歌的这一弊端，王国维先生才把“中国诗话”命名为“人间词话”。为什么不！你们不是说“语调决定一切”（弗罗斯特语）吗？瞧你们那些破碎的语调也配称诗歌！算了，还是“词”的形式天下独绝，这才是人间真正的“诗歌”（就诗的语境而言）。

“领调”好在哪里？据笔者粗略统计，《人间词话》转弯抹角，至少夸了它“十大好处”：一是“有性情，有境界”；二是“既能写有我之境，又能写无我之境”；三是“纯以气象胜”；四是“不失其赤子之心”；五是“淡语皆有味，浅语皆有致”；六是“妙在不隔”；七是“以自然之眼观物，以自然之舌言情”；八是“能尽欢愉愁苦之致”；九是“脱口而出，无矫揉妆束之态”；十是“读之者但觉亲切动人，精力弥满”。（须知，这些话都是相对于整齐拘谨的“诗”而言，也是对“词代诗兴”而言的。）这里还可以顺便补充十条：一、主体活现；二、抒情自然；三、随铺随叙；四、显藏听便；五、无事不入；六、无语不谐；七、平易近人；八、通俗易懂；九、雅俗共赏；十、源远流长。什么叫“主体活现”？近200年西方现代主义强调的“主体意识”，“表现自我”，不就是这种“艺术性质的变化’”？什么叫源远流长？从远古的“谣”到民间的“歌”，从“知我者谓我心忧”到“常叹息以掩涕兮，哀民生之多艰”，从“蜀道之难，难于上青天”到“王师北定中原日，家祭无忘告乃翁”，诗歌难道不就是这样唱这样写的？所谓“词代诗兴”，不过柳三变使它变得神通广大，遂开一代诗风罢了。是的，“领调”不仅恢复了古老的“语体诗”的光荣传统，从一到十字无不可入，从五七言到四六言无情不可抒，而且它所创造的“火车头”，不仅新颖别致，而且力量无穷，怎能不叫“独绝”？从“醉里挑灯看剑，梦回吹角连营”可以看出，领调不仅有一字领、两字领，而且有两句领、三句领和多句领。譬如著名的大观楼长联，就是一多句领的范例。“五百里滇池，奔来眼底，披襟岸帻，喜茫茫空阔无边。看东骧神骏……”没有这种气势轩昂、神气活现的领调，后面的“长联”就会“群龙无首”。而毛泽东先生的“北国风光，千里冰封，万里雪飘。望长城内外……”所以振聋发聩，正是对这种“领调”出色的直接继承。而一个字或两个字的领调，之变化万千，魅力无穷，还可以从更多例子中得到证实。如下面一个同样的词牌：

对潇潇暮雨洒江天，一番洗清秋。渐霜风凄紧，关河冷落，

残照当楼。是处红衰翠减，苒苒物华休。惟有长江水，无语东流。（柳永《八声甘州》上阕）

有情风万里卷潮来，无情送潮归。问钱塘江上，西兴浦口，几度斜晖？不用思量今古，俯仰昔人非。谁似东坡老，白首忘机。（苏轼《八声甘州》上阕）

不用解释，上面加点的字和词，都是领调的得意之笔，也是领调的气象万千。更不要提那些“过春风十里，尽荠麦青青”，“今宵酒醒何处？杨柳岸、晓风残月”等等“领调”的神气活现、自由酣畅了。领调的精妙绝伦，前有柳永天才的发现，后有王国维、俞平伯高度的赞扬，不足为论。这里还可以给读者介绍流沙河先生的一段精彩点评：

句子的放长收短非常自由，仿佛不受任何格式的拘束，只是信口而出似的，意长则句长，意短则句短，天然自成，就像说话一般。不过若要细察，便会发现这些貌似非常自由的句子都踏着纪律严格的拍子，它们富有形式美之一的节奏美。（《流沙河诗话》）

◎流沙河（1931－），四川金堂人，一个在古典和现代之间不懈追求的诗人和诗家，曾被张同吾先生称为“有着时代使命感和艺术责任感的诗人”。其主要诗论《流沙河诗话》汇集了诗人一生习诗读诗的心得体会，本书曾以该书为镜，照见了许多问题与不足，并多处吸收了该书的经验之谈。

瞧，读到这里，是不是有“柳永第二”的感觉？是不是对“词”的最好诠释？遗憾的是，直到流沙河先生，过去大家对这种现象都没有一个科学的解释，现在，这个已经不是问题了。——即如果说“问”和“借问”是一种“询问性的存在”（萨特语），那么，领调就是一种“领调性”或“提唱性”的存在。综上所述，“领调”不仅是一种诗歌的语调、情调和声调，也是一种“主体的在场”和“自我的存在”；不仅是“词人”的总结创造，也是“语体诗”发展的自然规律；不仅是“现代诗”成熟的客观基础，而且直可以把它称为诗歌先进的生产方式和生产工具。如果非要给它下一个规范的概念，这也不难，即完全可以把它叫“词的领式”、“诗的领式”或“现代诗歌的歌唱方式”。当然，这只是笔者的一家之言，但是，如果一旦达成共识，不仅现代诗可以从“有词无诗”的宋词中脱胎换骨，还可以平息“以散文为诗”的百年争论；不仅可以用它改造中国的“新式家具”，还可以使世界诗歌走向大同。不信可以听一下美国诗人协会前名誉主席弗罗斯特先生如是说：

原来，写诗的目的是要让所有的诗都呈现出它们各自独特的声音。而光有元音、辅音、句读、句式、词句、格律这些资源是不够的，我们还需要借助语境—意义—主题。这才是丰富诗歌声音的利器。……其实，要让声音和谐，活泼，有意义的语调倒是能打破一般的僵硬格律，因为前者的运用范围可以说广阔无限，而后者可变化的余地却并不太多。

◎弗罗斯特（1874－1963），美国诗人协会前名誉主席，声称满足于用“旧形式表达新内容”，声言“语调决定一切”，常用贴近普通男女使用的语言抒发感情，描述日常生活的事件与情景。弗罗斯特常被称为“交替性的诗人”，意指他处在传统诗歌和现代派诗歌交替的一个时期。他又被认为与艾略特同为美国现代诗歌的两大中心。

由此可知，“词的领式”不仅符合中国的国情，而且符合外国的行情。在这里，我们只需把弗罗斯特的“语调”确认为“领式”；把“意义—主题”合成一项，即合成“喻象”即可（100年前，俞平伯曾说：“词是代诗而兴的新体，在文学方面说明词究竟不算最好。”现在看来，所谓“文学方面”，最大问题不过“文学的形象性”即“喻象性”。所谓“代诗而兴的诗体”，不过就是

“领式”这种诗歌的“提唱”和领唱方式。而这种新的美学，既是王、俞两位先生的中外比较诗学，也是西方学者近百年追求的“形式方法理论与艺术内容相结合的可能性”。）遗憾的是，直到今天，很多关心“新诗”的好心人们，只见有人关心“新诗的格律”，却很少有人关心“新诗的情调”。格律重要还是情调重要？领调既是语调，也是情调。情调是感情的强弱，语调是说话的态度。没有真实而强烈的情感，没有对读者平易近人的态度，谁还看你那些“文本”，“细读”你那些所谓的“诗”？古曰“作诗最重句法”，领调岂止是句法？情调、语调、声调一箭三雕，古体近体、古典现代、东方西方一勺子全烩了，这样的好事，普天下找得到吗？难怪王国维感叹：“近人弃周鼎而宝康瓠，实难索解！”写完《人间词话》，再也不理诗学，一门心思搞他的考古去了。

使用领调的关键有三：第一，务要篇中有句（即有喻象，不要“篇中无句”）。第二，不可用得太烂，古曰“战无常法”。譬如聂绀弩《答钟书》诗曰“我以我诗行我法，不为人弟不人师”，亦未必不可。第三，不能随意模仿古人的文人雅词。当然，若把“对潇潇暮雨洒江天”变成“恨娃儿不听老人言”，亦未必不是“文学演变进化的必然”。至于古人讲的“诗眼”、“色彩”，今人讲的“语义”、“语感”等等，与领调的作用相比，相对次要得多。能讲究当然更好，“本天然”也无不好。也许有人会说，什么领式，不过一“俗词”而已。是的，宋词所以号称“时代的文学”，正在这一个“俗”字上。而在所有俗词当中，再也没有比“领调”中这些“虚词”（譬如“可怜”、“把酒”、“恨娃儿”等等）更俗的了。但是，你听到当代中国那些著名的词学家是怎样说的吗？中国社科院刘杨忠在其撰写的《唐宋词流派史》中是这样说的：

> 我们要问一句：“俗”有什么不好？

由此可知本书所谓的“现代诗”，就是“内容和形式的完美结合。”所谓内容，就是喻象；所谓形式，就是那个“根篇中无句”的“解放的诗和推广的诗”。所谓“现代诗歌”，即“诗+歌”；所谓“现代诗词”，即“诗+词”。它的特征不是其他，就是一句话：“最美的内容和最美的形式完美结合”。笔者相信，这种诗不仅是真正的“原诗”，也是“以故为新，以俗为雅”的“现代诗”；只要彻底改变有词无诗和有诗无词的现状，就像前面的《足迹》，就是21世纪的“中华诗词”，就是“人类的初恋”和“现代诗”！

【例句】

歌谣：雄鸡雄鸡高呀么高声叫，叫得太阳红又红（陕北秧歌《兄妹开荒》）

古诗：与其溺于人也，宁溺于渊。溺于渊犹可游也，溺于人不可救也（《古诗源》）

唐诗：庭树不知人去尽，春来还发旧时花（岑参《山房春事》）

宋诗：试问闲愁都几许？一川烟草，满城风絮，梅子黄时雨（贺铸《青玉案》）

今诗：我知道/因为你纯洁，所以我纯洁/因为你美丽，所以我才美丽（石忠华《蝴蝶兰》）

外诗：从前，你是晨星，在人世间发光；如今，你如晚星，在逝者中闪耀（［古希腊］柏拉图《星》）

52 声律——情感的放歌

慷慨歌谣绝不传，穹庐一曲本天然
中州万古英雄气，也到阴山敕勒川

——（元/元好问《论诗三十首》）

【导读】有人问弗罗斯特，别人送给你的诗你读不读？弗说：“一首诗送来时，我先看有没有押韵，就知道该什么时候再去读它。”

这个说明什么？说明诗歌没有音乐性，就像跳舞没有音乐伴奏，难免枯燥无味，是不会被人喜欢的。用丹纳的话说："散文的《依斐日尼》固然很美，但变了诗歌更了不起，显然因为改变了日常的语言。用了节奏和音律，作品才有那种无可比拟的声调，高远的境界，从头至尾气势壮阔。慷慨激昂的歌声，使读者超临在庸俗生活之上。"（《艺术哲学》）难怪章太炎先生曰："有韵谓之诗，无韵谓之文。"也难怪有网民说："既没有歌唱性，也没有韵律美的所谓的中国现代诗，绝对是文学史上最大的一个笑话。"

诗歌的音乐性和歌曲的音乐性一样，道理其实非常简单，就是同一节奏和同一韵尾的反复出现。譬如歌曲《东方红》中 2/4 拍子和"2"音的反复出现。笔者曾经看到一位专管文化的领导，诗词格律填得非常工整，就是不会跳舞，就是在生活中找不到 2/4"轻重/轻重"、3/4"轻轻重/轻轻重"的感觉。可见古人制定"格律"的本意，不过是帮助这些人坚持诗歌音乐性的一种办法。若要认真起来，有些"格律"，事实上是说不清的。譬如从宋词开始，一字句到九字句都可以入诗，就不是"三三二"、"二三三"可以规定的。如在"山，快马加鞭未下鞍"中，"山"的音节长短岂能用一字一拍说清？又如日常话语中的"我姓张，你姓赵"、"我属龙，你属鼠"，谁能分清"张"和"赵"、"龙"和"鼠"两个音孰重孰轻、孰清孰浊、孰长孰短？所以本书认为，诗歌的音乐性，主要是诗歌中同一节奏和同一韵脚的反复出现，其他都不重要。所谓"律"，讲的就是节奏律和韵律。"节奏律"如五字句、七字句或四六句等在一首诗歌中反复出现；"韵律"即同一韵脚的字在一首诗歌句末反复出现。反复当然不必句句"押韵"，只能根据感情的需要而定。遗憾的是，过去的人们只注重"格"，而不注重"律"，就很难反映诗歌的客观规律，也就无法阻挡"词代诗兴"的历史必然了。实际情况是不是这样，这里还可以举一首名曰《篙》的谜语诗为例：

想当年绿衣婆娑，到如今青少黄多。

休提起，提起泪洒江河。

注意，在本诗中，最具音乐性的节奏不是前面的两个七言，而是后面的两个“提起”。原因是它们不仅音节相同，而且字面和情感的节奏也基本相同。尽管它们在本诗中只重复了一次，“歌”的特征和“诗人”的情性就显露无遗了。可见古人强调“对偶”，强调“一唱三叹”，目的不过如此。当然，大量的例子还可到宋词中去寻找。总之一句话，一首诗，只要有好的“声调”（即前述的“领调”，如“想当年”、“到如今”、“休提起”）罩着，又有节奏和韵脚的反复出现（如“天苍苍，野茫茫，风吹草低见牛羊”中两个三字句和韵母 ang 反复出现）。就叫有“声律”，就叫“情感的放歌”。难怪清人《履园谭诗》说：“口头语言，俱可入诗，用得合拍，便成佳句。”也难怪张同吾先生如是说：

诗人在灵感爆发的瞬间，不是先有了内容再寻找形式，也不是先有了形式再填充内容，而情感节奏同语言节奏的浑融，恰如一声声春雷在心中滚动，恰如一朵朵春花在眼前吐绽。（《诗的美学随笔》）

当然，节奏再好，也不过是一种“情感的表达方式”（马凯语）。好“情词”必须为好“喻象”服务，才叫真正的“歌咏言”，才叫“声依永，律合声”。古人所谓“先得某韵”或“偶得佳句”，就是首先得到某个喻象的韵脚和节拍。譬如本诗必是先得到“穹庐一曲本天然”的韵脚和节拍，然后用它调节诗人的情绪和心跳，才会达到“情感节奏同语言节奏的浑融”。不讲这个，就可能造成“有感情而力弱、有妙语而破碎”（铁鹞语）的感觉。为了说明问题，这里可以用流沙河先生早年的一首短诗为例。看看稍加调整，是不是更加完美？先看原诗：

儿女拉我园中去，
篱边夜捕蟋蟀。

静悄悄，步步侧耳听，
小女握瓶，小儿照灯火。

一回捕获八九个，
从此荒园夜夜不闻歌。
且看瓶中何所有，
断腿冤虫，悲哀与寂寞。

（流沙河《夜捕》）

调整一下：

儿女拉我园中，
夜捕蟋蟀为乐。
小女握瓶，小儿照灯火。
步步侧耳听，静悄悄。

且看瓶中何所有，
断腿冤虫，悲哀与寂寞。
一次捕获八九个，
从此荒园夜夜，不闻歌。

“穹庐一曲本天然”的意思很清楚：诗歌既要讲格律，又要讲喻象和天然的声律。朗朗上口而又易记易传的“慷慨歌谣”，才是“中州万古英雄气”。难怪郁葱《后三十年》开篇即曰：

疼一个人，好好疼她。
写一首诗，最好让人能够背诵。

【例句】

歌谣：人们都叫我玛依拉，诗人玛依拉。牙齿白声音好，歌手玛依拉（维吾尔族民歌《玛依拉》）

古诗：清商随风发，中曲正徘徊。一弹再三叹，慷慨有余哀（《西北有高楼》）

唐诗：渭城朝雨浥轻尘，客舍青青柳色新。劝君更尽一杯酒，西出阳关无故人（王维《送元二使安西》）

宋诗：平芜尽处是春山，行人更在春山外（欧阳修《踏莎行》）

今诗：我达达的马蹄是美丽的错误/我不是归人，是个过客（郑愁予《错误》）

外诗：悦耳的乐曲啊，你是一汪清水。……仿佛那夜来香（［西班牙］拉蒙《音乐》）

53 开头——平易近人

枯藤老树昏鸦，小桥流水人家

——（元/马致远《天净沙·秋思》）

【导读】“枯藤老树昏鸦，小桥流水人家”，好！平易近人就好。古曰“弄巧成拙”，今曰：“语调决定一切！”

【例句】

歌谣：二月里来好春光，家家户户种田忙（陕北民歌《二月里来》）

古诗：大风起兮云飞扬，威加海内兮归故乡。安得猛士兮守四方（刘邦《大风歌》）

唐诗：去年今日此门中，人面桃花相映红（崔护《题都城南庄》）

宋诗：庭院深深深几许？杨柳堆烟，帘幕重无数（欧阳修《蝶恋花》）

今诗：这是一条早没有行人的路/为何还要拼命拍打着车铃（蔡庭芬《太阳雨》）

外诗：快采下玫瑰花蕾，往昔如风恐难追（［德］海涅）

54 结尾——留有余味

伤心秦汉，生民涂炭，读书人一声长叹

——（元/张可久《卖花声·怀古》）

【导读】“读书人一声长叹”，妙！戛然而止，留有余味！古曰“见好就收”，今曰：“驰骋千里不算英雄，能够悬崖勒马，才叫英雄!”

【例句】

歌谣：我有心采一朵戴，看花的人儿要将我骂（江苏民歌《茉莉花》）

古诗：青青陵上柏，磊磊涧中石。人生天地间，忽如远行客（《青青陵上柏》）

唐诗：春来江水绿如蓝，能不忆江南（白居易《忆江南》）

宋诗：尘满面，鬓如霜，相顾无言，唯有泪千行（苏轼《江城子》）

今诗：身随春水东流去，湖海江河闯一番（郑伯农《答刘章》）

外诗：有什么声音在四周轰鸣，自天地间响起（［俄］巴里蒙特）

五、汝果欲学诗，功夫在“感知”

（一）感知与喻象

【中外诗话】

◇ 言之文也，天地之心／心生而言立，言立而文明，自然之道也（刘勰）
◇ 诗者，天地之心/惊天地，动鬼神，莫近于诗（孔颖达）
◇ 文者，气之所形（苏辙）
◇ 有气方有象，有此气则有此象，若无则直无而已（张载）
◇ 余尝以为天下万事皆有一定之法，学之者须循序而渐进（朱熹）
◇ 大凡诗，自有气象、体面、血脉、韵度（姜夔）
◇ 悟有浅深，有分限，有透彻之悟，有但得一知半解之悟（严羽）
◇ 发于气，形于言，此诗之本源也（范享父）
◇ 从情趣出发者止于啼笑嗟叹，从意象出发者止于零乱空洞的幻想，就不成其为艺术（朱光潜）
◇ 中国诗比其他任何民族的诗更令人觉得是从人性苦恼的心灵发出的呼喊（艾青）
◇ 诗不是再现生活，而是在人生之中经过拼搏和一步一步真诚的探索思考（牛汉）
◇ 诗歌不仅是人类智慧的结晶，还是人类良知的象征（张同吾）
◇ 写诗必须是自由的，什么都可以写，但是不可以丢掉正气（流沙河）
◇ 我从来没有否认人应该反映时代，只是这种反映应该是通过自我的感觉和发现去表现（孙绍振）

◇ 诗歌不是思想的表述，但是诗人不能没有思想，甚至不能没有独立且深刻的思想（申艳）

◇ 教育不是灌输，而是点燃火焰（苏格拉底）

◇ 我们所有的知识都开始于感性，然后进入到知性，最后以理性告终/有想象，艺术只能算是“才”；有了判断，艺术才能说得上是“美”（康德）

◇ 艺术的任务在于用感性形象来表现理念/只有真正具体的理念才能产生真正的形象/理念就是概念和客观存在的统一/人要把内在世界和外在世界作为对象，提升到心灵的意识面前，以便从这些对象中认识他自己/一个伟大心灵和伟大胸襟的想象，是用图画般的明确的感情表象去了解和创造观念和形象/艺术的任务在于用感性形象来表现理念/美，就是理念的感性显现（黑格尔）

◇ 就诗人来说……要是他只能表达他自己的那一点主观情绪，他还算不上什么；但是一旦能掌握住世界而且能把它表达出来，他就是一个诗人了（歌德）

◇ 要真正体验生命，你必须站在生命之上（尼采）

◇ 在艺术形式中唯一表现情绪的途径是寻找“客观对应物”（艾略特）

【引论】 诗学是一门科学，也是一种良知

公元1208年，中国写诗最多、诗龄最长的大诗人陆游，临终前给后人留下一句话：“汝果欲学诗，功夫在诗外。”无独有偶，20世纪末，笔者在博尔赫斯诺顿讲座里也发现一句话：“诗歌应该还有其他更重要的东西。——就是不但能鼓舞人动手写写诗，还能使人有一种心领神会的感觉。”遗憾的是，这两位对诗歌最有发言权而“宁愿用一生让你发现”的诗坛老寿星，至死都没有告诉我们，这个“更重要的东西”在“诗外”的什么地方。

词曰：“众里寻他千百度。蓦然回首，那人却在，灯火阑珊处。”

◎贝克莱（1685－1753），爱尔兰哲学家，通称贝克莱主教。其著名格言是“存在就是被感知”。因为他曾预言美国将会壮大，博尔赫斯称他为“先知”。“感知”不仅可以纠正“理念”和“直觉”的偏见，也填补了“汝果欲学诗，功夫在诗外”的历史空白。

现在，聪明的读者或许已经发现，这个谜底已经不是问题了。尤其是对“喻象”体会较深的读者，自然就会想到：没有“感知”，谈何“喻象”？没有“感知”，谈何写“诗”？古曰：“非悟何以造其极，非喻无以得其状。”（《四溟诗话》）意思很清楚：无法设想，一个对生活毫无“感知”的人，会想到写诗，会写出深刻的“喻象”。难怪弗罗斯特如是说：“逻辑是向后看的，它出现在事情发生之后。但诗却要像预言一样，所以必须是感知的。”也难怪张同吾先生如是说：“宗教是指人为的、制造的、虚假的那种理念。而诗歌我觉得是：一个人从感觉到智慧的升华与过程。”（中国第二届诗歌节“主持人讲话”）用笔者的话说，诗学不仅是一种艺术，也是一种良知。

写完“感知”一章，笔者的任务就算全部完成了。概括起来，本书的体系和范畴就是10个字，即“感知——隐喻——意象——喻象——语境”五个中心词。“感知”是诗歌的条件；“隐喻”是诗歌的方法；“意象、喻象、语境”是诗歌的结构即“本体”；“喻象”是诗歌的核心即“人类的精神产品”。诗歌，就是这么一个东西。这就是诗歌“原初”和“本真”的写作方式，这就是真正的“纯诗”（即“把艺术本身作为目的，又能充分表达出自我对世界的看法”）。结论是：“以‘喻象’为核心建立普世的人类诗学势在必行！”

俗话说，“真理是自明的”。用心的读者一看便知，这个所谓的“诗学”，不过一个“诗言志、歌咏言、声依咏、律合声”的传声筒，也无非是“守护几千年来诗所以成为诗的那些因素”

（杨克语）。譬如“喻象”的来源不过是北朝的“意象”和“隐秀”——唐朝的“兴象”和“象外之象”——宋朝的“诗中有句”和“透彻之悟”——俄国的“形象”和法国的“象征”——英美的“感知”和汉语的“隐喻”。“语境”的来源不过是中国的四六言——五七言——绝句律诗（含国外格律诗）——宋词（领调）——美国的自由诗——中国的新诗——波兰的“语境”。而诗歌的美，则来自古人所谓的“意境”即“意＋境”。可以说，没有古人的“意＋境”，就没有今天的“诗＋词”。但是，笔者深信，诗学不仅是一门科学，也是一种良知。“诗言志”上承一万多年，下传三千多年，在若干世纪中已经顽强地显示了延续性的价值。也许老实一点，更能找到快乐，找到饭吃，找到衣穿。连勇于“探险”的于坚先生都说“我以为下个世纪开始的中国伟大的文明复兴，它的眼光应该是朝向过去的”，本书当然应该理直气壮。

那么，怎样看待西方近200年的“诗学”及文艺思潮呢？在《钻进去与跳出来》一文中，对西方诗学传播最早的袁可嘉先生是这样说的：

> 现代西方的文艺思潮往往确有一孔之见，然而，西方的文艺家们在市场法则的影响下，往往将此推向极端，以耸人听闻的言词或术语造成声势，构成体系。轻信者迷之，盲目者颂之，以为真理端在此矣！这就上当了。

这是不是中国人的民族偏见？20多年前，专程在中国讲学的“文化批评人”杰姆逊说：“在资本逻辑的主导下，所有的一切——语词、艺术甚至关于后现代的理论本身，都像香水、时装或广告招贴一样，只是供人消费的商品而已。”而对中国的“新诗”，也有人如是说：“——新诗似乎被逼到了重新审视、重新定位、重新还原乃至寻找一种新的诗歌原则的绝境。”（方文竹《语境的诗歌与疏离的诗歌》）

55 感知与情感

满纸荒唐言，一把辛酸泪
都云作者痴，谁解其中味

——（清/曹雪芹《红楼梦》）

◎曹雪芹（约 1713－1764），江苏省南京人。《红楼梦》“披阅十载，增删五次”，“字字看来皆是血，十年辛苦不寻常”，可见不是一般的白话小说。本书认为，曹雪芹不仅是中国近代最懂中国诗艺的人，而且是把诗歌艺术融入白话小说的大诗人。正与鲁迅把诗写进小说杂文，当代诗人把诗写进流行歌曲一样，都是对中国文学最高艺术的继承和对旧体诗体制的反叛。《红楼梦》不仅应该作诗看，而且堪称中国诗、词、曲的百科全书。

【导读】“感知”来自贝克莱（1685－1753）的名句“存在即被感知”。当然，这里说的感知既不是贝氏经验论的“感知”、黑格尔的“理念”、布瓦洛的“理性”、别林斯基的“观念”，也不是柏格森的“直觉”、马利坦的“理智之光”和现代派的“本能欲望”，而是一种来自现实生活的“形象的感知”，即一种“直接地把握事物的本质的思维方式”，或曰“一种典型的中国诗性思维模式”。譬如白居易从“离离原上草，一岁一枯荣”中感知到“野火烧不尽，春风吹又生”；艾青从“大堰河”这个保姆的名字中发现大地和母亲的象征，又如牛汉先生笔下的《华南虎》、《汗血马》等等。形象的感知，用王国维的话说即“呈于吾心而见诸外物”；用别林斯基的话说就是“寓于形象的思维”，用笔者的话说：形象的感知就是“形象的比方”。只有形象的感知，才是真正的形象思维，才是真正的“透彻之悟”，尔后才会有喻象的表现。更进一步，只有“形象的感知”，才会“不但能鼓舞人动手写写诗，还能使人有一种心领神会的感觉”。

中国自古没有宗教，也没有什么教条。正如梁漱溟先生所说：“儒家没有什么教条给人；有之，便是教人反省自求一条而已。除了信赖人自己的理性，不再信赖其他。这是何等精神！人类便再进步一万年，怕亦不得超过罢！”为什么诗歌必须强调个人的“感知”？有人做过如下试验：叫一群孩子画一个被彩灯照射的鸡蛋。明明鸡蛋已经变成彩色的了，但是很多孩子却把鸡蛋画成了白色的。可见没有个人的感知，就没有“个性的表达”。难怪西方学者主张“回到直觉和回到自身的洞察”和“诉诸事物本身”。想想《红楼梦》，想想《红楼梦》开篇的这首：“满纸荒唐言，一把辛酸泪。都云作者痴，谁解其中味！”再与那些“好像无所不知，而实际上却一无所知”，“纵然一夜风飘去，只在芦花浅水边”的诗人相比，这是多么鲜明的对照！难怪有人说：“生活的意义，不在于我们走了多少崎岖曲折的路，而在于我们从中感悟到了多少哲理和人生真谛。”难怪张同吾先生如是说：“我觉得不管作家和诗人，全部本事就两条：第一条叫做新鲜的审美发现；第二条叫做新鲜的审美表现。”本书认为：“形象的感知和喻象的表现，不仅是诗歌区别于哲学的认知方式，也是人类真正拥有生活、拥有世界的方式。”

“形象的感知”，古曰“感物而动”，或曰“透彻之悟”。前者见《毛诗正义》：“包管万虑，其名曰心；感物而动，乃呼为志。”后者见《沧浪诗话》：“悟有浅深、有分限：有透彻之悟，有但得一知半解之悟。汉魏尚矣，不假悟也。”用莱布尼茨的说法，感知不仅有“足够”和“不足够”之分，而且有“形象的认识”与“符号的认识”之分。原话是：“足够的认识又可以分为符号和形象的。既足够而又有形象才是最完美的认识。”不仅如此，准确地说，这个普遍真理，早在现代派诞生之前，别林斯基就认识到了（可惜东西欧很少通气尔）：

只有具体的观念才能够体现在具体的诗意形象中。诗歌是寓于形象的思维，因此，如果形象所表现的观念是不具体的、虚伪的、不丰满的，那么，形象必然也就不是艺术性的。（《别林斯基全集》第二卷，上海文艺出版社，第17页）

至此，现在完全可以肯定地说：“诗言志”中所说的“志”，就是“形象的感知”。所谓“诗言志”，就是“用形象来表达深微感知，用情感来晓谕世人之志”。真正的诗歌只有“诗言志”一说，绝无“诗言情”一说。查“言情论”的来源，无非两个人的恶作剧。一个是中国的陆机，42岁就死于“绮靡”；一个是英国的华兹华斯，40岁再也不敢奢谈“情感”二字，最后不能不说：“思想事实上是我们以往一切情感的代表。”难怪《文心雕龙》早已用“陆赋巧而碎乱”一言蔽之。华兹华斯的好朋友柯尔律治也说：“诗并不仅仅是感情的自然流露，甚至形象本身也不就是诗。”而艾略特也说：“在艺术形式中唯一表现情绪的途径是寻找‘客观对应物’。”说穿了，诗歌的“情”不是快乐和痛苦，而是“使我快乐和痛苦的东西”（歌德语）。譬如同样是喜和忧，有人常为物喜，有人“不为物喜”；有人常为己忧，有人“不为己忧”。其“内容”才是大家所关心的。不讲这个“东西”，喜怒哀乐就会毫无意义。写诗的目的，也绝不是希望得到读者廉价的“同情”。难怪早在1500年前，《文心雕龙》就说：“大舜云：‘诗言志，歌永言。’圣谟所析，义已明矣。”遗憾的是，直到今天，还有人把“情感的宣泄”当作“诗的本质”，好像泼妇也是诗人一样，或者把历史上出现的“风水轮流转”（有时言情，有时言志）现象当成诗的本质和规律。对此，本书无须反驳亦无须赘述，只能用明人胡应麟先生的话说：“不堪并论者，只是气象不同。”用钱钟书先生的话说：“天下有两种人，斯分两种诗。”

感知有广义和狭义之分。狭义仅指“形象的感知”（或曰“客观对应物”），广义的感知还包括知人、知己、知物、知志、知诗和知恩等等。什么叫知恩？天地父母自不待说，据有关部门统计：每年全国发生的意外伤害有7000万人次，死亡800万，终身致残 190 万，造成功能性障碍的有 200 万。这种事没有落在诗人头上，不感恩行吗？难怪苏格拉底说："认识你自己！"萨特说："作家应该把整个身心投入他的作品，不是使自己处于一种腐败的被动状态，陈列自己的恶习、不幸和弱点，而是把自己当做一个坚毅的意志，一种选择。"对了，还有一个颇有诱惑力的词叫"灵感"。什么是灵感？"偶发奇想"和"稍纵即逝"，都是正常的思维现象。"神来之笔"和"有若神助"不过是形容词。灵感和机遇一样，都是为勤奋者准备的。古曰："言之秀矣，万虑一交。"与其守候"神灵"的出现，不如做一个守墓人。这就是本书的回答。

【例句】

歌谣：我愿她拿着细细的皮鞭，不断轻轻打在我身上（王洛宾《在那遥远的地方》）

古诗：丈夫志四海，万里犹比邻（曹植《赠白马王彪》）

唐诗：白日放歌须纵酒，青春作伴好还乡（杜甫《闻官军收河南河北》）

宋诗：东风且伴蔷薇住，到蔷薇、春已堪怜（张炎《高阳台》）

今诗：汽车像歌声一样，在灰白的三级公路上爬行（高守亚《故国神游》）

外诗：我生到世上来就为了认识你/为了呼唤你的名字/自由（［法］艾吕雅）

56 气象与喻象

衙斋卧听萧萧竹，疑是民间疾苦声
些小吾曹州县吏，一枝一叶总关情

——（**清/郑板桥《题墨竹图》**）

【导读】在中国传统诗论中，有一道绕不开的"门槛"，名叫"气象"。"气象"，最早见《黄帝内经》之"平民气象论"。本指一个健康人应有的生命活力和面相仪容，后来被历代批评家普遍运用于诗歌批评。如唐初王维说，读诗“先看气象，后辨清浊”；晚清王国维说，“太白纯以气象胜”；今人袁行霈说，“诗歌要讲气象”等等。没有气象的诗，古曰“气格凡下”。如宋人说，“气格凡下者，终使人可憎”；《人间词话》说，那叫“乡愿”之诗、“浪游”之诗、“娼妓”之诗、“龌龊”之诗。没有气格、气象，即为龌龊、可憎，这样的“诗”还叫诗吗？可见这道“门槛”不能不过。

别看“气象”玄而又玄，其实道理非常简单。就像一个人，虽然不好以“气象”论，却可以以“气”论。气是看不见的，但是有气就是活人，没气就是死人，这却是简单的常识。什么叫“有气象”？“写天地之辉光，晓民生之耳目”就叫有气象，反之就叫无气象。诗无论大小长短，没有“晓谕世人之气”，就没有“微言深理之象”（钱钟书语）。有此象就叫活诗，无此象就叫死诗；有此象必招人喜爱，无此象“终使人可憎”。譬如郑板桥这首《题墨竹图》，没有“衙斋卧听萧萧竹，疑是民间疾苦声”之“气”，就不会有“此小吾曹州县吏，一枝一叶总关情”的“象”。这是很简单的。古曰“有气方有象，有此气方有此象，若无则直无而已”，用今天的话说，即有喻象就是“有气象”；有气象“自有高格、自有名句”；没有喻象，作诗等于徒作。简单地说，写诗，光有一般的感知还不行，还需要有感恩之心和做人的良知，尤其是“为人民服务”的襟怀和人格。在这一点上，中西方也是相同的。譬如歌德说：“在艺术和诗里，人格（气格气象）确实就是一切。……诗人不喜爱默不作声，总要把感受昭示世人。”雷抒雁先生说：“写诗不完全是一种技巧，更是一种人格的体现。”可见诗歌的气象，就是指把自己知道的东西“晓谕世人”、“昭示世人”这样一种胸襟，一种气格。而不是以游戏为诗，以才学为诗，以故弄玄虚和以显示贵族的优越感为乐。过去，人们常常把诗歌称为“高雅的艺术”，有人以为附庸风雅就是高雅。什么叫艺术？丹纳说：艺术就是“有意识地把高雅的东西以通俗的方式传播给大众”。由此可见，诗人有无气象，与其用有无胸襟、有无气质、有无浩然之气或圣人之象来解释，不如用“有此意识”或“无此意识”来作分水岭。简单地说，有这种意识的，就是有气象；没有这种意识的，就叫无气象。有这种意识的，必遭人所爱；无这种意识的，“终使人可憎”。换句话说，什么叫“诗人意识”？这就叫诗人意识，这是古人强调的气象，中华文化的精髓，也是大众喜闻乐见的诗歌。惜“中国古代学术没有系统的记载”（胡适语），很多诗人很难理解气象与诗的必然联系，当然就写不出真正的诗歌来了。难怪张同吾先生在中国第二届诗歌节论坛的主持辞中，不无忧患地说：“怎样把写诗的人和诗区分开来，怎样把押韵的文字和诗区分开来，这恐怕是提升诗的品位的重要一点。”难怪王蒙说“最大的庸俗是装腔作势，最大的媚俗是人云亦云，最大的卑俗是顾影自怜”，西渡说“当代诗歌充满了各种极端的、偏执的、暧昧的东西，却缺少照亮这些东西的巨大光源”；也难怪舞蹈家皮娜说“我在乎的是人为什么动，而不是如何动”！

“为个人写作”对不对？萨特说，“没有为自己写作这回事！”事实上，诗歌从诞生的那天起，与其说为了交流信息，不如说为了助人为乐。即便是传达爱情，也要首先帮助对方了解自己。这是不是在唱高调呢？不是，正如萨特所说：“我在拯救别人的时候，其实也是在拯救自己。”古曰：“圣人立象以尽意。”俗曰：“与人玫瑰，手有余香。”白骐瑞先生曰：“古典艺术看不到自我，恰恰表明了它已牢牢地把握住了自我，它对自己有足够的信心。而现代艺术是人已丧失了自我，所以才抓住自我不放。”朱光潜说：“许多青年白费许多可贵的精力去做新诗，幼稚的情感发泄完了，才华也就散尽了。”而当一位朋友告诉蓝波“整个巴黎都在读他（蓝波）的诗”的时候，这位波德莱尔的学生，即那个主张“纯粹为写诗而写”的好老师的好学生，没精打采地说：“去它妈的诗！”

诗歌的“个人性”与人类的“共同性”能不能结合？前人论述很多，为免“代沟”，这里就以易中天先生最近的一段话为例：

强调情感的个人性，并不妨碍诗人成为人民或时代的代言人。诗人完全可以，而且也应该，表达人民的欢乐，人民的悲痛，人民的愤怒。他甚至可以帮别人说话，比如“代人寄远”之类。只不过，这些情感，必须来自他的个人体验……真正的诗人和艺术家，总是能说出人们最想说的话，又说得不同凡响。也就是说，他们传达的情感，是最普遍的；表现的方式，则是最独特的。因为最普遍，所以引起共鸣；因为最独特，所以让人惊叹。这才被尊为诗人，尊为艺术家，被看作民族的灵魂，民族的骄傲，甚至全人类的代言人。（易中天《诗人与文人》）

当然，最好记的，还是宋人李希声的这句话：

气格凡下者，终使人可憎！

【例句】

歌谣：九绣九重阳，九月菊花黄，九天仙女绣的是鸳鸯（儿歌）

古诗：主父宦不达，骨肉还相薄……何世无奇才，遗之在草泽（晋/左思《咏史》）

唐诗：人生代代无穷已，江月年年只相似（张若虚《春江花月夜》）

宋词：大江东去，浪淘尽，千古风流人物（苏轼《赤壁怀古》）

今诗：谁将罂粟花种于路旁，任令它生长，纯良的他不知花险恶，沉溺在它的幽香（陈秋霞《罂粟花》）

外诗：世界，你一片昏暗/而生活本身就是闪电（［墨西哥］帕斯）

（二）诗人与大众

【中外诗话】

◇ 功夫自熟中出/只是熟，便自会（刘起潜）

◇ 诗者，由情生也。有必不可解之情，而后有必不可朽之诗（袁枚）
◇ 词人者，不失其赤子之心者也（王国维）
◇ 诗是为诗而存在的，艺术是为艺术而存在的，这话我一向怀疑（俞平伯）
◇ 别人写文章，只管自己的意思去写，不是为读者着想，我是处处为读者着想的（胡适）
◇ 诗人的自私是诗歌的耻辱（谢冕）
◇ 诗人首先应该是一个真正的人（马凯）
◇ 诗人应是和谐文化的共存体，应富有人性光彩（张同吾）
◇ 一个通身洋溢着人间烟火气的真性情的作家，方能赢得读者发自内心亲敬交加的感情（铁凝）
◇ “文艺大众化”是纵贯20世纪中国文艺思潮的主流观念（尤西林）
◇ 中华诗学，最突出的优点是：品诗主要品人的精神世界（余福智）
◇ 诗人在大众心目中之所以崇高，就在于他既能为天地作代言，又能发众人之心声（洪烛）
◇ 当一个诗人放弃了架子，而走向平易，这说明诗歌找到了真正的作者，作者找到了真正的态度（白骐瑞）
◇ 一个人选择的主题在他的能力之内，他就不会出现表达不畅的问题（贺拉斯）
◇ 大海之所以伟大，除了它美丽壮阔坦荡，还有一种自我净化的功能（康德）
◇ 一个真正美的心灵总是有所作为而且是一个实实在在的人/人们喜闻乐见的是丰富而真实的旨趣，以及忠实坚持人生重大理想的性格（黑格尔）
◇ 席勒以作为人民的真诚朋友而闻名于世，这是一种惊人的幸福/愚人才把眼睛仰望着上天，以为有自己的同类高坐云端/我不应把我的作品都归功于自己的智慧，而还应归功于我以外那些向我提供素材的成千成万的事情和人物（歌德）
◇ 存在者存在是该存在者能够对其他存在者实施影响或相互影响的本源（海德格尔）
◇ 文艺应该以群众为对象，它“关系到一般人民的教育”（塔尼索）
◇ 诗的题材内容并不是由于罪恶，而是由于普通的人们、所爱的人的某种过失或弱点，这样才能引起人类普遍的共鸣（亚里士多德）
◇ 于身体有益的是劳作，与灵魂有益的是灵魂的工作，于两者都有益的是为他人工作（梭罗）

【引论】 诗须是平易不费力

◎惠特曼（1819－1892），美国诗人，自由诗之父。其重要著作《草叶集》于1855年自费出版。他所创造的自由诗，其本意就是为了尝试和帮助普罗大众接近诗歌，使诗歌回归民间。

在博尔赫斯《谈诗论艺》中，有这么一短话：“现在一谈到诗人这个字眼，我们只会想到吟诵诗词的文人，只会想到一些文绉绉的诗词，像‘大海在船只的映照下远近散落一地，就像是天空中的星星一样’。”其实，这种文人诗的毛病，中国古人早就注意到了。譬如《文心雕龙》：“至尧有《大唐》之歌，舜造《南风》之诗，观其二文，辞达而已。”唐人皎然说：“今人所以不及古者，病于丽词。”宋人朱熹说：“诗须是平易不费力……‘春寒催唤客尝酒，夜静卧看儿读书’，不费力好。”（《朱子全集·论诗》）

为什么诗可以“不费力”？这里有四个说法可供参考：一是梭罗如是说：“当你让自己的生活变得简单，宇宙的法则也会变得简单。”二是贺拉斯如是说：“一个人选择的主题在他的能力之内，他就不会出现表达不畅的问题。”三是王国维如是说：“词以境界为上。有境界自有高格、自有名句。”四是废名先生如是说：“只要有了这个诗的内容，我们就可以大胆的写我们的新诗。”什么意思？按笔者的理解：“写诗的关键不是文采，而是喻象。有喻象自有高格、自有名句。”只要喻象在心（古曰“在心为志”），成竹在胸，正如废名先生所说：“只要有了这个诗的内容，我们就可以大胆的写我们的新诗。”只是王、废两先生当年没有把这一点讲透，而唐人杜牧所谓“某苦心为诗，本求高绝。不务奇丽，不涉习俗”，也只是没有戳穿这一层窗户纸罢了。何为“高绝”？高绝就是喻象的“高绝”。或者说：诗歌所以被称为“最高的艺术”，就是高绝在“喻象”这个东西上了。换句话说，诗歌之难不是难在写作上，而是难在心里有诗无诗，也就是心里是不是已经有了那个“了然于心”的喻象即比方。正是因为这样，古人才说：“文章一事，数喻最难。”苏轼才说：“求物之妙，如系风捕雨，能使事物了然于心者，盖千万人而不一遇也，而况能使了然于口与手乎？”不信可以看下面这些家喻户晓的诗句，如果不是心中所有，不是意在笔先，谁能“笔下生花”？

清明时节雨纷纷，路上行人欲断魂。
借问酒家何处有，牧童遥指杏花村。

（《七绝·清明》）

远上寒山石径斜，白云深处有人家。
停车坐爱枫林晚，霜叶红于二月花。

（《七绝·山行》）

千里莺啼绿映红，水村山郭酒旗风。
南朝四百八十寺，多少楼台烟雨中。

（《七绝·江南春》）

折戟沉沙铁未销，自将磨洗认前朝。
东风不与周郎便，铜雀春深锁二乔。

（《七绝·赤壁》）

烟笼寒水月笼沙，夜泊秦淮近酒家。
商女不知亡国恨，隔江犹唱《后庭花》。

（《七绝·泊秦淮》）

江涵秋影雁初飞，与客携壶上翠微。
尘世难逢开口笑，菊花须插满头归。
但将酩酊酬佳节，不用登临恨落晖。

古往今来只如此，牛山何必独沾衣。

（《七律·九日齐山登高》）

长安回望绣成堆，山顶千门次第开。
一骑红尘妃子笑，无人知是荔枝来。

（《七绝·过华清宫》）

银烛秋光冷画屏，轻罗小扇扑流萤。
天街夜色凉如水，卧看牵牛织女星。

（《七绝·秋夕》）

落魄江湖载酒行，楚腰纤细掌中轻。
十年一觉扬州梦，赢得青楼薄幸名。

（《七绝·遣怀》）

青山隐隐水迢迢，秋尽江南草未凋。
二十四桥明月夜，玉人何处教吹箫。

（《七绝·寄扬州韩绰判官》）

多情却似总无情，唯觉尊前笑不成。
蜡烛有心还惜别，替人垂泪到天明。

（《七绝·赠别二首之二》）

笔者不知道读者最喜欢哪位古人的诗，但是笔者相信，在你喜欢的诗歌中，最多的一定是杜牧的。一个人就能给世人留下这么多千古传颂的好诗，不用说别人，就是李白杜甫也会汗颜。有人说，这有什么稀奇，杜牧不过是站在前人的肩膀上而已，但是未必，与杜牧同时代的李商隐、温庭筠就没有这种好运气。为什么这些诗会赢得读者的普遍认同？原因很简单，就是诗人的工夫都下在“喻象”的创造上，所以诗歌才能“平易不费力”。仅以“一骑红尘妃子笑，无人知是荔枝来”为例，为什么如此平白浅易的诗歌能够久唱不衰，就是因为“喻象”了得！试问，从古至今，你看过多少反对皇帝的诗？即使杜甫的“朱门酒肉臭，路有冻死骨”，也不过一“反贪官不反皇帝”的杰作。可是那个时代的杜牧，就有这样的胆量和气魄，两句诗，不仅把封建帝王奢侈糜烂的腐朽生活暴露无遗，而且还要让他的主人公哑巴吃黄连，有苦说不出。有人说，平易和素朴的诗不耐读，古曰："天籁自鸣天趣足，好诗不过近人情。"弗罗斯特说："夏比洛认为我不艰深，我听了很感兴趣。"当代汉学家顾彬先生说："像杜牧的这首《赤壁》，跟了我 30 年。现在重读，仍然会有收获。""中国的诗歌完全改变了我的生活，完全改变了我对世界的理解和立场。"现在完全可以这样说，中国诗歌到了杜牧手里，已经从《诗经》以后的文人诗，回到了真正成熟的"语体诗"及原生态诗歌（只是语言形式还不像长短句那样开放）。其里程碑意义不是其他，就是"句中有诗，平易近人"。只可惜这种站在李杜韩白肩膀上的诗歌革命，这种连李商隐都称赞"人间惟有杜司勋"，纪晓岚也肯定"甚于元、白"的诗歌，被后来的"西昆体"鸠占鹊巢，严重违反了"文化生态学"即诗歌大众化的规律和要求，才出现"诗界千年靡靡风"的可悲局面。难怪元好问《论诗绝句》叹曰："诗家总爱西昆好，独恨无人作郑笺！"（"郑笺"指西汉郑玄对《毛诗》的解释，这里代指《诗三百》和"赋比兴"传统。）这是什么艺术？这就是喻象的艺术，这就是"有喻象自有高格，自有名句"的出处。

说穿了，写诗就是这么回事。用流沙河先生的话说："一首诗，就其格式而言，可以分成描写和叙述两类。所谓描写，就是画。所谓叙述，就是说。画一画，说一说，一首诗就出来了。"（《流沙河谈诗》）用欧阳修的说法更简单：只要"平淡自然，简而有法！"

57 诗人与凡人

人生若只如初见，何事秋风悲画扇
等闲变却故人心，却道故人心易变

——（清/纳兰性德《木兰词》）

◎纳兰性德（1655－1685），满洲人，“人生若只如初见”的词作者。王国维在总结他的成功经验时说：“纳兰容若以自然之眼观物，以自然之舌言情。此由初入中原未染汉人风气，故能真切如此。”

【导读】纳兰性德，康熙十五年进士，相国明珠长子，皇帝御前侍卫。论及身份，可谓高不可攀，而其所以能够获得“国初第一词手”，“满清第一词人”的美誉，却与其贵族身份恰恰相反。一个初入中原，年仅30岁的达官贵人，为什么能写出“人生若只如初见”这种誉满当朝，跨越古今的汉诗？王国维说：“纳兰容若以自然之眼观物，以自然之舌言情。此由初入中原未染汉人风气，故能真切如此。”由此可见，真正的汉诗并不难学，满人能学，外邦友人也能学，倒是少染一点宋元明清士大夫文人的“汉人风气”，少一些清规戒律，少一点贵族和诗人的优越感，或可成长更快，成果更佳！

诗人和农夫真的不一样吗？弗罗斯特说：“我不是农夫，但是我种了点东西，东挖挖西掘掘的。我跟其他人走在一块，生活在一块，又喜欢说话。但是，我没有专事文学的生活，也很少跟那些人来往。我是美国诗会的副主席，不，荣誉主席，隔好久才去一趟。”在谈到大众懂诗还是不懂诗的话题时，弗罗斯特说：“他们大多进过大学，而诗歌是必学的。他们读的作品中几乎有一半是韵文，自然会尊敬诗歌。他们也许不介意我们文人对他们的取笑。他们担心的是我们没有足够的想象力。”惠特曼笔下的“赶马车的老年黑人”是什么样？惠特曼说：“我看到这个图画般的巨人，我爱他。”

文人当然有一技之长。因为优于别人，或者比别人美丽，就很“高贵”吗？海明威说：“优于别人，并不高贵。真正的高贵应该是优于过去的自己。”港星赵雅芝也说：“美丽就是一种平和、自然的心态。即使不是一个天生丽质的人，只要拥有了这样乐观、健康的心理，也一定会很好看。”别林斯基说：“任何诗人之所以伟大，是因为他的幸福和痛苦根生于社会和历史的土壤。”瞧瞧，这些真正的大文人和大美人，哪个像惟夫说的那样：“如今写诗的不是神就是疯子。”有人说：诗歌是诗人命定的特权，甚至诗人写出的每个字都是“命定的言词”。法国诗人蒂奥多·德·邦维尔在其《法国诗歌浅议》中专门设有“诗的特权”一节，整节书只有三个字：“不存在！”其实，早在19世纪末，歌德就说：“我愈来愈认为，诗歌是人类的共同财产，诗随时随地由成千上万的人创作出来，只是这个诗人比那个诗人写得好一点，在水面上浮得久一点，不过如此罢了。”现代派为什么会“合符规律的式微了”？流沙河先生说：“正是这种一味地自绝于广大读者，不肯虚心听取社会反应的自我安慰，终于导致现代派的衰落和现实派的崛起。”遗憾的是，现代派垮台了，又来了什么口水诗、废话诗。看来，清人王碧山那首《高阳台》没有白写。诗曰：“如今处处生芳草，纵凭高、不见天涯。”

为什么“人生若只如初见”会在几百年后红遍网络？梁宗岱先生说：“写大我须有小我底亲切；写小我须有大我底普遍。”诗人梁小斌说：“我希望通过我写的东西，使人觉察其实每个人都过着相同的精神生活。”欧阳江河说：“在干旱的土地上，泪水能流在一起就够了。”贾平凹说：“中国文学最动人的是有人情之美。”韩作荣说：“真正的艺术，采用什么方式都不重要，关键是如何真实地面对自己。”显然，纳兰所依靠的，不是显赫的地位，不是自作多情，正是这种平易的心态和“人情之美”。当然，对一个年仅30岁的词人，不能要求他对旧文学的积弊有多清醒。但是，通过他的这些作品，至少可以说明，早在惠特曼、弗罗斯特之前，中国就有“人的文学”、“大众的文学”和“人民的诗人”了。譬如下面这些诗句：

读离骚，愁似湘江日夜潮。（《忆王孙》）

夜红楼，天上人间一样愁。（《减字木兰花》）

别多会少，不如莫遇。（《苏幕遮》）
惜花须自爱，休只为花疼。（《临江仙》）
才听夜雨，便觉秋如许。（《采桑子》）
梦好莫催醒，由他好处行此。（《菩萨蛮》）
君不信，向西风回首，百事堪哀。（《沁园春》）

凡人能不能写出“激情之作”？《简·爱》的女主人公有句台词：“你以为我贫穷、相貌平平就没有感情吗？我向你发誓，如果上帝赋予我财富和美貌，我会让你无法离开我。”当然，这句话还可换成：“如果你给我公平的受教育权。”事实上，这种声音，在中国早也有人说了。诗曰：

莫唱当年长恨歌，人间亦自有银河。
石壕村里夫妻别，泪比长生殿上多！

（清/袁枚《马嵬驿》）

【例句】

歌谣：山歌好比春江水 哎，哪怕滩险湾又多（广西民歌《山歌好比春江水》）

古诗：呦呦鹿鸣，食野之苹。我有嘉宾，鼓瑟吹笙（周《诗经·鹿鸣》）

唐诗：晚来天欲雪，能饮一杯无（白居易《问刘十九》）

宋诗：世上岂无千里马，人中难得九方皋（黄庭坚《过平舆怀李子先》）

今诗：这些来自中国底层无望的孩子，让我这人民的诗人受不了（伊沙《中国底层》）

外诗：像号角般吹出一声声预言吧！冬天来了，春天还会远吗（［英］雪莱《西风颂》）

58 普及与提高

天上大星管小星，地上抚台管军门
只有知府管知县，哪个管得唱歌人

——（当代/何其芳《陕北民歌选》）

【导读】读这首民歌，会使人感到：人要吃饭，要唱歌，天经地义。相同的还有一首。传说，过去有财主不让他的长工唱山歌，长工们唱道："好笑多来好笑多，好笑财主禁山歌。锣鼓越敲声越响，山歌越唱歌越多。""锣鼓越敲声越响"真有很大的艺术魅力吗？是的，从此以后，这位自恃高雅的财主再也不敢提"禁歌"的事了。

常听到诗人声称"诗歌属于小众"，并且常把"大跃进"时代的民歌拿来说事，这里也把文人诗的老底端点出来。小诗人的伪诗不足为据，就拿大清朝的"国歌"来说吧。什么样子？请看：

于斯万年，
亚东大帝国！
山岳纵横独立帜，
江河漫延文明波；
四百兆民神明胄，
地大物产博。
扬我黄龙帝国徽，
唱我帝国歌！

明眼人一看便知，这种"殆同抄书"的"阳春白雪"，并不比"大跃进"的"下里巴人"高明多少。刻薄一点，今天的初中生随意可炒。何况据杜继淑教授的调查："中国的高等教育已经实现大众化。"

普及与提高，是毛泽东在20世纪50年代初提出的一个观点，先来看他的具体内容。毛泽东说：

任何一种东西，必须能使人民群众得到真实的利益，才是好的东西。就算你的是"阳春白雪"吧，这暂时既然是少数人享用的东西，群众还是在那里唱"下里巴人"，那么，你不去提高它，只顾骂人，那就怎样骂也是空的。现在是“阳春白雪”和“下里巴人”统一的问题，是提高和普及统一的问题。不统一，任何专门家的最高级的艺术也不免成为最狭隘的功利主义；要说这也是清高，那只是自封为清高，群众是不会批准的。

其实，普及与提高的观点，并非毛泽东一家之言。鲁迅、闻一多、克罗齐、梭罗、库勃拉诺夫、庞德都说过相同的话。譬如鲁迅说：“在不识字的大众里，是一向就有作家的。”闻一多说：“历史上农民之苦，莫盛于今日。只要稍微改善其生活，便能创造艺术了。”克罗齐说：“人人都有直觉，人人都是艺术家。”库勃拉诺夫说：“人人在心灵上都是艺术家，所不同于艺术家的，只是不善于把那些反映世界的形象描写和体现出来而已。”梭罗说：“人的力量从来没有得到衡量，我们也不应该根据任何先例来判断他的能力。……没有什么比一瞬间彼此的眼神所流露出的还要伟大。”（《瓦尔登湖》，长江文艺出版社，第7页）在该书的另一地方，梭罗还说：“关于智慧，我觉得愚昧和大智之间没有多少区别。”庞德是意象派的鼻祖，据说十二岁就开始写诗了，当有人问他：“你是怎么走上文学道路的？”他的回答是：“我祖父跟当地银行经理以诗文唱和，外祖母和她的兄弟也在信札中以诗文来往。大家认为谁都能写。”（《庞德访谈录》，江苏出版社）

事实上，所谓诗歌，不过是一种“减压的方式”（蔡庭芬语），“愉快的劳作”（贝莱语），或者叫“真正的享受生活”（博尔赫斯语）。这种事和吃饭一样，是人都会，不过是受到条件和环境的影响，妨碍了本能的发挥。看看一夜成名的阿宝、王二妮、旭日阳刚、“大衣哥”朱之文，再看看网络上数以万计的无师自通的诗歌写手，他们缺少什么？不就缺少一点科学的引导，缺少一点社会的鼓励吗？难怪李寻欢先生说：“网络文学之于文学的真正意义，就是使文学重回民间。”为什么诗歌需要重回民间？因为大众需要的诗歌，是用来应对现实的，他们需要的是一种生存的智慧，而不是诗人的优越感。本雅明也认为：“高雅艺术无法赢得大众，大众总是从艺术作品中寻求着某种温暖人心的东西。”在大众时代，如果文化精英不是本着对学术负责，也对大众负责的态度，不能给大众生产这样的作品，大众当然只有为自己创造，为自己写作，自己拯救自己。

写诗当然要讲科学态度，但是恕笔者直言，很多诗人所以自以为是，恰恰就是因为缺少科学态度。因为至今为止，他们都是从“胡打乱撞”（博尔赫斯语）中走出来的；至今为止，很多人都是辛苦了一辈子，还不知道“什么叫诗”？连“蓬莱”在哪里都不知道，还能“八仙过海”，可想他们付出了多少艰辛。但是，你不能拿你走过的弯路要求别人，更不能说，你经过的门槛很高，就必须把诗歌的门槛人为地拔高。说穿了，一个人的成功，除了勤奋，就是少走弯路。正如黄侃先生所说：“凡古今名人学术之成，皆由辛苦，鲜由天才；其成就早者，不走错路而已。”说穿了，诗歌就是这么点事。“阳春白雪”是无知者制造的，诗歌的神话也是无知者制造的。笔者坚信：只要诗歌的科学得到普及，只要人人抱着“第自写性情，不必求胜人”的心态，如果地球不被毁灭，一个“诗歌的英雄时代”必将再次光顾人间。

至于着笔，这里介绍前人写诗的几个小常识，或可有用。一是唐人的“乘兴”说，“意欲作文，乘兴便作。似烦即止，无令心倦。……凡神不安，令人不畅无兴。无兴即任睡，睡大养神”（《文镜秘府论》）；二是宋人的“僻事实用，熟事虚用”说，即“难说处一语而尽，易说处莫便放过。僻事实用，熟事虚用，……多看自知，多作自好”（《白石道人诗说》）。这个我们在引论“古代汉语也是汉语”中已经讲过。钱钟书先生在谈到“雅”和“俗”，新和故的问题时也说：“夫以故为新，即使熟者生也。……不独修词为然，选材取境，亦复如是。”但愿用汉语写诗的人，都会这个；三是“没有诗性的题材就不要去用诗的形式表现”（吴学良语）；四是流沙河先生的“记下来”说：

我是这样弄的：先找一张废纸，把围绕着主题想到了的一切一切都赶快用缩语记下来，然后把他们来搭架。不择巨细，什么都记下来。一个佳句啦，一个妙喻啦，一个细节啦，甚至一个早出的段落啦，都赶快记下来。不赶快记下来，转瞬就忘记了。有些东西似乎没有用处，但又不忍抛弃，也把它记下来吧。说不一定写到后头它们又有用了。（《流沙河诗话》）

是的，培根有一个名言：“机会老人先给你送上他的头发，如果你没抓住，再抓就只能碰到他的秃头了。”

当然，如果诗家都用苏洵的方法传授后人，即坚持一反虚浮（反对辞藻绮靡的烂旧“时文”），二重感知（重“真知灼见”，即“心有所感”），三忌随口（须言之有物，“不得不发”），四贵“有用”（用通俗的形象“言当世之要”）的方法和原则培养人，那就容易出大诗人和大作家了。（注：本书认为，言之有物就是有形象的比方，有形象的比方就会有创作的冲动，所以叫“不得不发”。与过去说的“愤怒出诗人”相比，这种“不得不发”更像“艺术规律”。所谓“诗性的题材”，亦如是。）

【例句】

歌谣：我劝妹，莫负芳龄，唱山歌，要趁年轻。不唱歌，老来悔恨，不谈情，误了终生（水族民歌）

古诗：涉江采芙蓉，兰泽多芳草。采之欲遗谁，所思在远道（《涉江采芙蓉》）

唐诗：旧苑荒台杨柳新，菱歌清唱不胜春。只今惟有西江月，曾照吴王宫里人（李白《苏台览古》）

宋词：只愿君心似我心，定不负，相思意（李之仪《卜算子》）

今诗：要哭泣就哭泣吧，要欢笑就欢笑吧，风不允许寂寞（何思鸣《生命的风景》）

外诗：只有每天每日去开拓生活与自由，才能够作生活与自由的享受（［德］歌德《浮士德》）

（三）鉴赏与创新

【中外诗话】

◇ 夫学诗者以识为主，入门须正，立志须高（严羽）

◇ 读书必知味外之味，不知味外之味，而曰我能读书者，否也（杨万里）

◇ 诗不读书不可为。然以书为诗，不可也（萧千岩）

◇ 不知诗病，何由能诗？不观诗法，何由知病？名家者，各有一病，大醇小疵，差可也（姜夔）

◇ 我劝天公重抖擞，不拘一格降人才（龚自珍）

◇ 诗歌里把“流”错认为“源”的危险，在宋以前早有迹象，但是在宋诗里才大规模地发展，具备了明确的理论，变为普遍的空气压力，以至于罩盖着后来的元、明、清诗（钱钟书）

◇ 一个人对人民的服务不一定要站在大会上演讲或是做什么惊天动地的大事业，随时随地，点点滴滴地把自己知道的、想到的告诉人家，无形中就是替国家播种、施肥、垦殖（傅雷）

◇ 文艺家几乎没有不以为自己的作品是美的（毛泽东）

◇ 一个人只拥有此生此世是不够的，他还应该拥有诗意的世界（王小波）

◇ 诗来自生活，但我并不为诗刻意去搞什么生活体验，触发灵感，其实我们每个人都处于诗一般的生活中。生活就是一首诗（傅天琳）

◇ 诗的世界固在平常的生活，但在平常生活的深处（穆木天）

◇ 世界未来的文化就是中国文化复兴（梁漱溟）

◇ 诗要写得明白，写生活；诗和小说一样，要关怀社会民生，要关心整个民族的去向（台湾某批评家）

◇ 诗歌是时代的火炬和文化发展的先声，在广阔的文化疆域中，没有任何一种文化形态和文学形式能像诗歌这样，敏锐而又生动地反映时代脉搏和人民心声，深切又美妙地抚慰人的心灵，给人以温暖，给人以精神力量，给人以哲理启迪。诗歌可以影响社会，有时可以深刻地影响社会（张同吾）

◇ 书里有各种各样的灵魂，就看你的运气。有的人因为一本书的提醒而感悟人生；有的人也因为一本书的怂恿，从此颓废败作（许雯丽）
◇ 在文学中，有无数的坏书，像蓬勃滋生的野草，伤害谷物，使它们枯死。它们原是为贪图金钱，营求官职而写作，却使读者浪费时间、金钱和精神（叔本华）
◇ 我的创作方针是，把使我快乐和痛苦的东西变成一场戏、一首诗，并借此来总结自己，以便校正对外界事物的理解和使自己的内心得到慰藉（歌德）
◇ 在活生生的现实里有很多美的事物，或者更确切地说，一切美的事物只能是活生生的现实（别林斯基）
◇ 一个伟大的民族觉醒起来，要对思想和制度进行一番有益的改革，诗便是最可靠的先驱、伙伴和追随者（雪莱）
◇ 哲学和那个时代的文学的普遍繁荣一样，都是经济高涨的结果（马克思）
◇ 诗人必须永远好奇。好奇心虽然不能造就作家，但是没有好奇心作家就会枯萎（庞德）
◇ 诗是潜泳者，他潜入自己思想的最隐秘的深处，去寻找那些高尚的因素，当诗人的手把它们捧到阳光下的时候，它们就结晶了（勒韦尔迪）
◇ 我们应该诗意的栖息在大陆上（海德格尔）

【引论】　江山代有才人出，各领风骚数百年

回顾诗歌历史，从《诗经》到唐诗宋词，眼睛一闭一睁，两千年过去了；从元明清到毛泽东《沁园春》，眼睛一闭一睁，几百年过去了；从“朦胧诗”到“废话体”，眼睛一闭一睁，几十年也过去了。用什么来回顾历史，展望未来？只有这句话最恰当：

江山代有才人出，各领风骚数百年。

是的，这个命也不是天定的。只有更多人站立起来，诗人和所有的诗歌爱好者共同努力，这个机会才会离我们越来越近，而不是

渐行渐远。笔者认为，当下网络诗歌的水准不是很高，不是作者的水平不高，而是急于发稿、急于“表现”所造成的。如果多放几天，就会发现，一个新人就会站在面前。据说，原中国美术馆馆长刘开渠先生有个典故：年轻时他曾带着他的画艺闯上海滩。一天，他画了一幅上街去卖。一个外国人看了就问：“多少钱?”他说：“五百美元。”外国人迟疑了一下：“能不能少点?”他说：“不能少!”一边说，一边就将那画轻轻地撕碎了。外国人大吃一惊：“年轻人，你怎么撕毁了它呢，你生气了?”刘开渠心平气和地回答：“先生，我没有生气，我开价五百美元，说明我认为他值五百美元；你跟我讲价，说明在你眼里它不值这个数，所以我撕了它。重画，直到顾客满意为止。”现在看这个典故，真是离我们太远了。是的，诗歌和艺术一样，永远都是自由的。但是艺术只有一张面孔，在历史上和全世界都只有一张面孔，那就是“完美”或“尽臻完美”。时下有一种观点，认为诗歌就是要“多元化”，唐亚平先生说：“多元化的好处是可以把一切玩笑化、‘消解’掉，使心灵不容易受到伤害。同时自然地，也就缺少了七八十年代的那种特别真诚、单纯、认真的东西。”所以，真正的诗人还是应该从远离主流意识形态、脱离社会生活转化到贴近生活的正确轨道，贴近现实贴近社会，与人民同呼吸共命运，“重建我们时代的诗歌精神”，彻底改变“诗正离我们远去”（谢冕语）的残酷现实，共同为推进国家文化大繁荣和民主政治建设“愉快的劳作”。只有这样，才能无愧艺术无愧诗人这个崇高的称呼，无愧这个伟大的时代。

当然，艺术也不是孤立的，“它从属于艺术家以及它周围的社会”。诗歌的繁荣离不开一定的社会风尚，包括离不开必要的领导和组织形式。三千年来，中国诗歌所以没有自生自灭，就是得力于必要的组织和采选。譬如周代和汉至魏、晋、宋、齐、梁、陈、隋都有专门负责采诗的部门和采诗的官，唐代以来，皇帝亲自干预诗歌，“以诗赋取士”，欧阳修不仅为官，而且亲自写诗等等。笔者所以对中国诗歌的前景表示乐观，就是因为，当今中国不仅已经实现连续几十年的经济高涨，而且正在迈入“文化大发展大繁荣”的最佳时期。笔者认为，文化的大发展大繁荣离不开诗歌的大发展大繁荣，因为诗歌不仅是文化的精髓，而且是一个民族的灵魂。当今世界，正如谢冕先生所说：“文学不再是文人的专利，因为文学是一个信仰；文学也不再是一个职业，因为她是一项事业。”在诗歌没有独立的艺术标准和审美标准之前，政府和有关机构（譬如考试机构）的不作为是可以理解的；一旦这个标准得到共识，政府和相关部门就会有用武之地，就会为诗歌的大发展大繁荣大显身手了。实现诗歌大发展大繁荣的目标难不难？笔者认为，不仅不难，而且方法非常简单。不用“诗赋取士”，只要把过去行之有效的“采诗”制度恢复起来就行，一个县有一个“采诗官”就行。只要充分发挥省、地、县各级“诗官”和群众参与的积极性，借鉴《星光大道》年度决赛的方法，每年举行一到两次全国性的诗歌大赛（这才是秦皇汉武唐宗宋祖所无法做到的），让大多数而不是让少数人说了算，用大赛的成绩考核升贬诗官，用大赛的成果出版一到两本新的《诗三百》，使之成为国家级的文化品牌和文化坐标，成为“引导国民精神的前途的灯火”（鲁迅语），三五年后，诗风必正，人才必济；汉诗必兴，精神必振；文化必荣，国家必强。今年正好是乐府制正式建立（公元前112年）第21个百年。如果“诗官”制度落实，干部群众爱诗、写诗、读诗的风气形成，坚持以人为本，坚持物质和精神的全面小康，中国诗歌的大发展大繁荣必将指日可待。21世纪的中国，必将以远胜唐宗宋祖，远胜成吉思汗的文化软实力，傲立东方，惠及世界，享誉古今！

59 熟读与鉴赏

长亭外，古道边，芳草碧连天
晚风拂柳笛声残，夕阳山外山

——（民国/李叔同《送别》）

【导读】在中国，只要会唱歌的人，都会唱这首《送别》。据说，这首歌原本就不是送人之作，那么，这是送的什么别呢？笔者认为，也许把它看成李叔同先生送给旧时代、旧文学的一首挽歌，或许更恰当些。因为在作者写这首歌词之前，前人就有“李杜诗歌万古传，至今已觉不新鲜。江山代有才人出，各领风骚数百年”的结论了。而学贯中西的弘一大师所以选择出家，其“送别”难免不是别出心裁。如果再联系本诗的艺术技巧和创作风格，认真感受其情感之深厚、思想之深邃、喻象之鲜明、形式之自由、语言之流畅、余味之醇厚、时代之特征，又何尝不是对旧文化、旧诗学、旧文人的另一种告别。难怪有人说：在新旧交替、道术灭裂，“四千余年古国古”的20世纪，这首歌犹如新的“阳关三叠”，中国人已经用它“送别”了太多的东西（芦哲峰语）。同时，通过这首诗，也可以证明：“我们所说的变革，总是在传统基础上的变革，离开了历史经验的深刻总结，所谓‘创新’就成为空中楼阁。”（谢冕语）

说到这里，就不能不谈到几个问题，一是关于“诗教”。中国过去的诗教，只有一个字“悟”。俗称“熟读唐诗三百首，不会吟诗也会吟”。悟当然不错，熟读也不错，但是，必须知道，那只是没有办法的办法。用曾仕强先生的话说：那是当老师的自己没有搞懂，也没有研究教学方法所造成的。所以不能迷信，更不能相信“诗不可学”之类神话。二是关于歌词与诗歌的关系。也许，在某些人看来，包括李叔同先生的这首“词”都不能叫诗，这就难免词人不能不望洋兴叹了。众所周知，中国古代的诗歌，从《诗三百》到宋词、元曲，包括民歌、徒歌、绝句，都是有曲调的。即使没有曲调，也能入乐，这是一个起码的常识。现在倒好，你自己不讲诗歌的音乐性也就罢了，还不许别人讲，还把别人拒之门外，这是在抬高自己，还是把自己往绝路上赶？20世纪的新诗所以“几十年迄无成功”，可以说，就是栽在这种“一家独大”的小人心态上了。真不知肇自何人，真该千刀万剐！令人奇怪的是，这种“数典忘祖”、“颠倒黑白”的蠢事居然也能够成为气候。结果怎样？近百年来，从《送别》到今天的《夕阳红》，好诗都跑到流行歌词中去了。就像清朝的诗歌，都跑到《红楼梦》中去了，民国的诗歌都跑到《且介亭杂文》中去了一样。是“大众背叛了诗歌”，还是“诗歌背叛了大众”？如果“诗人”们还有一点良知，就请到当下那些激情如火的演唱会现场体验一下吧。无论乔羽、阎肃，还是庄奴、罗大佑，他们哪一位不比自称的“诗人”强？他们那些脍炙人口的歌词，哪一首不更像诗？说实话，也许到了演唱会现场，才知道什么叫“夕阳山外山、今宵别梦寒”。笔者第一次参加这样的晚会，最大的感慨就是为诗歌感到羞愧，为“诗人”感到“无地自容”。如此看来，诗歌的鉴赏不仅有阶级性，而且还有一种“话语权”和“文化霸权”在作怪。同一件作品，说你是诗你就是诗，说你不是就不是，这样的笑话真的应该收场了。譬如前天把“唐宋词”叫做“诗余”，昨天把“唐宋词”叫做“国粹”，今天又把歌词和词人排斥于诗外，天知道这都是谁造的孽？而这笔孽债又要何时才能偿还？何时才能还李叔同连同当代这些默默无闻的大小词人一个起码的公道呢？三是作品的高低。实践中，很多人认为不同内容的作品无法比较，一句“仁者见仁，智者见智”就把必要的标准否定了。导致诗歌创作一无方向二无标准，庸诗劣诗大量滋生，香花不香，狗屁不臭。更有甚者，在2006年一次全国性年度诗歌评比中，竟然会出现这样的怪现状：同一首诗，一批文学院教授认为是“年度最好的诗”，而另一批文学院教授则认为是“年度最庸的诗”，真不知今日天下学子，应该何去何从？诗歌真的没有标准吗？其实，这个艺术标准，早在150年前就诞生了，在《艺术哲学》一书中。丹纳把它叫“三个尺度”：

◎丹纳（1828－1893），法国史学家兼文学评论家。实证主义的杰出代表。他不仅是世界上第一个希望把诗学变成科学的学者，而且于1865－1869写完《艺术哲学》一书。本书采用的艺术标准，即来自该书。

一是深刻度，即作品对社会人生认识的深刻度；二是有益度，即作品对人类生存和发展的有益度；三是作品的影响力和广泛度。用丹纳的话说：“作品所感染所表现的特征越居于普遍的，支配一切的地位，作品越美。所谓杰作是最大的力量发挥最充分的作用。”当然，这里还须加上一条：作品必须首先具有“诗＋歌”的“形式的全部完美性”。如果内容不是“连同形式一起产生出来”，借用一句广告词：“再好的戏它出不来！”至于作品的美学价值，吴学良先生有句话说得恰到好处：

关于诗说白一点，一眼就看个明白的味同白开水，艰深苦涩的让人如坠五里云的是在故作高深，只有那种能让人读懂，却又含蓄蕴藉让人能充分发挥想象的诗，才具有美学意义。这对所有的诗人而言，概莫能外。（《序曲与落幕》）

【例句】

歌谣：起来，饥寒交迫的奴隶；起来，全世界受苦的人（［法］欧仁·鲍迪埃《国际歌》）

古诗：廿五尘寰逝水忙，又浇块垒入诗囊。壮怀卓荦谁知己，放眼悲歌我独狂（周宛如《二十五初度感怀》）

唐诗：莫愁前路无知己，天下谁人不识君（高适《别董大》）

宋诗：西北望长安，可怜无数山（辛弃疾《菩萨蛮》）

今诗：我们亚洲，山是高昂的头。我们亚洲，河像热血流。我们亚洲，树都根连根。我们亚洲，云也手握手（张藜《亚洲雄风》）

外诗：带着一双永远睁开的眼睛，像自然界苦修不眠的隐士，守望流动不息的海涛（［英］济慈《灿烂的星》）

60 生活与创新

俱往矣，数风流人物，还看今朝

——（当代/毛泽东《沁园春·雪》）

◎毛泽东（1893－1976），湖南湘潭人。《沁园春》作于1936年，作者在1945年10月7日给柳亚子信中说，这首词作于“初到陕北看见大雪时”。作者自注：“雪：反封建主义，批判两千年封建主义的一个反动侧面。文采、风骚、大雕，只能如是，须知这是写诗啊！难道可以谩骂这一些人们吗？别的解释是错的。末三句，是指无产阶级。”通过其注可知，“诗要用形象思维，不能像散文那样直说，所以比兴两法是不能不用的”这句话，不仅是毛泽东对中国诗艺的深刻理解，也是他对现代诗歌和诗人殷切的教诲和期望。

【导读】把毛泽东的《沁园春·雪》作为本书的压卷之作，主要用他来谈诗词的“生活与创新”。碰巧，长期研究毛泽东诗词的朱向前先生也认为，毛泽东对中华诗词的最大贡献，就是“把古典诗词用来反映当代生活，而且完成得非常杰出和自然。完成了古典诗词的现代转型”。笔者对此深感认同。而且认为，这是一条线。从陈子昂、王维、王昌龄——李白、杜甫、白居易、杜牧——欧阳修、柳永、苏轼、陆游——曹雪芹、郑板桥、龚自珍、李叔同、毛泽东，他们是一条直线。一条合乎规律顺乎历史的发展直线，即一条从旧文学向新文学，从小众向大众进化的发展直线。这条直线用一句话来概括，就是“艺术必须来自生活，反哺生活”。只有来自生活，反哺生活，诗歌才有创新的源泉，才会显示出健康而强大的生命力。什么叫古典？歌德说：“古典并不是因为古老，而是因为强壮、新鲜、愉快、健康。”什么叫反哺？傅雷先生说：

一个人对人民的服务不一定要站在大会上演讲或是做什么惊天动地的大事业，随时随地，点点滴滴地把自己知道的、想到的告诉人家，无形中就是替国家播种、施肥、垦殖！

诗曰：“问渠那得清如许，为有源头活水来。”和杜牧一样，毛泽东诗词的成功，也来源于一种成熟的理论自觉。生活是“源”，书本是“流”，这就是毛泽东以及所有成功诗人的“源头活水”。简言之，“惜秦皇汉武，略输文采，唐宗宋祖，稍逊风骚，成吉思汗，只识弯弓射大雕”这些诗句，在书本上是学不到的。据说，《沁园春·雪》当年在重庆发表后，蒋介石恼羞成怒，喝令国民政府的才子们一齐动手，非把毛泽东的诗赶下历史舞台，结果一败涂地。为什么？客观上讲，国民党“气数”已尽；主观上讲，就是有一样东西他们无法比，即毛泽东所说和所行的“为中国老百姓所喜闻乐见的中国作风和中国气派！”“北国风光，千里冰封，万里雪飘”，如此平易自然而又惊天动地的诗句，古今几人能比？难怪刘义先生说：“如此苍茫的境界，使《世说新语》记述的谢道韫的‘咏絮才’佳话，简直成了小儿女把戏。”朱向前不无崇敬地说：“毛泽东诗词已经成为中国古典诗词的最后一个高峰。”最近看到一位台湾批评家教育文艺青年说，“诗要写得明白，写生活，要关怀社会民生，要关心整个民族的去向”，而且是在上世纪60年代就这样说了，可见毛泽东代表的不单是无产阶级一家，也包括大量的中产阶级和资产阶级中有良知的知识分子。心想，要是此种舆论导向能够早点灌输，能够形成一种文化风尚和文化力量，也许国民党及其大批文人，就不会逃到台湾去了。

在生活与创新问题上，毛泽东还有一个著名论点，叫做“源于生活，高于生活”。什么叫“高于生活”，业界众说纷纭，这里无须列举。本书认为：“有比兴、有喻象就是高于生活。无比兴、无喻象就叫低于生活。”否则，像“北国风光，千里冰封，万里雪飘”这样的诗句，小学生都可以模仿。若问，你怎么知道？回答是：当然是毛泽东自己说的，而且半点都不神秘。这句话不是其他，就是那句：“诗要用形象思维，不能像散文那样直说，所以比兴两法是不能不用的。”由此可见，诗歌批评不讲“比兴”，不讲“喻象”是不行的。很多人评诗，逮啥夸啥。一百首诗有一百种好，也就是一百首诗有一百个标准，一百种导向。美其名曰“多元化”，大米的多元化能离开大米吗？不管形象也不管“诗”？是在评散文还是在评诗？有人说，“欲与天公试比高”不好，这是“帝王思想”，这是在说诗还是在说人？说穿了，诗歌的鉴赏半点也不复杂。从本质上讲：诗人，就是一“设喻人”（启功语），读者和批评家，就是一“赏喻人”。诗，讲究的就是“有喻无喻，孰深孰浅？”读诗，就是读个“言外之意”、“象外之象”、“味外之味”。难怪杨万里说：“读书必知味外之味。不知味外之味，而曰我能读书者，否也。”试想，连那些“彩丽竞繁而兴寄都绝”（陈子昂语）的“诗”也被批评家洋洋洒洒振振有词眉飞色舞，这还不是把诗往邪路上领？再说，为什么老百姓就不能有“帝王思想”？就不能“欲与天公试比高”？难道帝王思想就是谁家园子的菜？请听温家宝先生如是说：

一个民族有一些关注天空的人，他们才有希望；一个民族只是关心脚下的事情，那是没有未来的。（“温家宝在同济大学演讲”）

事实上，21世纪正是这样一个伟大的世纪。当“物质运动的不确定性”和“人类世界的不确定性”被科学证明以后，理论创新和文化创新早就成为全世界乃至中国学人的普遍共识。而在整个社会的创新思维中，“诗性思维”正是成为引领人类社会向前发展的最佳选择。哲学追求的是人类的共性和简单性，诗歌追求的是人类的个性和复杂性，二者不可替代。哲学是死的，诗歌是活的。正是因为这样，早在很多年前，海德格尔就说：“我们应该诗意的栖息在地球上。”这就是对诗歌的认知方式和生活方式的充分肯定。众所周知，中国自古乃“诗的国度”，不仅有《诗经》、唐诗、宋词，仅在《扬州竹枝词》中，就有“渔家小婢解吟诗”、“商翁大半学诗翁”、“扬州满地是诗人”、“寻常儿女泣鬼神”等历史佳话。事实上，能够与人生相伴的东西真的很少。物质生活一旦改善，诗歌就会成为精神需要。也许正是因为这个，博尔赫斯才说：“尝试了诗，也享受了人生。”今天，人类已经进入信息化时代，作者无须超强记忆，就可以收集到许多世界的有关知识，就可以毫不费力地获得第一流的心灵记录。譬如有人说诗歌不需要音乐，也不需要智慧，只要感觉；但是也有人说“我坚信如果没有诗歌，没有它的音乐，没有它的深刻智慧的话，我的生活肯定是非常可怜的”（帕里尼语）；又如许雯丽先生说“我认为牛顿那种把工作当玩，把玩当工作的悠闲，才是真正的悠闲”，王小波先生说“一个人只拥有此生此世是不够的，他还应该拥有诗意的世界”；张同吾先生说，要“升起21世纪的诗的太阳”，就必须“重筑崭新的华夏诗歌体系”（《艰辛孕育诗的太阳》）等等。这些优越的条件和理论的进步，正是“自创伟词”取之不竭的源头活水，也是一个“诗歌的英雄时代”即将到来的条件和先兆。——毫无疑问，中国当前的时代，正是一个充满生机、富有活力的时代，一个波澜壮阔、气吞山河的时代，一个开拓未来、创造历史的时代。笔者所以要做这种吃力不讨好的工作，并且急切地希望这本小册子早日面世，就是相信：这一天不会太远，这一天正在到来！

【例句】

歌谣：高高的树上结槟榔，谁先爬上谁先尝，谁先爬上我替谁先装（《采槟榔》）

古诗：老骥伏枥，志在千里。烈士暮年，壮心不已（汉/曹操《龟虽寿》）

唐诗：十年窗下无人问，一举成名天下知（高明《琵琶行》）

宋诗：男儿西北有神州，莫滴水西桥畔泪（刘克庄《木兰花》）

今诗：用美丽的雪花写下：相信未来（食指《相信未来》）

外诗：世世代代做奴隶的人们，你们知否/谁要获得解放，就必须自己动手（［英］拜伦《恰尔德·哈洛尔德游记》）

结束语

《通用诗学》业经九个寒暑，十个春秋，今天终于和读者见面了。本书从零到 100 万字，用了将近五年；从 100 万到 50 万字，用了三年；从 50 万到 10 万字，用了两年。至今仍觉不今不古，挂一漏万，不胜惶恐！

早在 19 世纪初，黑格尔就说：“艺术的科学在今日比往日更加重要。”马克思也说：“当理论的光辉照耀着这片未开发的土地，德国人才能真正成为真正意义上的德国人。”

诗，静也：心灵之栖居，浮躁之良药；诗，比也：刘备的江山是哭出来的，中国的诗歌是比出来的；诗，民生也：古曰“饥者歌其食，劳者歌其事”，“流水不腐，户枢不蠹”也。什么叫“诗学”?“诗学”就是诗歌的哲学，诗歌的美学或曰诗歌的科学。科学，就是反对迷信，不分贵贱，不论流派，也不论东方西方。是就是，非就非，小葱拌豆腐，一清二白。

诗歌是全人类的，本书所取论据，多半是中国人的，为什么？因为在诗歌这一块，东方的月亮就是比西方的圆。就像在“坚船利炮”那一块，西方就是比中国强。当然，正像读者所看到的，本书并不乏西方的例子，——正是通过整理中国的诗歌经验，结合中外诗学发展的最新成果，譬如方法论、结构论和解构论等等，才使本书的相关概念获得一般性的工具意义，成为可以与人类相沟通的诗学范畴。

本书作者与国际友人

但愿本书是个福音。尤其对初学者和普通的中外读者。笔者坚信，只要喜欢诗歌，就有成为“诗人”的可能。人们所以不敢自称“诗人”，绝不是诗歌高不可攀，而是仅仅在于：眼下还没有写出一句自己满意大家也喜欢的“诗”。是的，不用“一首”，只要“一句”。譬如：“人生若只如初见。”再如唐人李绅，不就因为一首“锄禾日当午”名垂青史？可见诗歌并不复杂，只是有人把简单的问题搞复杂了。

张祖新

2012 **年** 8 **月于中国·凉都·麒麟洞**